看见你灵魂所有的颜色

The Memory Book

[英] 罗恩·科尔曼 —— 著

陈亚萍 —— 译

我要渐渐忘记这个世界了

广西科学技术出版社

著作权合同登记号：桂图登字：20-2015-099

图书在版编目（CIP）数据

我要渐渐忘记这个世界了 /（英）科尔曼(Coleman ,R.)著；陈亚萍译.—
南宁：广西科学技术出版社，2016.1
　　ISBN 978-7-5551-0525-1

Ⅰ.①我…Ⅱ.①科…②陈…Ⅲ.①长篇小说–英国–现代 Ⅳ.①I561.45

中国版本图书馆CIP数据核字（2015）第269981号

WO YAO JIANJIAN WANGJI ZHEGE SHIJIE LE
我要渐渐忘记这个世界了

作　　者：〔英〕罗恩·科尔曼		译　者：陈亚萍	
策划监制：孙淑慧		责任编辑：孙淑慧　张　琦	
责任审读：张桂宜		版权编辑：周　琳　孙淑慧	
封面设计：棱角视觉 ANGULAR VISION		责任校对：曾高兴　田　芳	
责任印制：林　斌			

出版　人：韦鸿学　　　　　　　　　　出版发行：广西科学技术出版社
社　　址：广西南宁市东葛路66号　　　邮政编码：530022
电　　话：010-53202557（北京）　　　0771-5845660（南宁）
传　　真：010-53202554（北京）　　　0771-5878485（南宁）
网　　址：http://www.ygxm.cn　　　　 在线阅读：http://www.ygxm.cn

经　　销：全国各地新华书店
印　　刷：北京盛源印刷有限公司
地　　址：北京市通州区漷县镇后地村　　　邮政编码：101109
开　　本：880mm×1240mm　　1/32
字　　数：199千字
版　　次：2016年1月第1版　　　　　　　印　张：10.5
书　　号：ISBN 978-7-5551-0525-1　　　印　次：2016年1月第1次印刷
定　　价：36.00元

写 给 我 的 妈 妈 道 恩

时间把他们变成

虚幻。磐石般的坚贞

大概不是他们的本意，却

将他们最终铭刻，证明

我们无法言说的直觉近乎真实：

唯有爱让我们长存。

——《阿兰德尔墓》菲利普·拉金[1]

---

1. 菲利普·拉金（Philip Larkin,1922—1985），英国诗人。《阿兰德尔墓》收录在他 1964 年出版的诗集《伟森的婚礼》中。

我 要 渐 渐 忘 记 这 个 世 界 了

目录
CONTENTS

序言

格雷戈在盯着我看，他以为我不知道。我在灶台前切洋葱，切了快五分钟了。结婚时，有人送了一口铬合金锅——一个凹凸延展的轮廓正浮在锅的表面。他正坐在餐桌前，仔细地观察我。

第一次发现他这样看我，我以为是我牙缝里塞了东西，或者我头发上沾到了蜘蛛网。因为，一个性感年轻的建筑工会这样看我实在令人费解。更重要的是，那天我只穿了条旧牛仔裤和一件 T 恤，头发盘在后面，准备给新阁楼——一切开始的地方——上漆。

　　他的活已经接近尾声了，为了这座房子，他干了一个多月。尽管开着新顶窗，还是很热，尤其是楼上。他浑身是汗，沿着新装的下拉梯爬下来。我递给他一杯加冰柠檬水，他一口气喝了，喉咙处的肌肉随着他吞咽的动作有节奏地律动。我猜一定是我看着他壮实的身体，发出的惊叹声太大了，因为他突然讶异地看了看我。我大笑着耸了耸肩。他露出微笑，然后看了看自己的靴子。我又给他倒了一杯柠檬水，便回头收拾最后一个箱子——都是凯特琳的东西。可这一箱东西，我舍不得扔，最终还是会塞进车库。就在那时候，我才意识到他在看我。我将舌头顶在牙齿上，又用手摸了摸头发，以为能摸到什么。

　　"没事吧？"我问他。难不成他是想告诉我，费用多花了一倍。

　　"没事。"他说着，点点头。他是那种话不多的人。

　　"好，你干完了吗？"我问，还在准备接受坏消息。

　　"是呀，干完了，"他说，"那……"

"噢，上帝啊，你是想要工钱。真抱歉。"我脸红了，把厨房的抽屉翻了个遍，想找支票本，可是没找到——就在这儿的，却怎么也找不到了。我慌张地环顾四周，感觉他在盯着我。我努力回忆上次用它是什么时候。"应该就在某个地方……"

"不着急。"他说。

"我付账的时候会用到，所以……"我嘴里继续念叨，心里一阵绝望。说实话，我是在等他离开，让我喘口气，喝掉冰箱里的半瓶灰比诺葡萄酒。

"你可以下次给我，"他说，"比如，等你跟我出去喝一杯时。"

我正在抽屉里翻找，里面好像全是橡皮筋。"你说什么？"我停下来。我一定是听错了。

"跟我出去喝一杯啊？"他试探地问，"我一般不跟雇主出去，不过……你不是一般人。"

我哈哈大笑。这回轮到他脸红了。

"跟我想的好不一样。"他说着，双臂抱在胸前。

"你是在约我吗？"整件事似乎很可笑，我必须大声确认不是我理解有误。"我？"

"是的，你来吗？"

"好的。"我说。对他来说，这似乎完全讲得通：我和他，相差十年，出去约会。"为何不去？"

那是我第一次注意到他在看我。那种炽热、愉悦的眼神，让我一下子心如明镜。就像我的身体在回应他，完全不受意识的控制。没错，从那时起，在看到他的眼神前，我就能感受到。我能感觉到脖子后的头发竖起来，一种预感袭来，让我颤抖良久，却又觉得美好。因为我知道，那样的眼神过后，他很快就会触碰我，吻我。

现在，我能感觉到，他把手放在我肩膀上，我把脸贴在了他手上。

"你哭了。"他说。

"我在切洋葱，"我说着，放下菜刀，转身面对他，"你知道吗，埃丝特只吃妈妈做的意式宽面。来，你应该看看，学学怎么做。首先，要把洋葱切……"

"克莱尔……"我要再次拿起刀，格雷戈阻止了我，他将我的身子转过来面对着他，

"克莱尔，我们得谈谈，好吗？"

他看起来那么迟疑，那么迷茫，那么勉强，我想说不——不，我们不用谈。我们可以假装，今天跟昨天没什么两样。我们可以假装，我们还没那么了解彼此，我们可以假装不知道。谁知道我们还能这样过多久，这么快乐，这么完美？

"她喜欢酱料里多放番茄浓汤，"我说，"还要放大量番茄酱……"

"我不知道该说什么，做什么，"格雷戈说，他吸了口气，声音顿了顿，"我不知道怎么做。"

"然后，最后一步，要加一茶匙马麦脱酸制酵母。"

"克莱尔。"他呜咽着说，把我抱在怀里。我站在那里，双手放在两侧，闭着眼靠在他怀里，闻着他身上的味道。我的心脏怦怦直跳。"克莱尔，我们怎么跟孩子们说？"

1992 ^年3^月13^日，_{周五}

凯特琳出生

这是在医院时，护士给你的脚镯——粉红色的，因为你是女孩。脚镯上刻着"小阿姆斯特朗"字样。他们给你戴在脚上，可它老是掉，因为你太小了，比预产期早了整整一个月。你本来该四月出生的。我想象过水仙花、蓝蓝的天和四月的雨。可是，你却早产一个月，竟然选在一个阴冷潮湿的周五——三月十三日——来到这个世界，难怪我们会担心。如果有人生来就是克服厄运的，那就是你。你自己也像知道似的，大声喊叫着向世界问好——在我看来，那不是哭，不是哀号，而是故意喊叫，像是在对世界宣战。

有很长一段时间，我们身边都没人陪。因为你早产，姥姥住得又远，所以，最开始的六个小时，只有我和你。你闻起来很甜，像蛋糕。你摸起来很温暖……很舒服。我们在病房最里面的位置，周围的帘子都拉上了。我能听到其他妈妈的讲话声，探望者来回的走动声，孩子的哭喊声。但是，我不想同他们一样。除了我跟你，我不想再跟外界有关系。你那么小，像一棵等待萌发的新芽。我抱着你，看你在我胸前酣睡，小脸上眉头紧锁。我对你说，一切都会没事的，因为我和你在一起：我们就是全宇宙，这才是最重要的。

Chapter *1*

克莱尔

人们不让我独自生活了。

我必须逃离母亲：她要把我逼疯了。如果不是我本来就要变成疯子了，这么说还真挺可笑。不，我没有疯，不能那么说。可是我非常生气。

快瞧瞧我们看完病，从医院出来后，她是什么表情吧。回家路上，她一直挂着那副神态：克制、坚决、强势，却又冰冷。她没说出来，但我能听到她脑子里的嗡嗡声："这太像克莱尔了。总能毁掉一切好事。"

"我会搬过来。"她说。其实，她已经搬过来了，偷偷摸摸地躲在一个空卧室，把个人物品摆在浴室架子上，好像我看不见似的。我清楚，只要她知道了，一定会搬过来，我猜，我也想让她来。但我希望，由我来邀请她，或者她提前问问我。可她带着悲伤的眼神，一声不吭地就来了。"我要搬进那间空屋子。"

"不行，你不能那么做。"她开着车，我扭头看了她一眼。她开车很小心，车速很慢。自从我撞毁了邮筒，就被剥夺了开车的权利，还交了一大笔罚款，你都想不到罚得多狠，因为邮筒属于女王陛下。如果你轧死一只柯基犬，结果肯定也一样，甚至更糟，你可能会被判入狱。我母亲开车很小心，可她倒车时，从不看后视镜。似乎她觉得，那时闭上眼睛，祈求好运，会更安全。我以前喜欢开车，喜欢那种自由自在的感觉。因为我知道，只要我愿意，可以想去哪儿就去哪儿。不过我的车钥匙不见了，没经过我的允许，也没等我吻别，它就躲到我找不着的地方去了——我讨厌这样。只要没人干涉，我还会开车。

"还没到你搬过来的时候，"我坚持道，虽然我们都清楚，她已经搬过来了，"时间还长，我现在还不需要任何帮助。我是说，听我说，我还能说话，能想……"我在她眼前挥挥手，她躲开来，又看着我认错似的把手夹在膝盖中间，"想事。"

"克莱尔，你不能假装什么都没发生。相信我，我知道的。"

她当然知道：她以前经历过。现在，多亏了我，或者严格说来，多亏我父亲和他的坏种，她要再经历一次。好像我就不能做事做得聪明点，比如神志清醒、干脆漂亮地死掉，或者握住她的手聊表感激，表情安详地向我的孩子传授生活之道。不，尽管检查结果显示我的小脑袋一团糨糊，可我那年轻得气人的身体十分健康，在我最终忘记怎么呼吸之前，还有好长的日子可以活。我知道，她就是那样想的。我知道，她最不愿意的，就是看着自己的女儿虚弱枯萎，就像她丈夫一样。我知道，她为此伤心，想尽力地表现勇敢，支持我，可是……她让我生气。她的善良让我生气。一直以来，我都在努力证明，不用她来救我，我也能长大。而一直以来，我都错了。

"其实，妈妈，我可以假装什么都没发生，"我盯着窗外说，"完全忽略自己的身体，因为大多数时候，我根本没感觉。"

可笑的是，当我大声说出这些话时，内心深处却感到恐惧。但是，恐惧好像又不属于我，那感觉就像经历恐怖事件的是别人一样。

"你不是说真的吧，克莱尔？"妈妈愤怒地说，她竟然没发现，这只是我用来激她的赌气之话，"你女儿怎么办？"

我什么也没说，我突然语塞了，不知道怎么组织语言，不知道怎么表达内心的想法。所以，我只能默默地看着窗外一栋栋后退的房子。天快黑了，客厅的台灯一盏盏亮了，窗帘后的电视机荧幕在闪烁。我当然在乎了。我当然会想念这样的生活。冬日晚上热气氤氲的厨房，为我女儿做饭，看她们长大。这些我永远都无法经历了。我永远也不会知道，埃丝特是不是一个一个地吃豌豆，她会不会一直是金发碧眼？凯特琳会不会按照计划去中美洲旅行？或者，她会不会超乎自己的想象，做完全不同的事？我不会知道，那个意想不到的愿望是什么。她们不会说谎骗我去哪儿了，遇到麻烦不会来找我。所有这些我都会错过，因为，我在别处，甚至都不知道错过了什么。我当然非常在乎。

"我想，格雷戈会照顾她们。"妈妈带着怀疑的腔调，继续说道。尽管如此直白，她还是想确定，我不在了以后，生活会继续。"就看他能不能应付。"

"他会的，"我说，"他会的。他是个优秀的父亲。"

不过，我也不知道是不是真的。我也不知道，他能不能应付一切。我不知道，该怎么帮他。他那么善良，可自从诊断结果出来，于我而言，他渐渐变成了陌生人。每当看到他，我都会觉得他离我越来越远。那不能怪他。我看得出来，他想陪在我身边，想表现出坚定坚强的一面。可我想，也许整件事最大的受害者就是他了。我们的生活刚刚开始，就发生了这一切。很快，我就会不认识他，想找到对他的感觉，已经开始变得困难了。我知道，他是我这辈子最后的真爱。可是，我再也感受不到了。不管怎样，格雷戈是我最先失去的人。我还记得我们的爱情。可是，那好像只是我的梦，就像爱丽丝的梦幻世界。

"就说你吧，"妈妈忍不住说教，怪我遗传了家族怪病，就好像是我太淘气自找的，"你知道，没父亲是什么感觉吧。我们要为你女儿打算，克莱尔。你女儿要失去母亲了。你要保证，等你没法照顾她们时，她们也会好好的！"

她突然在斑马线前刹车，还按响了喇叭，提醒后面的车辆。这时，一个小女孩冒着雨，匆匆穿过马路。她看起来很小，还不应该自己外出。透过妈妈的前灯，我看到，她背着一个浅蓝色塑料袋，袋子里好像装了四品脱牛奶，瘦弱的双腿，磕磕绊绊。我听到妈妈的嗓音突然变了，充满挫败感和愤怒。我听出了她的伤心。

"我当然知道，"我感到筋疲力尽，"我当然知道，我要做打算。但我还在等待，还在希望。我希望，我能享受与格雷戈的婚姻，能和他一起变老。我希望，药物能缓解我的病情。现在我知道……好了，现在我知道没希望了，我会另有打算，我保证。做个挂图，弄个值勤表。"

"你没法逃避，克莱尔。"她非得重复一遍。

"你觉得，我会不知道？"我大喊出来。为什么她总要这样？为什么她非要逼得我喊出来，就好像只有我发怒了，她才觉得我在认真听？我们母女俩总是这样：在一起的每一刻，都是爱恨交加。"你觉得，我难道不知道自己做了什么吗，我难道不知道是我带给她们这样差劲的生活？"

妈妈把车开进房前的车道上——这是我的房子，一开始我没认出来——我的眼泪已经不由自主地流了下来。我下了车，砰地关上车门，径直走进雨里。我把羊毛衫往身上裹了裹，大胆地往街上走。

"克莱尔，"妈妈在身后喊我，"你不能再这样了！"

"看看我。"我不是对她说，而是对雨说。我感觉，嘴唇和舌头上都是小雨滴。

"克莱尔，求你了！"我隐约听见她的叫声，可还是继续走。我要让她看看，让他们所有人看看，尤其让不准我开车的人看看，我还会走路，我还他妈的能走路！我还没忘记怎么走路。我要走到路尽头，走到与另一条路的交叉口，然后拐回来。我会像韩塞尔[1]顺着留下的面包屑找路一样。我不会走远。我只做一件事：走到路尽头，转身，回来。可是，天越来越黑了。周围的房子看起来都一样：二十世纪三十年代留下的、整齐的半独立式住宅。路的尽头也不像我想的那么近。

我停下来一会儿，感觉冰凉的雨滴像针一样，扎在我头上。我转过身，妈妈没在我身后，她没跟上我。我以为她会跟上来，可是她没有。街上空荡荡的。我走到路尽头了吗？已经拐回来了吗？我不确定。我一直在朝哪个方向走？我现在是往外走，还是往回走？我要去哪里？路两边的房子看起来完全一样。我静静地站着，刚离家不超过两分钟，我已经不知道在哪儿了。

1.格林童话中的一则。当韩赛尔与格雷特被扔在森林中时，他们曾沿路撒下面包屑以找到回去的路。

一辆车从我身边开过，冰冷的雨水溅在我腿上。我没带电话。
不过无所谓，我也不是每次都记得怎么用电话。况且我也忘记
号码了。虽然如果让我看见，我能知道那些是号码，但我还是
对不上哪个数字是哪个，以及它们的顺序。不过，我还能走路。
于是，我跟着溅湿我的那辆车往前走。也许会有一个标志。一
看见我家，我就能认出来。因为，我家的窗帘是亮红色的丝绸，
在灯光的映衬下会发红光。要记住：我家正面挂着亮红色的窗
帘，一个邻居曾说过那样显得我很"散漫"。我会记住亮红色
的窗帘。我很快就到家了。一切都会没事的。

在医院看病时，其实不是很顺利。格雷戈想去，可我让他
去把温室建好。我告诉他，不管医生说什么，抵押贷款一分也
不会少，我们照样得养活孩子。我不让他去，这让他很受伤。
但是，他不了解，我已经猜不透他脸上的表情，也不清楚自己
的感受。我知道，要是带妈妈过去，她会把心里的想法都说出
来，那样更好，总比听到坏消息，怀疑丈夫是不是后悔要好——
他会不会后悔看上你；他会不会后悔世界上那么多人，他偏偏
选择了你。所以，当医生让我坐下来，参加下一轮检查时，我
并非处在最佳的精神状态——当然这里是一语双关。而他们之
所以让我做这些检查是因为，病情的恶化比他们想象中快多了。

我不记得医生的名字了，因为名字很长，音节太多，我觉
得很可笑。当我和妈妈坐在那儿，等他看完屏幕上的记录，宣

布坏消息时，我提到了这一点，不过没人觉得好笑。绞刑架下的幽默，似乎也得分时间和地点。

雨越下越急，越下越大。我真希望出来时穿的是外套。过了一会儿，周围的路看起来都一样了：二十世纪三十年代留下的半独立式住宅，一排又一排，分布在街道两侧。我在找窗帘，对吧？什么颜色的？

我转个弯，看到一小排商店，停了下来。我出来喝过咖啡，然后呢？一个周六的上午，我和格雷戈、埃丝特来过这里，点了巧克力面包和咖啡。可是，现在天黑了，天气冰冷潮湿。我似乎没穿外套。我看看自己的手，我没牵埃丝特的手。我抱紧双臂，抱了一会儿，担心我忘了她。可是，我一开始就没带她。要是我一开始带着她，我应该会拿着她的猴子玩具。她总是要带猴子玩具出来，可自己又不拿。于是，我来这里喝咖啡了。我现在可以自由支配时间了，真不错。

我穿过马路，走进咖啡厅，一股热流袭来，让我透凉的身体因为突然的温暖打了个激灵。进门时，人们都抬头看我。我猜，我的样子一定糟糕透了，头发肯定全都贴在脸上。

我在餐台等着，意识到身体还在瑟瑟发抖。我一定是忘记穿外套了。我多希望，我能想起为什么出来喝咖啡。是要见某个人吗？是格雷戈吗？我有时和格雷戈、埃丝特来吃巧克力面包。

"你没事吧，亲爱的？"一个和凯特琳年纪相仿的女孩问我。

她在朝我微笑，所以，我或许认识她。又或许，她只是想表示友好。我左边坐着一位妇女，她把身边的婴儿车推了推，离我远了点。我一定看起来很奇怪，就像刚从湖里爬出来的女人。他们以前没见过浑身湿透的人吗？

"咖啡，谢谢。"我说。我觉得牛仔裤口袋里有零钱，就用手抓出来。我不记得这里的咖啡要多少钱。我看向餐台上方的餐牌，我知道那里有价钱。可这时，我糊涂了。我展开手里的硬币，拿给店员。

女孩皱起鼻子，好像我碰过的钱很脏一样。我现在感觉很冷，很孤独。我想告诉她，我为什么犹豫，但我说不出来——我说不好。要把我的想法大声说出来比较难。我不敢跟不认识的人说一句话。万一我说出什么荒唐话，他们会把我带走关起来。到那时候，我可能已经忘了自己叫什么……

我朝门口看了一眼。这间咖啡厅在哪儿？我和妈妈去医院，我们见了医生，叫什么来着，我不记得他的名字了，我只是觉得很好笑。现在，我来到这儿。可我想不起来为什么来这儿，甚至不知道这是哪儿。我打了个寒战，拿走了咖啡和女孩留在餐台上的棕色硬币。然后，我坐下来，静静地呆着。我感觉，如果我突然移动，就可能落入陷阱。有什么东西会伤害我，或者我会从哪儿掉下去。我静静地坐着，集中精力想我为什么来这儿，到底该怎么离开。还有，我要去哪里。我回忆起一些片段——碎片代表着零碎的信息，我必须学会解码。我周围的世界都化成了碎片。

　　据我所知，治疗对我没效果，这很正常。药物对我起作用的几率，就像抛硬币猜头像：好坏都是 50%。但是，所有人都希望，治疗能对我起作用。因为我那么年轻，因为我有两个女儿，其中一个只有三岁，要有人来收拾残局。他们都希望，治疗会对我有用，比对任何人都有用——即使那位名字很长又很难拼的医生——也认为有可能会这样。我也希望能破天荒地出现奇迹，改变一切。在所有人中间，似乎命运或上帝应该考虑我的特殊情况，给我一些特赦。可是，命运或上帝没有那么做：无论是哪一个，都做得恰好相反，狠狠地嘲笑了我一番。或许，这本来就不是个人可以左右的。也许这只是一起跨越千年的血统事故，正好选中我承担后果。我病情的恶化速度，比任何人想象中都快。都是这些"小栓子"搞的鬼，这个词我记得很清楚。可是，咖啡里用来搅拌的金属棒，我却不知道叫什么。不过，"栓子"这个词很美，发音美妙，还有韵律。我脑袋里爆发了小血栓。它跟专家想的不一样，有一种新特征。它让我在世界上几乎独一无二。医院里的每个人都非常兴奋，虽然他们假装不兴奋。据我所知，每次冒出一个血栓时，我的脑袋里就有一些东西永远不见了——一段记忆、一张脸或一个词，就像我一样走丢了。我看看周围，感觉比刚才还冷。我意识到，我很害怕。我不知道怎么回家。我在这里，感觉神志健全，却又似乎离不开这里。

　　很奇怪，天花板上挂着圣诞节装饰。我不记得当天是圣诞节。

我甚至很肯定，那天不是圣诞节。可是，也许我已经在这里待了有几周了？如果我离开家，一直不停地走啊走，我现在大概已经走了几英里了，几个月都过去了，如果他们都以为我死了呢？我应该打电话给妈妈。她知道我跑了，会生气的。她告诉我，如果想让她拿我当大人看，我就要有个大人样。她说，这全靠信任。我说，好了，那就别管我的事了，泼妇。当然我没大声喊出"泼妇"这个词。

我要给她发短信，可是她没有手机。我一直跟她说，现在都二十世纪[1]了，妈妈，得跟上时代。可她不喜欢手机。她觉得，按按钮太费劲。但是，我希望妈妈在那儿。我希望，她来带我回家，因为我不知道自己在哪儿。我专注地看看咖啡厅四周。如果她在这里，我却不记得她的长相了，那可怎么办？

等等，我病了。我不再是个小姑娘。我病了，我出来喝咖啡，却不知道为什么。我的窗帘是某个颜色，还会发光。也许是橘色，橘色勾起了我的一些回忆。

"你好。"我抬头看，是个男人。我不能跟陌生人说话，于是我低头看桌子。也许，他会走开的。可是，他没有。"你没事吧？"

"我很好，"我说，"噢，我冷了。"

---

1. 原文即为 twentieth century，此处应为阿尔茨海默病导致的克莱尔对时间概念的混淆。

"我可以坐在这里吗？没地方坐了。"我看看四周，咖啡厅里人很多。可是，我看到还有空椅子。他看起来不坏，甚至很和气。我喜欢他的眼睛。我点了点头。不过我怀疑，跟他会不会有话说。

"你出门没穿外套？"他做了个手势问我。

"看起来是！"我小心翼翼地说。我露出微笑，不想吓着他。他也露出了微笑。我可以告诉他我病了，也许他能帮我。可我不想。他有一双漂亮的眼睛。他跟我说话的样子，让我觉得自己不会随时倒地死去。他一点也不了解我。我也不了解自己，不过没关系。

"发生什么事了？"他咯咯笑着，看起来既困惑又快乐。我很想将身子斜靠向他，我猜，这会显得他很有魅力。

"我就是出来喝杯牛奶，"我笑着告诉他，"结果把自己锁在外面了。我跟三个女孩合租，我的……"我停下来，没提我的宝宝。有两个原因：第一，这算是"事实"。我跟三个女孩合租，那是几年前的事了，那时我没有宝宝。第二，因为我不想让他知道，我有宝宝了——一个不再是宝宝的孩子。凯特琳，我有凯特琳，可她不是宝宝了。她明年就二十一了。我的窗帘是深红色的，还会发光。我提醒自己，不能跟人调情：我结婚了，是两个孩子的母亲。

"我能再给你买杯咖啡吗？"他示意点餐台后的姑娘。姑娘对他露出了笑容，好像认识他。我放心了，咖啡厅的姑娘也喜欢他。我渐渐地失去了判断力：人的表情和细微动作，能让你知道这个人的想法和感受。也许他看我像个怪人。我能看到的，就是他漂亮的双眼。

"谢谢你。"他很善良。他跟我说话的样子，就像我是个正常人。不，不是那样。我就是个正常人。我还是个正常人。我是说，他跟我说话的样子，好像我还是正常的我。我喜欢这种感觉，让我浑身温暖，让我非常愉快。我怀念愉快的感觉——只是单纯的愉快，而不会让人觉得，现在经历的每一分快乐，都要伴随着悲伤。

"那么，你被锁在外面了。要是她们回来，会把钥匙带给你，或者打电话给你吗？"

我犹豫了。"等一会儿，就有人回来了，"我不知道这算不算说谎，"我等一会儿就回家。"我在说谎。我不知道自己现在在哪儿。而不管我在哪儿，我都不知道怎么回家。

他又咯咯笑了。我机警地看了他一眼。"对不起，"他微笑着，"我只想说，你看起来像落汤鸡，一只非常漂亮的落汤鸡，希望你不介意。"

"我不介意你那么说，"我说，"再多说几句！"

他哈哈大笑。

"我是个傻瓜。"我说着，开始喜欢我没病的状态。做自己的感觉很好。不是那个生病的自己——那个他们形容下的我。在混乱模糊的状态中，我找到暂时的平静与正常，这让人如释重负。我应该送他一个感激的吻，可我的话出了名的多。以前，人们喜欢我这个特点。"我一直都是。如果有什么问题，一定会发生在我身上。我不知道为什么，但是，我就像个引来灾祸的磁铁。哈，灾祸。你不常听的词。"我说个不停。我真的不在乎大声说话，只是意识到，在这里，我是个跟男孩聊天的女孩。

"我也有点傻，"他说，"有时，我怀疑我能不能长大。"

"我知道，我长不大，"我说，"我很肯定。"

"给你，"他把餐巾纸递给我，"你看起来，有点像刚从大难中逃生。请用。"

"餐巾纸？"我接过来，哈哈大笑。我拍拍头发和脸，擦擦眼睛下面。擦好的时候，餐巾纸上有块黑东西。这就是说，我今天某个时候，在眼睛上涂了黑东西。这让我很欣慰：睫毛上有黑东西意味着，我的眼睛会好看些，哪怕我像只熊猫。我猜，这总比没有好。

"厕所有干手器，"他指着身后的门说，"你可以快速吹干，就没那么难受了。"

"我没事。"我说着，拍拍我潮湿的膝盖，好像要表明态度。我不想离开这张桌子，这个座位，这杯咖啡。我不想去任何地方。在这里，我感觉安全，好像靠在悬崖边，只要我不动就不会掉下去。我坐在这里，不用想我在哪里，怎么回家。我坐的时间越长越好。我赶走了害怕和恐慌，一心关注愉快的感觉。

"你结婚多久了？"他朝我手上的戒指点点头。我略带吃惊地看了看戒指。它在那里是如此合适，就像是长在我身上似的。可是，它似乎又跟我无关。

"是我父亲的，"我说。很久以前，我也这么说过，那时是对另一个男孩，"他去世后，妈妈把他的戒指给我戴了。我一直戴着。有一天，我会把它送给我爱的男人。"

我们在沉默和尴尬中坐了一会儿。现在与过去再次重合。我迷失了，不知所措，世上只剩下这一刻，这张桌子，这个对我说话和蔼的人，这双非常漂亮的眼睛。

"那我再给你买杯咖啡？"他的声音有些迟疑和谨慎，"等你衣服干了，不再遭受灾难。我可以来这里或到别处见你。"他走到点餐台，拿了根短粗的东西写字，那不是钢笔。他在我叠起的餐巾纸上划了几下。"雨停了，我送你回家吧？"

"不用了，"我说，"你可能是个疯子。"

他笑了。"那你打给我？出来喝咖啡？"

"我不会打给你，"我抱歉地说，"我很忙，很有可能记不得。"

他看了我一眼，哈哈笑了。"好吧，如果你有时间，有心情，就打给我吧。不用担心，你会回到公寓的。你舍友随时都会出现，我敢肯定。"

"我叫克莱尔，"他起来时，我赶紧告诉他，"你还不知道我的名字。"

"克莱尔，"他冲我笑了笑，"你看起来就像克莱尔。"

"那是什么意思？"我哈哈大笑，"你呢，你叫什么名字？"

"莱恩，"他说，"我应该写在餐巾纸上。"

"再见，莱恩，"我说着，很快意识到，他甚至都不会成为我的记忆，"谢谢你。"

"为什么？"他表情疑惑。

"那张餐巾纸！"我说着，拿起那张揉成一团、湿漉漉的纸巾。

我看他离开了咖啡厅，自己咯咯地笑，消失在黑夜中。我一遍遍地叫出他的名字。也许，如果我多叫几次，就能记住。我会记下他的名字。邻桌的一个女人也看着他离开。她皱起眉，令人不安。它让我怀疑，刚刚这一切是不是真的发生了——那是愉快的时刻，还是发生了什么只有我不知道的坏事，我已经没办法辨别这之中的差别了。可是，我还没准备好接受。我还不希望那是现实。外面漆黑一片，只是太阳落下时，天空有一抹粉红，穿过云彩。那个女人还在皱眉。我还坐在椅子上。

"克莱尔？"一个女人探过身子，"你还好吧？没事吧？"

我看了看她。她有一张光滑的鹅蛋脸，一头棕色的长直发。她皱眉是因为关心，我想。我觉得，她认识我。

"我不是太清楚，该怎么回家。"我没有更好的办法，只能向她承认。

她朝门口看了看，显然又想了想该说什么。随后，她转身对着我，又皱起眉头。"你不记得我了，对吗？没关系，我知道你的……问题。我叫莱斯莉，我们的女儿是朋友。我女儿是凯西，粉红色头发、鼻子穿孔、对男人品味很差的那个。四年前，有段时间我们的女儿总形影不离。"

"我得了阿尔茨海默病。"我说。我又想起来了，就像最后一道阳光穿过云层。我松了口气。"我老忘事。记忆来来回回，有时候就不记得了。"

"我知道，凯西跟我说了。她和凯特琳几天前刚巧碰上了。我有你家凯蒂[1]的号码。那会儿，她们经常到对方家里睡觉，还打算去伦敦泡吧。记得吗？我和你等了一夜，等每一趟从伦敦来的火车进站，直到两点她俩终于回来了。她们都没进到酒吧里，一个醉汉在隧道里想欺负她们，她俩哭得厉害，最后还是我们帮她俩脱身了。"

"她们听起来挺配。"我说。女人又皱起眉头。这一次，我知道，这不是生气，而是关心。

"你还记得凯特琳吗？"女人问我，"如果她来的话？"

"噢，当然，"我说，"凯特琳，没错，我记得她的样子。黑色的头发，眼睛像月光下的水潭，黑亮又深邃。"

她笑了。"我忘了，你是位作家。"

"我不是作家，"我说，"不过我有一间书房。我试过写作，可是没办法，所以现在，阁楼上的书房空了。书房里除了桌子、

1.凯特琳的简称。

椅子和台灯，什么也没有了。我很肯定，我要用创意把它塞满。可是，它却越来越空。"女人再次皱眉，肩膀僵硬。我说得太多，让她不舒服了。"我最怕的就是不会说话。"

我让她烦了，不该再说下去了。什么都不要说了，我从来没那么肯定过。我要好好想想。还要等等。话多不再是我的趣事和优点了。我紧紧地闭上了双唇。

"我跟你坐在一起，好吗？一直等她过来。"

"噢……"我开始抗拒，却渐渐平息了，"谢谢你。"

我听见她给凯特琳打了个电话。说了几句话后，她站起来，走出了咖啡厅。我透过窗户望着她，在街灯的光亮下，她依旧在打电话。她点点头，一只手打着手势。电话打完了，她吸了一口阴冷潮湿的空气，又回来坐在我桌边。

"她几分钟后就到。"她告诉我。她似乎很善良，我都不忍心问她在跟谁通话。

Chapter 2

凯特琳

我们一家因为妈妈开始破裂。

我为妈妈打开大门，然后退出来，把钥匙放在口袋里。妈妈不能再拿钥匙了。在新的世界秩序中，这是她很不喜欢的一点。她的头发散在背后——明亮的深褐色变成了深红色。她浑身湿透了，身子在发抖。姥姥跟我说，妈妈刚才趁黑跑出去了。当时我想问，为什么让她走，为什么不阻止她，可是，我没有时间。我出来找妈妈，最后接到凯西妈妈的电话。

现在，我们回来了。为了妈妈考虑，我尽量不发火。要是我没找到她，会发生什么？姥姥还会坚持立场，表明态度，倔强地不去阻止妈妈吗？还会觉得妈妈是在炫耀，不应该理她吗？我本来不会这么快到的。其实接下来的几天，我要回伦敦，完成最后一年大学学业。然后呢，又会发生什么？妈妈会被丢在雨里，谁知道她什么时候能回家。或者说，谁知道她还能不能回家。

也许，我没回去还是件好事——他们都还没意识到。也许，我可以告诉他们，这就是我决定不回去的原因——妈妈需要我。

姥姥在走廊里等着，一只手紧握另一只手，双唇压成一条细线。她焦急，生气，又失望。妈妈一看见姥姥，立马就烦了。我看着她俩相互对视，表情中是愤怒、疑惑和怨恨。我不知道该怎么做。我不知道怎么改善现状。重要的是，我知道一旦说出事实，就会把一切弄得更糟。

一想到我做过的事，熟悉的恶心感又回来了，胃里一阵翻江倒海。我要把这种感觉赶走。我不得不这么做：我没办法。妈妈病了，真的病了。我们一家因为她开始破裂。我没时间处理自己的问题，现在还没时间。我在等待，等待合适的时机。可是，合适的时机可能永远也不会到来，然后……要是我离开了，可能对每个人都好。

"妈咪！"我小妹妹埃丝特冲到妈妈怀里。妈妈把她抱起来，想抱紧她。可是，妈妈浑身湿冷，埃丝特很快挣脱了她的双臂。"你讨厌！我饿了，我累了，我不舒服。"

不顺心时，埃丝特就会甩出这样新学的咒语。她伤心的小脸，愤怒的下嘴唇——这是她的决胜之举，埃丝特也知道。她这么做是因为，她知道我们都吃这一套。

"上床前吃点饼干吗？"我问她。我给她最不合适的东西，就是想看她微笑。她点点头，开心地跳上跳下。

"那走吧，"我朝客厅的方向点点头，"我用盘子拿给你。"妈妈放开手，退回到客厅里。她手指在空中犹豫了一会儿，好像后悔放下埃丝特。

"你在想什么？"姥姥生气地问妈妈。

"给你，"我从楼下洗手间拿了一条毛巾，递给妈妈。她盯着毛巾看了看。过了一会儿，我拿过来，帮她擦头发。"老这样也没用，对不对？骂她没用。我是说，如果我们要责备，不如先看看怎么阻止她，对吧？"我特意看了看姥姥，但是毛巾掉了。

"我担心得要命，"姥姥指责道，"你要明白，克莱尔，你要注意，你不能只是……"

"姥姥，"我说着，向前跨到她和妈妈之间，"姥姥，妈妈知道的。"

我不明白，为什么姥姥那么生气。我看得出来，她为什么伤心。姥姥不知所措，没办法防止这样的事情发生。只是，我不懂她的愤怒。她没理由生气。

"噢，我只是出去走走……"妈妈朝门口摆摆手，"我忘记了窗帘的颜色。"

"妈妈,要不你先洗个热水澡,我给你放水。"我指了指楼梯,可她没有动。

"我还能自己放水,"她说,"而且,我不想洗澡。"

"我知道,可是,听话……我来给你放水。你放松一下,暖和点。"

正当我以为她会同意时,格雷戈下班了,从厨房走进来。他拿着一个袋子。"嘿,宝贝,"他说,"你浑身都湿透了。"

"我显然是中奖了!"妈妈一看见他,就显得不舒服和难为情,"我正要去洗个澡,所以……"她看看我,希望我直接躲过她丈夫,带她上楼。可是我没有。如果能让她再认识他,再感受他陪伴的美好……如果我知道,她至少有安全感,我就告诉她,我会跟她讲我的事,像过去那样,像我一直以来的那样。突然一种失落感袭来,面对妈妈明显的无声请求,我扭过头,看了看她丈夫。

"袋子里是什么,格雷戈?"

他笑了。无论是什么,他都高兴。"我正想给你呢。"他的手伸进棕色纸袋里,拿出一件东西。我立马意识到,那是个笔记本。一个A4大小的本子,深红色的皮质封面光滑发亮。

格雷戈为母亲选了一个合适的笔记本,因为红色是她的最爱。尽管披着一头红发,她仍旧经常穿红色。上班的人本来不该这样的:红头发、红裙子、红嘴唇、红指甲,在校园里,她算是全国甚至全世界最迷人的老师了。我小时候，常常希望她接我放学时，不要那么扎眼。我常常希望，她能像其他人的妈妈一样，穿皮大衣和牛仔裤。可事实是，她似乎总穿得很精致，很特别。妈妈要打扮时髦，才算得上妈妈。曾经，我一抱怨她显眼，她就告诉我，她就像武士公主，红色是她的幸运色，参战时要涂红色唇膏。她穿红戴红时，才感觉自己更勇敢。我能理解。我理解她对勇气的渴望。可是，她天生没勇气，这让我很震惊。我不确定当时我有多大，大概十岁。我之所以记得这件事是因为，我觉得，这段记忆让我长大了点。我年龄越大，就越觉得有道理，也就越能体会。妈妈努力创造一些事情，好让我记住。

这是她参与的第一场战斗，她知道赢不了。

"是个记事本。"格雷戈掏出本子给她，"为了你——为了我们所有人——记下来。戴安娜说写东西有用，记得吗？"

妈妈第一次见戴安娜咨询师时，我没在场，所以我没听说，戴安娜让她记下重要的事情——只要是有意义的事。妈妈对记事本很感兴趣，她当时开玩笑说："我多希望，失忆前就想到这么做。"

"没错，我想起来了，记事本能帮我记事。"妈妈谨慎地笑着说。

那是礼貌性的微笑。她见银行经理时，在家长会上与其他父母打招呼时，脸上挂着的就是这种微笑。她笑得不真实。我很好奇，格雷戈是不是也注意到了。我想他注意到了。以前，我是世上唯一真正了解妈妈的人，妈妈也是世上唯一真正了解我的人。当然，第三位火枪手姥姥也一直在。我们都非常爱彼此。可是，姥姥似乎总有点不合拍。她说的话、做的事，总能惹怒妈妈。妈妈说的话、做的事，似乎也总有点让姥姥失望。多年来，我已经习惯了她俩之间频繁的争吵。直到最近，我才开始疑惑，为什么她们不能好好相处。但不管怎样，我是真正了解妈妈的人——我是她可以真正找到归属感的人——直到格雷戈的出现。他出现时，我十五岁，不是个小孩子了。可是，我还是嫉妒和生气。我不想看到他，虽然我很明白，我那么做不公平。直到我意识到，他像我一样理解她，我才终于接受一切：格雷戈哪儿也不会去。妈妈现在属于我们两个人。

她伸出手，接过他手上的记事本。

"很好的笔记本，做工漂亮，谢谢你。"她礼貌地说。

我们三个跟着她，走进厨房，她把笔记本放在桌上。"你们知道吧，我一直想写本书。我一直觉得，阁楼最适合写书。"

我们三个没有相互看对方。几周前，每当妈妈说话做事不对头时，我们都会交换眼色。可当我们意识到，这样的事每天都会发生时，我们就见怪不怪了。在我们的小世界里，在妈妈一直统治的世界里，原本的特别与陌生很快变成常态，这让我惊讶。每到这些瞬间，还会伴随揪心的悲伤。不过，怀疑的表情不见了。

"你写过一本书，"我提醒她，"记得你的小说吗？"

　　她阁楼的写字台废弃了，空荡荡的。小说就躺在抽屉里，一共三百一十七页，用细长红色橡皮筋绑着，已经拉到了最大程度。妈妈坚持要印出来，因为她说，没有页码，就不算书。我记得，她在楼上花一天时间读完，然后放进抽屉里，再爬下楼梯。据我所知，她再没回过阁楼。她没有再管那本书，没让别人读，也没寄给书商或出版人，甚至再没提过它。她说，当你的工作是文学——教文学、读文学、了解文学、爱文学——你至少会想创作点什么。所以，她创作了，就是那本书。

　　埃丝特大约六个月时，妈妈和格雷戈继续着她的文学之路，在宾馆单独过夜。大家都觉得我聪明伶俐，在照顾埃丝特时，没出任何意外。埃丝特在儿童床上一睡着，我就放下梯子，爬到阁楼里。里面有股潮湿的霉味，房间陈旧……空旷。我打算把书从抽屉里拿出来读。我已经计划了很久，这次机会来了。我想知道书里写了什么，是什么样子，有没有用处。我内心有一部分——不是我很引以为豪的那部分——有些希望，它毫无用处。妈妈总是对一切都很在行——哪怕她谈恋爱，也能像演电影一样——有时，她似乎是不可效仿的，即便现在她开始搞砸一切。可是，我刚把手放在抽屉把手上，就改变了主意，我甚至都没打开抽屉。我这辈子第一次明白，每个人都需要秘密。有时候，这些秘密永远都不该被揭开。每个人都需要完全隐私的空间。我感觉，如果我读了那本书，事情会发生改变，而我不想任何东西有所改变，更何况即使真的要有所改变，也轮不到我出手。

"那其实不是一本书。"妈妈说着，在厨房桌边坐下来，随意打开记事本的空白页。笔记本里都是起伏的乳白色厚纸页。书页的材质有些轻微的纹路，可能会挂到钢笔尖：妈妈最喜欢用的纸张，我和格雷戈都知道。她的手指压在硬硬的纸上，轻轻翻动，纸张有些许的粘连。我们看她把脸颊埋在纸里，把头枕在书页上。妈妈就爱这么做。但这次，她这么做给我前所未有的安心。怪事疯事也能带来安心，真有意思。

"记事更像是下载，"她说着，抬起头，用手抚平纸张，"我猜，我要把记忆从身体里掏出来。也许，阿尔茨海默病就是原因。也许，我已经清空了头脑。空脑壳，空阁楼，真配。"

她抬头朝格雷戈笑了笑，依旧是家长会上的礼貌性微笑。"很有趣的记事本。太好了。谢谢你。"

格雷戈摸摸她的肩膀，她没有躲开。看到他放松下来，让人痛心。

"那是我的本子，"埃丝特出现在桌边，也许是在找我早就答应给她的饼干，她的鼻子正好放在记事本的切边上，"是给我画画用的，对吧，妈咪？"

我好奇，埃丝特知不知道，她对我们所有人有多重要。只有她才能把我们逗笑。我看着她，想知道一个人怎么会生出这么完美独特的人。这样一个小人儿，却对我们所有人都很重要：她是所有人的开心果。

"请送给我吧，妈咪？"埃丝特甜甜地问她，"好吗？"

我们都明白，埃丝特三岁以后，最好不要公开反对她。否则，她就会拿出著名的阿姆斯特朗家族脾气，开始扔东西，打人，或者躺在地上，像戏剧女王一样哭号。我们都不太在乎——好吧，其实是我和妈妈。我们也继承了阿姆斯特朗家的脾气。看到埃丝特的脾气，就知道她肯定跟我们是一家。不过，妈妈总有办法对付她，或者顺从她，或者转移话题。这样，小女士尽管不能老是随心所欲，但她自己却意识不到。妈妈在对付埃丝特时很有一套：我猜，正确的说法是，像妈妈一样照料她。现在我要一直看着我的妈妈。我想把一切都记录下来。她做的事，她的微笑，她的笑话，她的措辞——我猜，这是我三岁时，她为我所做的一切。只可惜那时候，我还意识不到。但是现在我很清楚，我要知道她所做的一切，这样，等时间到了，我就能像她一样照顾埃丝特。而这让我之前干过的所有事，看起来更加蠢了。我的同龄人会犯错，可我不会。我不能犯错，我没时间。我要照顾埃丝特。我要给她一个同妈妈在时一样的生活。

"噢，没错，你可以在上面画画。"妈妈说着，拿起一支笔，直接递给埃丝特。我看到，格雷戈面部抽动了一下。但是，妈妈伸出手，握住了他的手。她的触摸，立马让他身上的紧张消散了。"这不是我一个人的记事本，对吗？"她一边说，一边朝他微笑。这次不是教师式的微笑——至少暂时不是——而是意味深长的微笑。我想起了他俩的结婚照中，我最喜欢的那张：

她抬头望着他，他站在后面，笑得像个小伙子，看起来那么开心。"这也是你们所有人的记事本。留下我的记忆，也留下你们的记忆。它属于我们所有人。埃丝特可以开头。"

格雷戈拉出一把椅子，坐在妈妈身边。埃丝特爬到妈妈膝盖上，认真地伸出舌尖，开始用妈妈给的伯罗圆珠笔，在纸上画线。我看着她画了两个圈——一大一小——然后每个圈里画上两个眼睛、一个鼻子和一个大大的微笑。最后，她在圈外画上线条，代表胳膊和腿。两只手碰在一起，埃丝特乱描出一个小螺旋，表示她们握着手。

"这是我和你，妈咪。"她对自己的作品非常满意。

妈妈抱紧了她，亲了亲她的额头。"开了个好头。"她说。格雷戈抱住妈妈。她双肩僵硬，过了一会儿才放松下来，转过头看了他一眼。"你能在下面写上时间吗？"

格雷戈写道："我和妈咪，埃丝特作。"又添上日期。

"好了。"妈妈笑了。我望着她，那会儿，她表情满意安心。"记事本的第一条完成了。"

2011年8月13日, 星期六

我们的婚礼

这是我做婚纱用的一小片公爵夫人缎。要不是我从裙摆上剪下来，它是永远不会掉下来的。我有个小小的愿望，也许我哪个女儿会在她婚礼时穿上这件婚纱。

我把婚纱做成鲜红色，它看起来比白色或象牙白更适合我。不管怎样，红色是我的最爱。我嫁给格雷戈时，已经不是黄毛丫头了：我差两周就四十岁了，而我当然也早不是处女了。那一天，我觉得自己比以往都要漂亮，而且有活力。在场的每个人，都是我爱的人，而这爱将会恒久。

婚礼在八月，地点在多塞特郡高崖堡海边。我渴望一场耀眼的盛大婚礼。我希望一切都闪闪发光，就像我的水晶鞋一样。我知道，比起娶我的男人，六层蛋糕、一盘盘小鱼面包、一杯杯香槟都不重要——他克服一切困难，与我结合，成为我的家人。可是，我就是这样：我一直都是这样。我想空气里弥漫着百合香，还有宾客的笑声和说话声。我想海面在阳光下泛起蓝光，在太阳的笑脸下，每一片翠绿的草叶摇曳生姿，就像埃丝特画的那样。

凯特琳陪我走过红毯，这对我意义重大，因为，哪怕在我们结婚当天，她还是不太相信，格雷戈是真心爱我的。我第一次告诉她，我在跟年轻性感的建筑工约会时，她被吓到了。她说："这是一场阴谋，妈妈。他大概是想把你的钱骗光。他是通过肉体在利用你，妈妈，因为他知道你很渴望。"与格雷戈约会没几个月，当我告诉她我怀孕了时，她说："他会突然离开你的，妈妈。"这就是我女儿，总是有什么说什么，从不会伪装。

我和凯特琳走过通道时，像两个小女孩一样握着手。她看起来相当迷人。不过，她更喜欢的那件小黑裙——鸡尾酒会上穿的那种，我没让她穿，她还在为此闷闷不乐。她穿着象牙白的透明硬纱——走路时，脚踝的纱裙会飘起来——一头乱乱的鬈发，跟她父亲一样。这时，她尖尖的下巴旁边，是软软的几缕头发。

婚礼举办的房间里，有一扇菱形的落地窗，面朝大海。大海如我想象中那样泛着蓝光。我看见地平线上的小白帆，在远远的海面上，摇曳远航，完全无视我生命中最快乐的时刻。但即使如此，我仍然自以为是地认为，这些渐渐远去的小船，也是我婚礼的一部分。还有更远的太阳和星辰，听着有点夸张，有点疯狂。可我就有那种感觉：我就像万物的中心。

我俩都不喜欢写誓言的压力。所以，我们坚持办传统婚礼。我只是看着格雷戈，感受他的爱和屋里所有人的祝福。我听到埃丝特的声音，她裹着透明硬纱，头上扎着橘色的花，扯着嗓子咿咿呀呀。我看到朋友茱莉亚的目光，她朝我喃喃道"你这个幸运的疯婆子"，让听到这句话的登记员眉头紧锁。凯特琳读了菲利普·拉金的《阿兰德尔墓》。我记得这些事。对我来说，它们就是誓言。这些事和格雷戈看我的样子让我意识到，我要嫁给一生的最爱了。我以前很快乐，女儿总能让我开心。但我得承认，那是我最快乐的一天。

我当然喝得烂醉。格雷戈讲完话，我也坚持要讲，比预期时间多了至少十分钟。但是，用妈妈的话说，看到我显摆的样子，大家都哈哈笑，忍受我，为我欢呼。因为，在场的每个人都希望我一切顺利。跳舞时，埃丝特不停地转圈，她的连衣裙飘起来，就像盛开的花瓣。后来，她在我妈妈怀里睡着了。妈妈坐在派对旁一个安静的房间里。她有点醉了，还和格雷戈爱尔兰来的舅舅莫扎特眉来眼去。但她假装没喝醉，也没调情。茱莉亚脱下了鞋子，跟所有女人的丈夫跳舞，无论别人愿不愿意。她还恐吓一位年轻的服务员跟她跳慢舞。

我和格雷戈整晚都在跳舞。我们转圈摇摆，踢高腿，做爵士舞的手势。我们跳个不停，我们笑个不停。最后，他把我抱起来，把我送到楼上房间的床前。他揶揄地叫我"阿姆斯特朗夫人"，因为，在婚礼前，我问他，我要保留娘家的姓，他介不介意。这个姓我从未改过，那也是凯特琳和埃丝特的姓。当然了，他不介意——他跟我说，他喜欢我原来的姓。"我喜欢娶一位夫人。"他抱我去婚房时，小声跟阿姆斯特朗夫人说，无论她姓什么，他都很爱她。我记得，我睡前想的最后一件事是，事情就该如此。我的生活终于开始了。

Chapter *3*

凯特琳

妈妈的告别从一个秘密开始。

　　我想过在车里等她。但我意识到，我很有可能要待上一天。妈妈现在没什么时间观念了：对她来说，几小时就像几秒钟，几秒钟就像几小时。她这辆桃红色菲亚特熊猫车被扣下了。我不想下车，跑到雨里，像子弹一样冲进学校。但我知道，我必须下车。我要下车安慰她。这是她当老师的最后一天。我知道，她会很伤心。而我也下定了决心，在回家路上，在回到姥姥和埃丝特身边前，告诉她我做了什么。因为，快没时间了。

接待员琳达坐在防弹玻璃后，看起来学校好像是在洛杉矶市区，而不是在吉尔福德。我见过琳达几次。不过，我对她的认识，主要还是通过妈妈描述的生动有趣的校园生活故事。

"嗨，琳达！"我嘴咧得很开。我觉得，要应对这样的谈话，这是唯一的办法——同情式的对话中，似乎快乐也总要更小声。

"噢，你好，亲爱的。"琳达无意识地嘴角下撇，有点伤心的样子。

妈妈查出病后，希望不要立马让别人知道，每个人——甚至她的医生拉贾帕斯克先生——都认为，这是可行的。"你是位聪明人，阿姆斯特朗夫人，"他告诉妈妈，"研究表明，高智商通常意味着查出病比较晚，因为，聪明人有办法，知道怎么抵消病情。你应该把病情告诉雇主。不过，总体说来，如果药效不错的话，你的生活也不会很快发生巨大变化。"

我们当时都感到安慰和感激。因为，我们有了缓冲期，能够调整心态，认清事实。然后，妈妈开着可爱的菲亚特熊猫撞了邮筒——那是她的新车。更可怕的是，正好发生在校门口。如果发生在学校车道上，她很有可能轧死一个孩子。妈妈不是没集中注意力——不是的。车祸发生时，她在很努力地集中注意力，回忆方向盘是干什么用的。

"你好，亲爱的。"琳达用哭腔重复道，"来安慰你可怜的妈妈了？"

"是的。"我露出了灿烂的微笑。因为我知道，琳达人不错。

尽管她说话的声音，叫我想砸破防弹玻璃室的门，把那杯凉茶泼到她头上。可那不怪她。"结果怎么样，你知道吗？"

"还不错，亲爱的。他们开会讨论阿尔茨海默病的问题，也已经跟高树老人福利院取得了联系，为了怀……为了向你妈妈致敬。"

"太好了。"我说。她从隔间里出来，拿着一大串钥匙。在我们去奥尔伯里作曲学校的路上，钥匙一直叮叮咣咣。过去的几年里，很多人都觉得，那是妈妈的学校，尤其是她升职做了英语系主任后。那所学校是妈妈心血的结晶。"专门准备了茶点——你知道，你妈妈很喜欢蛋糕，她都吃光了，我想她一定很高兴，她脸上都是笑容。"

我没说话，克制自己不去骂她是个蠢驴。妈妈还是妈妈的样子，不会突然变成脑死亡的植物人。妈妈查出病，也没有变得缺少人性。我想这么告诉她，可我没说。因为，我猜妈妈在学校的最后一天，不会想看到我骂学校秘书。不过我又后悔了，也许妈妈会想叫我那么做。但我还是忍住没说。妈妈总说，有时候想法好，不一定非要做出来。

"其实，她跟六个月前差别不大，"我一边小心翼翼地说，一边跟着她，听钥匙在她背后摇晃，"甚至是一年前。她还是妈妈。还是原来那个人。"我还想继续告诉她，妈妈还是原来那个人：假如你打算报警，要把丹尼·哈维的妈妈送走，妈妈还是会叫你别自以为是。哈维夫人不想孩子被欺负，那天自己跑到学校解决问题。妈妈听到吵嚷声时，正在员工室。妈妈出来见到哈维夫人，把她带进员工室并机智地指出，对一个十二岁的男孩而言，最不想的就是妈妈掺和，暴打坏孩子。那时，虽然妈妈根本没教过丹尼，但她也被搅进去了。妈妈用了一周时间就解决了问题。哈维夫人提名妈妈"南萨里年度教师奖"。妈妈获奖了。她现在还不是个空壳子。妈妈还在努力。这是她的最后一战。

琳达打开员工室的门，我看到妈妈以及和她关系最好的同事——茱莉亚·路易斯。妈妈遇见格雷戈前，茱莉亚是她的死党——妈妈以前总这么说。大多数时候，我假装不知道她们在搞什么鬼。妈妈跟格雷戈在一起时，我倒是放了心，因为我再也不用想象妈妈神秘的性生活了。我总是看着她穿戴时髦，出去跳舞，喝鸡尾酒，与人调情，做其他我不知道的事。可我在家时，妈妈从没带过男人回家，直到格雷戈出现。她想让我见的男人中，他是第一个。我真的没想过见他。所以，他们的恋爱让我有点震惊，也不足为奇了。但我知道，有男人出现过。我知道，她和茱莉亚"放松"和"享受"时，一定交往过几个男人。她曾经跟我说，如果不愿意，我们就不用谈论各自的恋情。我们也从来没谈论过。甚至，我跟赛博交往后，我们也没谈过——甚至，我深深地爱上他，不跟他在一起就会难受时，我也从没跟她提起过。也许，我应该跟她说。因为，这世界上如果有人能理解我，那也是妈妈。如果当时我说了，那讲出跟赛博的一切就变得容易多了。而现在，恐怕我能对她吐露心声，而她能做个妈妈的时机已经过去了。我很害怕，不久之后，当我走进一间屋子，她在那里等着，却认不出我。或者，她忘记了我来做什么，就像她忘记方向盘的用处一样。

不过，我现在走进员工室时，妈妈对我笑了笑。她正抓着一大捧花。"看啊！"她兴奋地拿给我看，"闻起来好香！是不是很漂亮？"

我想知道，她有没有注意到，她忘记了"花"这个词，但我没提。姥姥总是纠正妈妈，这会让她很生气。所以我从不纠正她。不过，我真想知道，"花"这个词是不是永远消失了。或者，它会不会再回来。我渐渐发现，这些词时常来来回回，有时则会永远消失。但是，妈妈没注意到，我也就没告诉她。

"它们很可爱。"我朝茱莉亚笑了笑。茱莉亚笑得很夸张，想表现得轻松些。

"好多年没有男人给我送花了，"妈妈说着，把脸埋在花瓣里，"茱莉亚，我们要再出去找找乐子了，结识几个帅小伙儿。"

"你已经有个帅哥了，"茱莉亚紧跟着说，"你已经嫁了萨里最好的男人了，亲爱的！"

"我知道。"妈妈对着花说。虽然我不完全确定，她是不是真明白——或者至少那一两秒明白。一直以来，格雷戈都让她很开心，使她整个人亮起来，就像婚礼上宾客释放的中国纸灯笼。那时候，她由内而外都散发着光芒，漂浮在世界之巅。

可现在，格雷戈、他们的爱、他们的幸福、他们的婚姻，都在她脑海里闪回。我猜，有一天，所有的记忆都会永远消失。

"那么，我们可以走了吗？"我说着，朝门口示意。其实，也不该立马走。但是，要在妈妈热爱的工作上拖延最后一段时间，我受不了。她走出这里时，就会放下她的身份。她待的时间越长，放弃也就越困难。

我还知道，今天、明天或者后天，格雷戈和姥姥，甚至是妈妈会意识到，我还没回大学，然后一切都抖搂出来了。每个人都有想法，都有说法。我不想那样。我花了很长时间，小心翼翼地保守秘密，掩饰错误。我不想突然乱作一团，让全世界都知道。因为，那时候，一切都会变成现实，我还没准备好接受现实。事态很糟，但真相是，妈妈查出病时，我正好暑假回来，我放松了——因为我有理由不告诉她了。就是这样。我心里想的就是这样。我是说，我都快二十一岁了，但我还很蠢，还不成熟，还很自私。所以，当妈妈查出早发性阿尔茨海默病时，我竟还能看到有利因素。我就是那种人。我不知道，我只是不知道怎么能更好。突然间我被迫快速成长，决定该做什么。可我不想长大。我想躲在妈妈的羽翼下，埋在书里，就像不久以前那样。

我还没准备好，还没准备好接受任何一个事实。

现在，趁着其他人没有插手，我还是挺想告诉妈妈关于我的一切。可我又担心，我真的该告诉她吗？我不确定，我说的话，她能不能理解？或者，她能记得多久呢？如果我现在告诉她，是不是意味着，接下来的几周，我要一次次地跟她重复，我彻底毁了自己的生活，并一次次地看到她脸上的震惊和失望？

但她是我妈妈，我要告诉她。哪怕只是现在告诉她。

"妈妈，好了吗？"我又催她。

妈妈没有动。她坐在一把粗糙、难看的棕色椅子上，双眼突然布满泪水。我感觉双腿逐渐没了力气，挨着她坐下来，用手臂抱着她。

"我爱我的工作，"她说，"我喜欢教学，我擅长教学。我能激发孩子们的真正兴趣，让他们真心喜欢莎士比亚和奥斯丁……这是我的事业。我不想走，不想走。"她转头对着茱莉亚，"他们不能赶我走，对吧？我们不能做点什么吗？他们歧视阿尔茨海默病患者。"她提高音量，声音里带着愤怒，甚至有点恐慌。"我们不能去哪个法院，让他们保障我的人权吗？因为他们不能赶我走，茱莉亚。"

茱莉亚微笑着在朋友面前蹲下来，仿佛这一切都再正常不过。她的双手抚摩着妈妈的肩膀，跟往常一样咧嘴笑，就像这一切都只是个笑话。我眼泪要流出来了。这些天来，我总容易掉眼泪。

"亲爱的……"她看着妈妈的眼睛，"你是最优秀的老师，是最完美的舞者，是我最好的朋友和酒友。可是，宝贝儿，老师不能开车撞到校外的邮筒，虽然这个规定有点蠢，但毕竟是规定。不要哭，好吗？开心点，你能够做到的，潇洒地从这里走出去。你自由啦。"茱莉亚停下来，吻了一下妈妈的嘴。"走吧，出去吧，轻松点，像往常一样开朗。不管什么时候，你和这帮忘恩负义的家伙都要开朗。因为姑娘，你现在该过自己的日子了。你可以随心所欲了，亲爱的，你终于可以逃离这里了。"

"我不想走。"妈妈说着站起来，把花紧紧抱在胸前，有些花瓣都被压掉了，落在脚边。

"想想打分，"茱莉亚说，"想想行政，杰西卡·斯坦斯和托尼·詹姆斯的绯闻，记得保密。我们都知道，没人的时候，他俩会在英语系文具间里幽会。还有政治，混蛋政府正在用狗屁政策，极力毁灭我们这么好的学校。想想这堆破事，走吧，放轻松，好吗？让我说，你就尽量地去疯狂，去冒险吧。"

"好，"妈妈抱着茱莉亚说，"我能去的地方已经很局限了，现在连车也不让我开了。"

"这才是我的好女孩儿，"茱莉亚也抱了抱她，"过几天我给你打电话，我们晚上一起出去玩，好吗？"

"好。"妈妈说。她转过身，看着这间屋子。

"再见，生活。"她说。

我们走回停车处。我突然想假装车不在那里，这样，妈妈也许就不会意识到，我开着她可爱的红车，车子换了崭新发亮的挡泥板。她在乘客座位的车门处停下来，我坐上驾驶位置，插上车钥匙，等着她开门，可她没有。于是，我探过身子，给她打开门。她坐上来，身体弯曲，找到安全带扣好。今天早上，我还要替她系安全带。也就是说，这项技能被忘了，又回来了。这是一次小小的胜利。

"好了，回到现实世界，明天！"妈妈对我笑了笑，突然变得很应景，"你行李都收拾好了吗？你跟往常不太一样，没给我弄一堆要洗的衣服。别跟我说，你终于开始自己干活了！噢，等等，我猜姥姥已经帮你洗了，对吧？说到姥姥，凯特琳，在接下来的四五年，她可以帮你洗衣服，但你要付钱给她。"

妈妈哈哈大笑，我屏住了呼吸。她回来了，她记起来了：是妈妈，全是妈妈的样子。只有在这样的时刻，我才意识到，她远去后，我多么想念她。

"回到充满希望、梦想和未来的世界，凯特琳，"她开心地说，已经忘了从学校离职的事，"再过几个月，你就毕业了。想想吧！我迫不及待想看你穿上学士服的样子。我保证，我会努力保持理智，尽量不去想你当蝙蝠侠，我当猫女的事。不过，我倒是很想穿上紧身皮衣，参加你的毕业典礼。"

我笑了。我到底该怎么跟她说？

"我觉得，我应该做个演讲，"妈妈说着，把整个手掌按在车窗上，好像她刚刚才发现有玻璃，"告诉你生活中该怎么办，趁早传授你一些精妙的育儿技巧。不过，我知道，我不用那么做。我知道，只要相信你，你就能把事做好。我知道，我一直唠叨你这个可怜的孩子。我多希望，你能整理好自己的房间，别再听那可怕的安魂曲。但是，我非常以你为傲，凯特琳。好了，我说完了。"

　　我紧盯着眼前的路，集中注意力观察路况，人行道上的行人和不断经过的超速摄像机。突然，我一下子反应过来，她怎么会在开车的过程中忘记如何开车。有时我觉得，那些我没有大声说出来的一切，也会把我脑海中我认为知道的东西都挤跑。我努力地专心开车，剩下的路程越来越短，汽车吞噬了我们在一起的时光。如果我必须勇敢、成长和坚强，那就是现在了。妈妈在旁边，我们正单独在一起。可是我做不到，做不到。

　　"伊桑·格雷夫哭了，"妈妈突然说了一句。她又想起这是她在学校的最后一天，稍微低了低头，"我跟班上的同学告别时，女学生给我做了一张卡片。噢……"她扭过身子，"我把卡片落下了。"

　　"我给茱莉亚打电话，"我说，"她会把卡片收起来。"

　　"女学生给我做了卡片，还跳了舞。是我的女学生，你认识吗？她们好像创作了一场音乐剧，叫《我们会想念你，小姐》。我很喜欢。她们没有创作一首《阿尔茨海默病真可笑》，让库柏小姐用大厅那台走调的破钢琴演奏出来，已经让我谢天谢地了，不过无所谓了。伊桑·格雷夫走过来，当着所有人的面，哭了起来，我猜他是来道别的。可怜的孩子，接下来的一周，其他男孩会让他付出代价，那时候，他们会忙着偷瞄有着丰满胸部的代课老师，而我将变成遥远的回忆。"

"不会的，他们都喜欢你。哪怕有人假装不喜欢你，其实心底也是喜欢你的。" 我打心底里这么认为。

"你觉得，他们会记得我吗？"妈妈问，"等他们长大成人，你觉得他们回忆时，能记起我的名字吗？"

"能！"我说，再穿过两条路，我们就到家了，"当然记得！"

"埃丝特不会记得我了，对吗？"妈妈突然这么说，我只好猛地狠踩刹车。我的身体本能地认为，我们要发生冲突了。

"她会记得。她当然记得。"我说。

妈妈摇摇头。"我不记得三岁发生的事，"她说，"你记得吗？"

我想了一会儿。我记得在阳光下，我啃着面包圈，坐在几乎装不下我的童车上。我当时可能三岁，或者两岁，也或者五岁。我也不知道。"记得，"我说，"我什么都记得，我记得你。"

"她不会记得，"妈妈说，"她脑海中也许会偶尔闪现我的样子，但她不会记得我，不会记得我对她的爱。你要替我告诉她，凯特琳。别让姥姥跟她讲我的故事，那样不行，姥姥觉得我是个白痴，她一直都这么觉得。你要告诉埃丝特，我风趣、聪明、漂亮，我对你和她的爱超过……告诉她，好吗？"

"她会记得你，"我说，"没人会忘记你，即使他们试着忘记。反正，你哪儿都不去——你又不会随时死掉。你会陪她很多年。"不过，我们都很肯定，那不太可能。

刚诊断完，拉贾帕斯克先生告诉我们，阿尔茨海默病基本分为三个阶段。但是，妈妈在哪个阶段，还无从知道，因为她智商很高，可以一直对别人，也对自己隐藏病情的恶化。他坐在干净的小办公室里，里面挂着他的家庭照片和证书。他说，妈妈的病情可能发展有一年了，也可能好几年了。当世上的一切都对她很重要时，她也就到了最后一刻。这都不好说。我转念又想，不确定总比确定好些：有希望总是美好的。但是，她逃走的那个雨夜，格雷戈给她记事本的那晚，姥姥给我们看了最新的检查结果。最坏的消息来了——没人想到那么复杂，谁都想不到。疾病的恶化比任何人预想的都快。姥姥做了笔记，尽量让我们看明白所有信息。但是，我听不到任何细节：理论阐述、脑部扫描结果和后续检查计划。我能做的，就是想象妈妈盲目地走向悬崖——她得知，她随时会坠入黑暗。我们都不知道什么时候会发生，她更不知道。我看了她一眼。我现在得说了。

"妈妈，"我说，"我想跟你说点事。"

"你可以穿我的鞋，"她说，"都可以穿，尤其是你一直喜欢的红高跟鞋。我想让你去看看你父亲。"

这次，我真的停车了。我们离家已经很近了。但是，我在双黄线旁停下来，关掉了引擎。我等了一会儿，好平复下心情和开始紊乱的呼吸。

"你在说什么？"我转过身，看了看她，突如其来的愤怒像肾上腺素一样，在血管里涌动，"为什么你要让我那么做？"

妈妈看到了我的愤怒，但却没有回应。她镇定地坐着，双手随意叠放在大腿上。"因为我很快就不在了，你要——"

"我不要。"我打断她，"我不需要有人代替你，妈妈。而且，那也行不通。他根本不想见我，对吧？我就是个意外，是他没准备好面对的一个错误，他恨不得马上擦掉。不是吗？难道不是吗？"

"鞋子是你姥姥的，那双红鞋。那时候，她还在吞服迷幻药，还没变成可怜的老太婆……"

"妈妈！"我用手掌根猛拍了方向盘。她知道，我不想听到他的消息。她知道，一想到他，提到他——对我生活毫无意义的那个人，我就会勃然大怒。最可恨的是，我竟那么在乎那个男人，而他根本不知道我现在多么愤怒，"别叫我去看他。没门！"

"凯特琳，我和你，只有我们两个人时，我们总是很亲近，再算上姥姥，那就是三个人。我一直认为，这样就足够了。我还在想，如果不是……"

"不！"我毫不动摇，泪水在眼中弥漫，"不，这毫无意义。"

"有意义！因为我错了，我以为，我可以让你在不需要了解他、不需要知道他的环境中长大，但我错了……听好了，我要告诉你一些事，一些你不喜欢的事。"

妈妈说到一半停了下来——她不是在思考，也不是停顿，她只是不说了——过了一会儿，我意识到，她想说的话，已经丢在悬崖边上了。她静静地坐在那里，无视我胸中的怒火、焦虑和疑惑，安详地笑着，耐心地等待什么发生。我把脑袋靠在方向盘中间，用力地握紧方向盘，整个身体都在颤抖，泪水夺眶而出。我听到自己一遍遍地重复："对不起，对不起。"

我不知道，这样的痛哭什么时候才能停下，也不知道什么时候才能再次发动引擎。时间似乎凝固了，好像我们会永远这样呆着。我听到母亲解开安全带。我感觉到，她贴过来，抱住了我的脖子。

"没关系，"她在我耳边轻声说，"我勇敢的大女孩在哪儿，嘿？是很吓人，没错，可总有一天你会为你的伤痕感到骄傲的。我勇敢的大女孩。我爱你，小家伙。"

我投入她的臂弯，享受着她的安慰，因为，不管这一天如何，不管她现在正重新经历的是我们生活中的哪一刻，我都希望，我能陪着她，我知道那时候，一个吻、一个拥抱就够了。

当我终于开进车道，为妈妈打开前门时，我才记起，我还没把秘密告诉她。还有，她也没把秘密告诉我。

1991^年3^月10^日，^{周日}

克莱尔

这是一封来自凯特琳父亲的信。

他把日期写在最上面，信纸上是龙飞凤舞、刚劲有力的粗体字。单从字迹我就能看出来他的艺术气质、不落俗套和危险诱人……他给我写过一封信。

写信在当时并不罕见：我上大学会给妈妈写信，假期会给大学好友写信。但是，我以前从没收到过男孩的信，哪怕不是情书，所以，我保留了那封信。我想，我希望它成为众多情书中的一封，但事实上也只有那一封。

现在再看这封信，我就能看到当时看不到的东西。那是诱惑，是陷阱，是一个精心策划的阴谋，就为了引我上钩——让我自以为是。好像我能获得他的关注，就代表我一定很特别。这不是他信中的内容——但这是他在求爱信中想对我表达的。这些话几乎不合逻辑。

信是晚上到的。我躺在地板上，那里以前是起居室，现在是合租房中的一间卧室。潮湿的小屋里堆满了衣服，墙上挂着海报。屋里能闻到衣服在洗衣机里放得太久的潮湿气味儿。每当我闻到那个味儿，就会立刻回到屋里，盯着墙上的煤气取暖器，幻想着什么时候能开启真正的生活。

那天早上，发现信的那天早上，我拉开窗帘时，看到有什么东西在窗户外面，由于温差，窗户里面布满了水汽，我看不清楚，便掀开灰色蕾丝窗帘：是一个厚厚的、长方形的乳白色信封，上面写着我的名字。

天还很冷——春天的脚步尚未临近——但我激动地光着脚，在外面跳舞，迎接春天。回到屋里后，我又立即钻进被窝取暖。那是我遇到的最令人兴奋的事。我的第一反应是撕开信封，但我没有。我非常安静地坐着，看了很长时间。我生命中第一次有这种感觉——知道将有大事要发生，生命就要从此改变了。我没错。

看样子，他没为我的称呼费多大心，没有用"亲爱的克莱尔"开头，而是开门见山地说"我喜欢周六晚上我们的交谈"。我们的交谈。他的措辞令我激动。他在那次聚会上追求我，我清楚地记得那一刻。当时一进门，我就注意到他。他比那里的大部分男孩个子都高。他有自信，好像修长的体格让他很自在。他身上没什么能够马上吸引女孩的特别之处——除了一点，他有其他年轻人少有的特质：他看起来知道自己在做什么。在我注意到他看我之前，我们已经在那儿待了几个小时。我还记得，我朝身后看了一眼，以防自己自作多情了。我再次确认时，他依然在看我，露出微笑，举起一瓶酒，晃了一下脑袋，招呼我过去。我当然去了，想都没想。他给我倒了一杯红酒，问我对艺术、文学和音乐的喜好。我撒了一堆谎，只为让他记住我。他知道我在说谎，我猜，他也喜欢我说谎。聚会结束时，包括我朋友在内的所有人都走了。我告诉他，安全起见，我也该走了，要叫个小型出租回家。可我都不知道，聚会的地点是哪儿：来时我们身上散发着廉价的酒气，随便搭了一辆车，一路上说说笑笑，只是听了朋友的朋友随口一说，但谁都没记得要去哪儿。那时，他告诉我，那是他家，并请我留下过夜。倒不是因为想要做爱或者什么——这点他很肯定——只是因为，留下来比一个人搭车回家要安全。我听说，上周有个女孩，上了一辆本地出租，然后晕了过去，醒来时，司机正趴在她身上手淫。

当然了，我心里清楚，我正拿一个危险去换另一个危险。我只是不愿那么想。我认为，他成熟，有风度，会保护人。回想起来，他当时是利用了我的逆反心理。他有信心，如果他不让我见识他的男子气概，我不到天亮就会扯掉他的短裤。可惜，我不是那样的女孩。在那之前，我已经和一个男孩发生过关系，只有那一次。事情发生时，我没告诉那个男孩，我是个处女，那样的坦白似乎不太光彩，因为我当时很大了，已经十八岁了。仅仅的一次，尴尬又别扭。事后我决定，假装根本就没发生过。但至少，我已经"做"过了，知道下一次是什么样，所以也没什么坏处。

虽然我表现出了过分的自信，可事实上我很没经验。我让他带我上楼，到他的房间。房间里有一张单人床，我躺下来，他尴尬地在电板加热器前站了几分钟后，便也在我身旁躺下来，我的身体靠里，贴在冰冷的墙上。我们穿着衣服，并排躺着，聊了很久，说说笑笑，有时候，他会跟我手指交叉。即使现在，我还记得，他的触摸带给我的那种安静的震颤——希望与期待。太阳升起时，他亲了我。之后，我们又在接吻和交谈中过了几小时。他的每一个吻都变得愈加炽热。当我起身，带着疲惫和迷茫告诉他，我要走了的时候，他很吃惊。其实我不必走，但我想走，我已经开始渴望想念他的感觉。

在我们的关系中，我只有两个瞬间做了正确的选择，采取了正确的行动，这是其中之一……我还没想到，我们会交往时，就这么做了。他没想让我走，我就走了，这让他更渴望我。

"我无时无刻不在想你。"情书的第二行。我猜，这只是一句套话，但还是不由自主地醉倒在床上，埋进枕头，把信纸紧抓在胸前。我所在的小世界中，他是那么风趣，聪明，重要。而他一直在想我！"今天早上，地毯上的阳光让我想起你头发的味道。"我曾经认为，这句话透着不可思议的浪漫和聪明。很久以后，我发现，那句话他用过不止一次：那是一句爱情诗，他一个学期里给好几个女孩写过。"我想再见到你。今天中午到下午六点，我都会待在图书馆文学区。要是你愿意的话，可以来找我。"

我看了看手表。他已经在那儿待了一小时了。即使我头脑再清晰些，年龄再大些，人再聪明些，再玩世不恭些，对他的字迹迷恋得少一些，我……还是会去——不过，要五点后才到。可惜，我不是那种人。我小心地合上信，夹在我的伊格尔顿[1]里，赶紧穿

---

1. 特里·伊格尔顿（Terry Eagleton，1943— ），英国当代著名的西方马克思主义文学理论家和具有独特风格的文化批评家。

好衣服，马上去找他了。

看到我，他并不惊讶，尽管露出了笑容，但很克制。

"我收到你的信了。"我小声说着，坐在他旁边。

"看出来了。"他答道。

"我们要做什么？"我问他，准备被卷进一场爱情旋风。

"我还有一个小时准备论文，然后去酒吧？"他说着，等我点头同意，就转回头继续看书。我慢慢地从书包里掏出书，装出看书的样子，而事实上我根本没看进去什么内容，只是坐在那儿，努力表现得聪明，迷人，漂亮，等他做好准备。我本该站起来的，我本该离开的，我本该亲一下他的脸颊说一句"再见"的，但我没有。从那时起，我就完完全全属于他了，直到我最后离开。在我们的关系中，那是我第二次做了正确的选择。

Chapter *4*

克莱尔

在忘记说什么之前，赶紧找她谈！

　　我了解阿尔茨海默病，或者说我们熟知的痴呆症——在这个特殊俱乐部里，这都是我们最爱用的昵称——有一段时间了。我想，我许多年前就已经发现了，尽管我没意识到。这种纠缠不断的小猜疑在一点点啃噬我。我想说话时，词汇会慢慢消失。我履行不了承诺，因为压根儿就记不得。我把它归因于我的生活方式，在过去的几年中，我要面对格雷戈、埃丝特和工作的升迁，我的生活太满了。我告诉自己，我脑子里装了太多想法和感觉。我时常担心，它们哪天会漏出来，就像我担心我的身体有一部分正在慢慢毁灭。在我的记忆深处，我总能记起爸爸最后的样子：他是那么老，那么呆板，茫然若失。我担心又好奇。但我告诉自己，我太年轻了，他身上发生的事，不一定会发生在我身上。毕竟，他妹妹——我姑姑哈蒂没有得这种病。她死于心脏病，死时头脑清晰。所以，我提醒自己，不要吓唬自己，不用担心。这几年以来，我都是这样。直到有一天，我终于明白，再也藏不住了。

那一天，我不记得哪只脚该穿哪只鞋，吃了两顿早餐，忘记了我女儿的名字。

我拿着鞋下楼，走进厨房吃早餐。凯特琳已经从大学回家了，看起来疲惫消瘦。她一贯的黑套装和黑眼线，没能掩饰她明显的倦怠。我猜，她是被生活逼得筋疲力尽了。我曾经问过她，为什么那么喜欢穿得像哥特人。她抓了一把乌黑的头发说，她真的还有别的选择吗？还没放学，她带埃丝特出去待了一天——因为保育员生病了——这对她来说是好事。看她的样子，应该能在床上躺上一整天。我都想把她轻轻放在那儿，就像她小时候常做的那样，给她裹好被子，拂开她前额的头发，给她端碗汤。

我进厨房时，她们已经起床了。埃丝特把大姐拽下床，下了楼。埃丝特坐在姐姐腿上咿咿呀呀，让姐姐像喂宝宝一样喂她。我走进厨房，手里还拿着鞋，看着我的两个女儿——她们之间相差十七岁。生完她们俩以后的生活，伴随着小小的幸福。她

们那么亲密无间。我把埃丝特叫过来，抱起她。可是……我和
她的名字之间，有一堵厚厚的灰雾墙。不，不，那不是墙，那是……
空气。那是一个曾被填充的真空地带，也许就在几分钟前还有，
现在却被删除了。我惊慌了。我越用力想，迷雾就变得越厚。
我不是忘了参加工作会，也不是忘了图书俱乐部的那个女人。
我去过俱乐部三次，有时，我在超市看见她要躲着走，因为我
不记得她的名字。这不是"电视里的人，那个方块里的家伙"。
这是我的小女儿，我的掌上明珠。这是我的宝藏，我的快乐，
我的甜心。这是我起过名的孩子。

那一刻，我知道，我父亲身上的悲剧，同样降临在我身上了。
虽然我费尽心机地不想知道，但我终于知道了。我告诉自己，
我只是太紧张劳累了，只要放松，深吸一口气，就能想起来。

我盛了一碗穆兹利[1]，味同嚼蜡，然后我去刷牙。我想也许
遵循生活规律，做自己知道的事情，记忆就会回来。我回到厨房，
又盛了一碗穆兹利，凯特琳问我是不是特别饿。我察觉到其实
我一点也不饿。我迷惑地看着桌上放着的第一个空碗，意识到
了原因。可我还是告诉她，我很饿，并强忍着塞了几口，开玩
笑说明天开始节食。凯特琳眼珠子一转——过去几年这个动作
无数次地出现在她脸上，她可是深谙此道。"噢，妈妈。"

1.欧洲人常食用的一种早餐，即燕麦片和巴西果等干果的混合物。

我努力想克制恐慌，朝桌底看了看，盯着鞋子，低帮黑色中跟鞋，前面是我喜欢的尖头。我穿这双鞋，是因为即便在讲台上站一天，也不伤脚。鞋子看起来实用性感，很适合逃跑。但那天早上，我越看那双鞋，就越觉得看不懂。我不知道，哪只脚穿哪只鞋。尖头的角度，鞋边的搭扣，这一切对我都毫无意义。

我把鞋子放在厨房桌底下，换上了靴子。那一天的工作还算顺利：我记得去哪些班上课，教什么课，我们学的书里有什么角色和引文……它们都还在。但我女儿的名字不在了。我等啊等，等着埃丝特的名字回来找我。但它不见了，跟我分不清左右脚的鞋子一起不见了。那天晚上，格雷戈叫埃丝特名字的时候，它才回来。我松了口气，但也吓哭了。我不得不告诉格雷戈：再也藏不住了。第二天，我去看医生，开始做检查——一轮又一轮的检查，都是为了确定我还知道什么。

现在，我又跟妈妈住在一起了。可渐渐地，我丈夫也快变成一个陌生人了。因为我攥得紧，埃丝特的名字还没溜走。尽管如此，其他事情每天都在溜走。我每天早上睁开双眼，都要告诉自己，我是谁，我的孩子是谁，我怎么了。我又和妈妈住在一起了，虽然没人问我愿不愿意。

凯特琳回去上大学前，我还要跟她说点事，是很重要的事。但是，无论那是什么，它都躲在迷雾后，我找不到了。

"你想摆饭桌吗？"妈妈问我，手里握着一把亮晶晶的金属。

她略带怀疑地看着我，好像我拿一把比较钝的黄油刀，就能干掉她。她想知道的是：我是否还记得哪个餐具是哪个，都是做什么用的。更让我恼火的是，我也在怀疑同样的事。在这一刻，我完全知道该怎么摆饭桌。只要她把那些东西递给我，我就能立马摆到正确的位置。然后……迷雾会弥漫过来，那点知识会消失吗？我不知道，是什么原因让我不想做事。我要做的一切，都伴随着失败的可能性。可是，我现在还是我。我的思想还是我。我不再是我的那一天，什么时候到来？

"不。"我像个十几岁闷闷不乐的孩子。我在装饰我的记事本。我一直在发现一些小玩意儿，尽管这些东西没法组成我全部的回忆，甚至连一页纸或一行都填不满，但却像一块块马赛克一样，拼接成了一部分生活，关于我的生活！所以，我决定把这些发现记在本子上。我在上面粘了一张五十元纸钞，那是我去纽约旅行留下的。旁边是一张"皇后"乐队演唱会的票，我离家跑出去看演唱会时，只有十二岁。我想粘一个刺猬饰物，那是爸爸生病前，送我的生日礼物。我想看看，能不能把它缝在记事本的厚封皮上。就像戴安娜咨询师说的那样，它能吸引我的注意，给我安慰。但是，这不是我不摆饭桌的原因：我不摆饭桌是因为，我不想承认我不记得怎么摆饭桌了。

"你给凯特琳看信了吗？"妈妈在我对面坐下来，放下一件件方框样的东西，好用来放盘子。"你跟她说了吗？"

有好一会儿，我把银质小刺猬在手掌中翻来翻去，用指尖摩擦。我记得它给我带来的快乐。我甚至把它穿在手镯上，让它在地毯上走，放在垫子下保暖。我曾经把它弄丢一整天。直到妈妈在纸巾盒下发现它，我才不哭了：当时我忘了把它放在哪里睡觉了。我能清楚地记得一切，非常清晰。

"我不知道，"我尴尬惭愧地告诉她，"我想，我是说了什么。可我不知道说过什么。"

"她很沮丧，"妈妈告诉我，"她进门时在哭。她红着脸，眼睛肿了。你应该让她看看信。"

"我不知道。"我说。我讨厌母亲强迫我解决问题，逼我做出行动。而现在，我没感觉事情像她想象的那么糟，倒觉得好像在迷宫中走丢，找不到出路。"她有很多话没说，我不知道我能不能说，该不该硬谈这个问题。不是现在，反正这个时间不行。"

"别管怎么样，她应该知道真相，不是吗？那姑娘大多数时候都在发火。她对自己充满不确定，那么……封闭。你就没想过，有很大一部分原因是，她觉得在出生前就被父亲遗弃了吗？"

我什么也没说。这似乎对我不公平。妈妈的新战术是，让我在家里内部整顿。我不想内部整顿。我想往记事本上粘东西。我把小刺猬举到与视线平行，用棉线为它做个环。

"不理我也没法逃避，"妈妈这次语气没那么强烈了，"你知道我的感受。"

"是的，妈妈。"我说，"我知道你的感受，因为打凯特琳出生起，你就跟我说个不停。但是，用不着你做决定，对吧？"

"那该你做决定？"她说。她总这么说。我意识到，有些东西我很想忘记。

"跟现在相比，什么也不会改变。"我告诉她，又接着看笔记本。

"你怎么知道！"她说，"这只是你的假设，难道凯特琳的生活要建立在你的假设之上吗？她是个常常感到被遗弃、自我迷失的孩子。尽管她从没说过，但你一看就知道，她很难适应。"

"经常穿土耳其长袍，头上插花的女人？"我说，"你听过这种个性的表达，对吗？为什么放到凯特琳身上，就有更多意义呢？"

"因为是凯特琳，所以有更多意义。"妈妈一边努力思考，想找到合适的措辞，一边翻转手上的去皮机。"她小时候一直唱歌，总是乐得像朵花。她跟你一样，喜欢大喊大叫，让自己成为关注的焦点。我只是……只是觉得她不……没法深入。我是说，爵士乐和高踢腿哪去了？那个小女孩怎么了？别说她是因为长大放弃了。你可从来没那样。"

"妈妈，你到底要干吗，怎么样你才能让我安静会儿？我是说，退化性脑病都不行，还能有什么能行？等我得了癌症，你就会放过我，对吗？"这些气话突然说出来，带着沮丧和紧张——因为我知道，凯特琳在楼上，蜷缩在屋里，她把觉得不能说的话都藏了起来。因为我知道，妈妈说得没错。可妈妈的正确，是最让人难以忍受的。跟妈妈一起揭旧伤疤，也帮不了凯特琳。所以，我强迫自己回过头来，发现在我松开拳头后，小刺猬的压痕印在了手掌上。"凯特琳没有接受过传统教育，但是，她一直都有我和你。现在，她还有格雷戈和埃丝特。那还不够吗？"

妈妈背过身煮橘色的蔬菜，大概要煮成糊状。我看着她：她双肩紧绷，歪着头，压抑着不满，也许是在悲叹。她对我很生气——我感觉她老是这样，但事实上并非如此。她不生气的日子，就像阳光溢满的客厅里抛光的银器一样闪闪发光。这些记忆闪着耀眼的光芒，比以往越发明显。有时，我很想搞清，我们之间从什么时候开始变得如此针锋相对，但所有记忆都转瞬即逝。是爸爸去世那天，还是他生病那天？或者是我放弃她为我设定的那个梦想的那天？也许是从那个选择开始的，很久以前我做出的那个选择——那个选择最终成了谎言，最糟糕的谎言。我从没告诉过凯特琳，只是让她相信事实原本如此。

凯特琳六岁时，第一次意识到，她是学校里的怪胎。即便有些孩子的父母不住在一起，但起码爸爸就在这个世界上的某个地方。即使他们很少见到爸爸，至少知道爸爸的存在，与爸爸之间有着模糊的联系，对自己的身份还有些许认同感。但是，凯特琳什么都没有。有一天，在我们放学回家的路上，她偷偷掐掉栅栏边摇曳的郁金香和水仙花，做成花束送给我，然后问我，她是不是试管婴儿。这个问题，这种说法，让人尴尬。就好像有人故意放在她嘴里的一样，让我感到震惊。我告诉她，她不是试管婴儿，她的出生跟大多数孩子一样。没等她问我具体是怎么回事，我就赶忙告诉她，在我知道怀了她、想生下她的那一刻，我就确定，我们会组成一个甜蜜的小家庭，过上开心的日子。我希望，那么说就够了，她会像往常一样往前跑，一蹦一跳地从路边的樱桃树上拽花枝。可是，她却不说话，一副若有所思的样子。所以，我告诉她，如果她想知道，我就和她讲讲跟我生下她的男人，让她见到他。她想了很久。

"可是，我不该早就认识他吗？"她留下一路掉落的花瓣，小手滑到我手里问，"约翰•华生虽然住在石油钻塔里，他也认识他爸爸。他们每年只能见两次面。他爸爸总给他带一大堆礼物。"她声音里充满渴望，我不确定，这是不是源于他们的相见和礼物。

"这个……"我说不出话来。虽然我该料到这一刻的到来，但我完全没准备好应对。我应该好好练习，提前排练好，做好准备的。当然，我说的"真相"，最终演变成了谎言。"我发现怀了你时，还很年轻。你爸爸也很年轻。他还没准备好当爸爸。"

"可你准备好当我妈妈了吗？"凯特琳表情疑惑，"不是很难，对吧？"

"不难，"我说着，轻轻握住她温暖的小指头，"不难，当你妈妈是世界上最容易的事。"

"那我不想认识他了，"凯特琳坚决地说，"我会跟学校里的每个人说，我是个试管婴儿。"

然后，她蹦蹦跳跳往前跑了。我们走到树下时，她跳起来用手够到一枝低矮的花枝，粉色的花雨在我们周围落下。花瓣飘落时，我们哈哈大笑，仰起脸来往上看，完全忘记了爸爸这个话题。我以为，她以后还会想了解更多。下一次，她会长大点，我也会准备得充分点。可是，那一刻再也没有出现。

那是我唯一一次跟她提起她爸爸。她也只问了那些。可我总有种不安的感觉，妈妈一直是对的。凯特琳身上的安静、不确定，她完美隐藏在黑眼线和黑发下的害羞，她当盾牌一样总爱穿的黑色衣服……可能都源自那次考虑不周的谈话。可能都是我的错。我一直引以为豪的一点——做她妈妈——可能也是假的。想到这里，我心里都是恐惧。我很快就走了，在离开前，我要把一切安顿好。

所以，今天下午，我掏出一个布满灰尘的鞋盒，找到这封信，贴在记事本上。信里包着一张我和他牵手的照片。那是一个阳光明媚的日子，我们都笑容灿烂，坐在公园的秋千上。我们牵着对方的手，尽管引力和动能试图把我们分开，我们也相互依靠，努力挨在一起。那时候，我一定刚怀上凯特琳，但自己还不知道。奇怪的是，牵手后不多久，我们之间的一切就都消失无影。我把信和照片贴在记事本最后一页，等着凯特琳下楼吃午餐。我想时机到了。在乎她的人都在这儿：埃丝特能逗她微笑，格雷戈能给她支持。这是安顿一切的最佳时机。

"噢,如果你的想法是,她不可能直接出现在他家门口,发现问题,那你可得再好好想想!"妈妈扬起眉毛,在我记事本周围摆了三件套的什么东西。我从桌上端起来,贴在脸上,感到如硬币表面的冰冷。

"我当然不是那么想的。"我轻轻地说,突然觉得累坏了。

妈妈搅着什么东西,是她做的一种调味汁,用来配烤炉里的肉。"我是说,想想她,"妈妈说,"想想她现在面对的一切。有个爸爸或许能帮上忙。"

这一次,我没有回答,而是脑袋靠在记事本上,把脸颊贴在它不平整的表面。我一点劲儿也没有了。

前门开了。我欣慰地看到,埃丝特跑进来,手里抓着一只亮粉色的泰迪熊,那一定是奶奶送的礼物。早些时候,格雷戈带她去了他妈妈家。她很少来这儿。甚至在我变成现在这样一个累赘前,她就不喜欢儿子的这位大龄妻子。现在,她更是对儿子的困境感到懊恼。看到我倒不会让她落泪。格雷戈也曾经表示要带我一块去,现在来说还算是亲近的事:午后与我母亲,或他母亲共度……但最后,我还是选择了我母亲。跟你认识的魔鬼打交道,好过跟你不认识的魔鬼打交道。

"快看!"埃丝特骄傲地为我展示她的玩具熊,"我打算叫他'来自帕特奶奶的粉熊'。"

"真可爱。"我说着,朝她背后的格雷戈微笑——我们分享了一个熟悉的笑话。埃丝特的毛绒玩具名字都像传说。现在摆在她床上的玩具里，有"姜色独眼狗"和"闻着很奇怪的蓝兔"。

"我不知道，为什么非得弄个粉熊，"妈妈说着，严厉地盯着玩具熊，好像那就是帕特奶奶，"就因为她是个小女孩，就得塞给她一个粉色的吗？"

"粉色是我最喜欢的颜色！"埃丝特告诉姥姥，还盯着她上的菜，"比紫黄蓝绿什么的都漂亮。其实，我喜欢紫色，还有青草般明亮的绿色。我喜欢帕特奶奶，不喜欢花椰菜和肉。"

"你跟你妈妈一样。"埃丝特把这误认为是在夸她，开心地笑了。

"学校怎么样了？"格雷戈坐下来问我。他伸手碰到我，看我不舒服，又放开了手。因为我知道，他是我丈夫、埃丝特的爸爸，我非常爱他，所以我想隐藏，但我藏不住。我看过结婚照和结婚视频。我记得对他的感觉——我还有记忆，就像回声一样。可是，那记忆现在过去了。现在，我愣了。我看到他，认识他，但他对我来说却像个陌生人。我的举动伤害了他——我们之间尴尬的寒暄、礼貌性的闲聊，就像被堵在等候室的两个人，不得不聊天气一样。

"我很难过，"我像在道歉，"我还是不明白，为什么不能教书。我是说，我不能开车，这没事。可是，为什么我不能教书？这太……"我忘记用什么词了。它们从我嘴边消失，残忍地回答了我自己提出的问题。"然后，我想跟凯特琳聊聊她父亲。不过我想，当时谈得并不顺利。所以，也许等我们都在一起时应该再试一次。"

"爸爸就是爸爸，"埃丝特像在帮忙，妈妈往桌上放了一盘橘子，"我不喜欢胡萝卜。"

"噢。"格雷戈大吃一惊，"什么，现在吗？"格雷戈从不过问凯特琳的父亲。我记得，这也是我爱他的原因之一。凯特琳是我女儿，她要跟着我，没什么可商量的。他就立即接受了。他花了很长时间，才和凯特琳成为朋友。多年来，一点点的付出渐渐让她缓和下来，接受了他。而在那很久之前，她就接受了埃丝特。埃丝特一出生就成为我们家的一员，成为阿姆斯特朗家族的姑娘。"她会没事吧？"

"她不知道，"凯特琳说着，来到客厅，"不管什么，她都不想听。"

"是胡萝卜和其他蔬菜。"埃丝特同情地说。

"你看起来精神不错。"我说着笑了。她黑色的双眼、黑色的头发和结实的下巴，这些从她几个月时候起就跟随着她的样子，再不会叫人想起她父亲。不过，现在，保罗的照片塞在记事本最后一页。凯特琳正在小心地看着我，我从凯特琳的双眼中，看到了他的影子。

"可你的眉毛像我。"我大声说。

"如果那是好事就好了。"凯特琳开玩笑说。

"亲爱的，我想再跟你聊聊你的父亲……"

"我知道。"她似乎想了很多，表现冷静。她在屋里独自待了一下午。无论是什么原因，她似乎都平静了很多。"我知道你想聊，妈妈，我知道你想聊的原因。我明白。可你不用这样，知道吗？你不用告诉我，因为，除了让事情更复杂，那毫无意义。我们都不需要，相信我……"她犹豫了，贴近了看着我。以前，她的表情对我而言，就像一本打开的书，可现在却变得神秘。"我想过，因为那是你想要的。我想过去见他，但我说服不了自己。为什么要给一个陌生人机会，让他再拒绝我一次呢？因为我很肯定，他一直都不在乎，他在世上还有个孩子。如果他因此烦恼过，如果他在乎过，我们就不会有这场谈话了，对吧？他的号码就该出现在我的快速拨号单上了。"

妈妈砰的一声，把调味汁壶放在桌上。

"猜猜我的玩具熊叫什么？"埃丝特问凯特琳，觉察到紧张的气氛像调味汁一样溅出来了。

"塔尔昆？"凯特琳说，埃丝特觉得很滑稽，"马默杜克？奥赛罗？"

埃丝特咯咯笑了。

"问题是……"我又说起来，"你要记住的是……"

"直接告诉她。"妈妈说着，砰地把肉放在桌上，好像要再谋杀它一次。

"姥姥，妈妈告诉我，等我想知道时，她才会告诉我，"凯特琳尖刻地说，避免跟我说话，"拜托，我们能不说吗？我也有话说，等我……在明天之前。"

妈妈期待地看了我一眼。我等着想起说什么，但什么也没想起来。

"什么？"凯特琳望着我们两人说，"好了，姥姥，说说你的想法。我肯定，我们都想知道。"

"不该我说。"她说。

"你不该说什么？"凯特琳恼火地问她，又朝我转眼珠子。

"克莱尔？"格雷戈朝我皱眉——我再也读不懂的皱眉。

我闭上眼，憋出了几句话。"你爸爸，保罗，"我说，"他不是对我不负责，也没有遗弃你。我是说，如果我知道，你这些年都是这么想的，我早就告诉你了。我说过，等你做好准备了，我就告诉你，可你再也没问过……"

"你什么意思？"凯特琳从椅子上站起来，"你在说什么——是你赶走他的？"

我摇摇头。"不……我从没告诉他，我怀孕了，"我说，"他不知道你的存在，一直都不知道。"

凯特琳又坐下来，动作非常缓慢。妈妈也陪她坐下来，她好像泄了气的船帆。

"我发现怀孕了，怀了你，"我继续慢慢说，选择我不会忘记的词汇，这样才不会说错，"我知道要做什么，为我，为你，也为他。我知道，我想要你。我也知道，我不想跟他在一起。所以，怀孕的事我没告诉他，而是直接离开了。我离开了大学，也离开了他。我没回他电话，也没回信。不久以后，他也就不再联系我了。所以，不是他遗弃你，是他根本不知道有你，凯特琳。"

凯特琳静默了一会儿。她的声音很冷静。"我一直想，"她看着我说，"是你做了会永远改变你生活的一个选择。你选择了我。"

"没错，"我说，"我还是选择了你。"

"但是，这些年来，我一直以为，是他没有选择我。其实，他根本没做选择。现在……"她不说话了。"我现在该怎么办，妈妈？我现在该怎么办？在我脑海里，我认为，有一天，他会等我到来，期待我的到来。也许，他会发现你的情况，甚至找到我！"

"可是……"

"现在……我该怎么办？"

屋里一片沉默。我以为会支援我的家庭，似乎变得遥不可及。我已经忘了怎么触摸他们，怎么伸手去碰他们——即使是埃丝特，她拿着玩具熊，趴在格雷戈的大腿上。

"不管你做什么，"我小心翼翼地说。在说话前，我努力思考了一下。我一再确认，我没有犯错。现在，我犯不起错了。"如果你愿意，我会联系他，告诉他你的存在。如果你喜欢，我们可以一起——无论你想做什么，凯特琳。我明白你为什么跟我生气，但如果你知道我这么做的原因，你会原谅我的。给我机会……向你解释。别担心，因为还有时间，你在世上还有很多时间，可以做自己喜欢的一切。我保证。无论你想做什么，我都会帮你。"

她脸上没了一点表情，一只胳膊放在桌子上，平衡自己的身体。

"你没事吧？"格雷戈问她。

"我有事。"凯特琳认真地说。她看了看我，脸颊微微颤动，就像每次她抑制住眼泪努力不哭的时候。"我想，我等不到吃午饭了，今晚我就要回伦敦。"

"凯特琳，拜托了。"我说着，伸过手拉她，但她抽回了手。

"我只是需要点时间。"她说着，没有看我，但我非常明白她在想什么，她的眼睛里闪着泪花。她不能对生病的可怜母亲发火，这不公平。"我只是……我要弄明白做什么。离开你们……所有人。"

这么简单的一句话，但她说话的方式，她离开我的眼神……

"凯特琳，不要现在走，"她姥姥说，"至少吃了午饭。吃了饭可能好一点。"

凯特琳看了看饭菜，很快在桌边冷静下来。

"我今晚回去。我打车去火车站。"

"我开车送你去。"格雷戈说着，从椅子上站起来。

"不用了，谢谢。"凯特琳说得非常正式，"你还是跟妈妈待着。我只是……我想，我直接走了就行。"

"她只是不想聊这个。"格雷戈一边说，一边看着我用刺猬饰品解开头发。我不喜欢他看我，那会让我更难集中精力，就像照镜子扣项链一样：根本没用，一切都在身后。我很生气，我记得刺猬是产于不列颠群岛的小型多刺哺乳动物，可是却不记得这个长刺的东西叫什么。我肯定，格雷戈盯着我，只会让事情更糟。

"你累了。"他接着说。他贴近我站着，身上带着那种随意的熟悉感，只是我感觉不到。他只穿了一件四角裤。我不知道往哪儿看，所以扭过头看墙。"你已经坦白了，看起来杀伤力很强。凯特琳最终会明白的。"

"我坦白了？"我一边说，一边注视空荡顺滑的墙面，"我想是的。有时候，阐明一件事情的最佳时机永远都不会到，你知道我什么意思吗？我伤害了她，可她完全克制住是因为，我生病了。问题是，如果她大喊大叫，说我搞砸了她的一生，我会感觉好很多。这让人更好接受。"

"你没有搞砸她的一生。"格雷戈挨着我，坐在床上。我紧张地努力集中注意力，不想表现出他光着大腿离我那么近，让我有破门而出的冲动。这是我丈夫，是我永远不想把视线从他身上转移到别处的男人。这我知道，可是，他还是像个陌生人，一个完全的陌生人，却能进入我家和我的卧室。他好像个骗子。

"凯特琳是个聪明可爱的姑娘，她只是被吓到了，"陌生人说，"给她点空间。再过几天，事情就能好转。"

我尴尬地坐在床边，等他去刷牙，我好换上睡衣，到床上躺好。过了一会儿——我知道，他在想要不要碰我——他站起来，去了浴室。我赶紧换了衣服，钻进被窝，把四肢都裹起来，做成睡袋的样子。这样，等他上床时，身体也碰不到我——即使他抱我，也碰不到我的皮肤。相比跟他解释，这么做要简单多了，跟他睡觉会让我感觉陌生和混乱，让我害怕。我不记得怎么碰他，不记得他碰我时我会有的反应。所以，我把身体包起来，躲开他。这不仅是为了保护我，也是为了他不再被我伤害。我知道，我每天都在伤害他。他看起来是个很不错的人，他做了什么竟然摊上我。我躺着等他回来时，能闻到他身上的薄荷味。我想，这场病最悲哀的一点是，它让我觉得自己没那么好了。过去我总觉得，自己很不错。这一次，我决定先开口。

"我担心的是，我们没法及时和好。我担心，几天以后，我会觉得自己叫苏珊娜，还会像狗一样乱叫。"他爬上床时，我害羞地冲他笑着说。他没有笑，因为他不会，他看不到痴呆症有任何乐趣。让他笑也不太公平，不过黑色幽默能让我支撑得久些。他认为，他也许认为，自己被迫进入一种生活状态，接受硬塞给他的一切：妻子越来越不喜欢他，很快还极有可能胡言乱语。

他翻了个身，抱住我裹严的身体，我感觉很重。"再过几天，就会没事的，"他说着，亲了亲我的耳朵，我浑身颤抖，"她就要回大学见朋友了，等她完全适应了，摆正观点，就没事了。

Chapter4 克莱尔 / 083

你等着瞧吧。我是说，反正就像你说的，永远都不会有好时机来告诉她这件事，但你必须说。"

"我希望你是对的。"我说。凯特琳身上有一些东西——不只是她的瘦弱，她的疲惫，或她静静的悲伤——我当然归因于我的诊断结果，都是因为我，不是吗？几个月前，我会解释清楚，但现在不行了。读懂表情的微妙含义，对我来说变得很困难，我只好靠猜测，或者希望他们说一些显而易见的事。可是，还有一些事——为了保护我，凯特琳藏着一些事——一些别的事。

格雷戈朝我探过身子，按了下什么东西，屋里变黑了。我感觉，他的手在被子下摸索，打破我的防御，放在我肚子上。我们没发生性关系。我们已经几年……没有过了。上一次还是初次诊断那天，当时还不知道结果会是这样。不过那时候，也更多是因为伤心，而不是激情——我们只是紧靠着对方，希望一切都会不同。格雷戈还在希望，还在期待。我总在想，我会坚持到最后一口气。可有时我又怀疑，自己是不是已经放弃了。

"我爱你，克莱尔。"他非常平静地说。

我想问他，我病得那么重，他怎么可能还爱我。但是，我没问。"我知道，我爱过你，"我是这么说的，"我知道……"

格雷戈又抱了我一会儿。然后，他又翻身躺到他那边，我觉得冷了。他不明白，为什么自真正生病起，我就开始躲着他。我不知道，是不是这场病拉开了我们的距离。或者，是不是我——

真正的我——想让我们都不用承受分离的痛苦。不过，无论理由是什么，都是因为我。我闭上双眼，感受到眼皮外的亮光。我记得我对他的爱，我记得那种感觉。但是，当我回首这段时光，似乎这些都发生在别人身上。如果我现在赶他走，那从长远来看，也许这些记忆的伤害能少些。

2007^年8^月3^日， _{周五}

格雷戈带我出去喝东西

跟格雷戈出去的第一个晚上，我因为停车停在黄线上，得了这张罚单。我当然迟到了。因为我花了很长时间准备，也许那次是我准备最久的一次约会。我想着穿什么衣服，甚至我到底该不该去。那是个大热天，当天早些时候，他邀请了我。我当时答应了，倒不是因为我想去，更多是因为我不知道怎么拒绝。我把衣橱里的衣服都拿出来，一件件试。我的穿戴让我看起来臃肿苍老——至少，我是那么想的。然后，我找到了这件薄纱裙，但我觉得太透了。后来，我又穿上扎染长款背心裙，我觉得又暴露了年龄。最后，我去了凯特琳的房间，她躺在床上，假装在读书。我问她，约会该穿什么衣服。她给我选了一件套装，让我看起来像个图书管理员——而且是兼职做修女的图书管理员。于是，我回到卧室，找到一条牛仔裤和一件白T恤，这让我看着像是去拍护肤品广告。但那时候，我也只有这个可以穿了。我转了一圈又一圈，看我穿牛仔的样子，犹豫着要不要脱下来。我坐下来，看看束腰带下的一层层肥肉。我想知道，凯特琳出生后，我那一小圈松弛的皮肤是不是再也不会恢复弹性了。我也想知道，格雷戈是否清楚，他邀请喝酒的女人长着妊娠纹。

"只是喝一杯。"我这么告诉自己。只是喝一杯。可是，为了准时赶到酒吧，我闯了一次红灯，在双黄线上突然停车。我心跳加速，皮肤有一种前所未有的麻刺感——我已经好久没有过这种感觉了。

他说他会在酒吧后的花园里。我穿过酒吧，感觉所有人都在看我——一个三十多岁的女人穿着牛仔裤和白 T 恤。我周围都是穿着性感上衣和小短裤的年轻姑娘。她们炫耀夏天的衣服，展现年轻和健康赋予的特有美丽。我觉得自己好老，看着比三十六岁老很多。我真蠢，竟然答应了跟格雷戈见面。更蠢的是，我自以为这是一场约会。我很肯定，我们做作地说会儿话，他就会转移话题，谈到让他多干点装修活，多挣我点钱。或许，就像我们在电视或杂志上看到的故事一样，某个可怜的女人被骗了，骗子把她的钱全卷走了。我其实没钱了。但当我看到格雷戈，看他坐在花园后面的树下时，我想，也许我愿意把家里的钥匙交给他，只为了看他五分钟。

我走近时，格雷戈从沙发上站起来，还像牛仔一样叉开双腿。我看到他时，就是那么想的：他像个牛仔，一个牛仔建筑工。

"我给你叫了杯白葡萄酒，"他说着，朝桌上挂着水珠的玻璃杯点头，"我不知道合不合适，但你回收箱里有很多白葡萄酒的空瓶，所以……是杯灰皮诺。我不是很懂酒。不过，一共有三种杯装酒，这是最贵的。"

我哈哈一笑，他脸红了。接着，我脸也红了，他发笑。有几个瞬间，我们并不看对方，不知道是该接吻，还是抚摸对方。我们别扭地跳了舞，从左跳到右，总是跟不上对方的拍子。于是，在那之后，我们索性什么也不做了。

我不知道是该面对着他，坐在桌子另一边，还是跟他坐在一张沙发上——他像个牛仔一样，叉腿坐着。最后，我绕过桌边，坐在阳光灿烂的另一边。已经是傍晚了，但是热气还很重。不一会儿，我脖根就沁出了一滴汗，顺着脊柱流下来。我真后悔，没跟他一起坐在阴凉处。但那时候，已经来不及换了。

我不记得我们说了什么，因为我的记忆被其他的一切填满：他靠近我的感觉，我脖子后的热气。我觉得，我的双臂后面开始发烫，我的脸颊闪着汗水。我希望再喝一杯，去趟洗手间。但是，我又觉得，不能刚到就站起来。

"你看起来很热（辣）。"格雷戈说。

"噢，谢谢。"我说着低下头，因为这突如其来的直接恭维，颤抖了一下。

"不是，我是说，太阳晒得你很热。"

那一会儿，我只是盯着他，羞愧又惊讶，然后我哈哈笑了。接着，他也哈哈笑了。我把脸埋在手里，感觉浑身的血液都在往上涌。

然后，格雷戈建议，我们躲开太阳，到里面再喝一杯。他伸过手，要扶我从沙发上站起来，但我没接受。他等着我把腿从野餐桌下抽出来，最后摇晃着站起来，倒在他身上。他握住我的上臂，让我站稳，然后放开了。我们进屋时，我觉得，所有人的目光都聚焦在我们身上，好像在怀疑他跟我在一起做什么。他看起来像是印在日历上的男人，他的约会对象应该是跟他年龄相仿、二十多岁、身材紧绷的金发女郎。他跟我在一起干什么？

我们站在酒吧里。我还清楚记得他第一次故意碰我的感觉——他用食指拂过我的手背，我感受到的那种激动、震颤和期待。我看了看他，不动声色。我们继续聊着天，他的手指在我手背上放下来。

我们回到车上时，太阳总算落山了。我看到了罚单，格雷戈跟我抱歉，我说不怪他。他帮我从挡风玻璃上揭下罚单，我叠起来放进钱包。

"再见。"我说。

"我能打电话给你吗？"他顾不上告别，先问我。

"当然。"我说。我还在怀疑，他是不是想找更多活。

"那明天吧。我明天打电话给你。"

"格雷戈……"我停顿了很久，不知道该说什么。"好的。"我最后说。我尴尬地站在那儿，手扶着车门，不确定该怎么脱身。格雷戈为我打开车门，等我坐进去，发动汽车，开到路上，直到我穿过好多红绿灯，向右转，他才在我的后视镜中消失。

接下来的几天，我完全忘了罚单这回事——它被丢在钱包最下面了。我还有太多其他事要考虑。不，不是这样的：我只能考虑一件事。我只能想到格雷戈。

Chapter 5

克莱尔

验孕棒，这就是她如此反常的原因！

"抱歉，您拨打的电话暂时无法接通。"这个礼貌的女声再次提醒我。我看了看这东西——这件闪光的黑板，把它还给了格雷戈。这是打电话的装置。我知道它是做什么的，但我不记得它叫什么，也不记得它怎么用。跟数字一样，我知道它们代表的意义，但不知道怎么用。"再试一次？"

他克制地点点头。但是，我怀疑，他觉得我在浪费时间，不让他去上班。不过，我不知道他在想什么。因为，自从凯特琳离开的那晚，我们渐渐地不再说话了。曾经，我们像乱缠在一起的两根线，永远也不会分开……这场病解开了我，让我脱离了他的缠绕。对我说的一些话、做的一些事，他的反应跟以前有所不同。我不记得是什么事了。但我发现，我很感激，他在躲着我。

我看到，他拿着打电话的东西，大拇指在它光亮的表面滑了一下，好像一场神秘的仪式。他想再联系凯特琳。他听了一会儿，那个女声又出现了，这次像从很远的地方传来："抱歉，您拨打的电话暂时无法接通。"

"很长时间都联系不上，是不是？"我坐在凯特琳卧室的地上说。我一醒来就来到她屋里，想找到她行踪的蛛丝马迹。我知道，不管具体过去了多长时间，对我来说都太久了。我醒来的那一刻，便开始被恐惧折磨。这种折磨一直持续到我进了她的房间，开始再次寻找线索。我说"再次"是因为，在叫格雷戈试着联系她以前，他告诉我，同样的事，我已经连续做了好几天。也许我是这么做过，但恐惧感却是强烈的、新鲜的。我害怕，我在沉睡中度过了二十年。我害怕，凯特琳长大了，离开了，我却浑然不知。我害怕，我想象她的样子，但那个她却一直是不真实的。

我环顾四周。这是真实的——凯特琳是真实的——时间过去太久了。

我还穿着灰色棉质睡衣和睡裤。没穿内衣跟格雷戈共处一个房间，让我感到不太舒服。我不想让他看我，所以，我脸颊靠在膝盖上，双臂抱着腿，整个人蜷缩起来。不过，其实也没事，因为，不管过了多久，自从凯特琳离开那晚，他就几乎没直视过我。

"没那么久。"他说着，把那东西放在凯特琳整洁的被子上。我怀疑是不是该相信他。"别忘了，她是个成年人。她说，她想要一点空间。需要时间思考。"

我过去有个号码，可以联系到某个地方，一个实实在在的大楼，而不是凯特琳手里拿的那个设备。她暑假回家时，两年内第一次把所有随身物品都带回来了，因为，她最后一年要住在别处。格雷戈开篷车去接她，我坐在车上，看着他们卸车，把一大堆生活行李搬回楼上卧室里。她说过，她们一起在校园附近找了个更好的住所。但是，她一直没给我们地址。我已经习惯了在任何想要联系她的时候，都能找到她，我以为，我们会永远保持联系，总能随时保持联系。而那时候，我还会用叫不上名字的那玩意——她也必会回应我。

什么地方出问题了——不只是受伤和愤怒的感觉。

"感觉好像过了很久。"我坚持自己的立场。我不知道到底过去了多久。每天醒来，我就有一种恐惧，在我注意力不集中时，时间可能就消逝了。她可能走了一天，一周，一年，甚至十年。我是在浓雾中迷失了好多年吗？她是不是年龄大了些，还有了孩子？我是不是在无意识的昏睡中过了一辈子？

"两周多点，"他一边说，一边盯着在膝盖间扣紧的双手，"真的没那么久。"

"距离你二十岁上大学，也没那么久。"我妈妈出现了，站在门口，抱紧双臂。她看起来像是要告诉我，要自己打扫房间，尽管这是凯特琳的房间。"你还记得曾经跟那个女孩去跨欧洲旅行吗？她叫什么名字？"

"劳拉·博尔索弗。"我说着，立刻回忆起了劳拉的面容：圆圆的脸，亮亮的皮肤，两个酒窝，左边眉毛穿了几个钉。很久以前的名字反常地回来了，因为，我经常感觉我在那里。"这里"和"现在"只是现实的暂时中断。我十七岁时，在一场聚会上认识了她。我们一拍即合，马上成为形影不离的朋友，这种亲密关系持续了将近一年，直到生活把我们分在了不同的方向。我们承诺过，要一直保持联系，但刚过几天，可能是几小时，这承诺就被抛在脑后了。

"没错，"妈妈点点头，"就是她。就是那个自大的小家伙，她好像一直心情很好，总是咧嘴笑。不管怎么样，你和她一起走了，穿越了欧洲。在你离开的三个月中，我很少收到你的消息，每天都为你担心得要命，可我能做什么？我只好相信，你还会回来的。而你的确回来了。"

"噢，那时候还没有……"我指着霸占着床的那玩意，"那时候更不好联系。现在能打电话，发邮件了。"我记得电子邮件。我笑了，我记得电子邮件，还脱口而出，我以此为傲。我也尝试过——好吧，至少请妈妈和格雷戈替我发过，我捧着字典，告诉他们要说什么，但还是没有回复。

妈妈环顾凯特琳的房间，小粉花墙纸全被消极的摇滚乐队海报覆盖了。"两周不算久。"

"两周多一点，"我试图强调脑海中的那点想法，把它固定下来，留存下来，"对凯特琳来说就太久了。她以前从没这样过。我们没过几天就会聊天。"

"她的生活以前从没这样过，"妈妈说，"她面对的一切都太……你的……"她做手势的方式，让我觉得，她是说阿尔茨海默病，因为她不喜欢大声说出这个词，"而且，她刚知道，她的父亲从来都不知道她的存在。她觉得需要逃走，这也难怪。"

"没错，可我不是你，"我听见自己说，"凯特琳用不着尝试逃离我。"

妈妈又在门口站了一会儿，然后穿上了高跟鞋。我又残忍了。我猜，人人都知道，我变残忍是因为，痴呆症让我不知道说什么，怎么说。也是因为，我大多数时间都感到恐慌。我猜，人人都知道我这样，可他们还是会被我伤害——开始小心我。我想，他们甚至可能会憎恨我——为什么要这样？我看起来还是原来的样子，可又不是真正的我，这一点就更让人难接受了。现在，对埃丝特来说，我还是原来的样子，因为她看不出什么差别。等更多的"我"离开时，他们就好过了。

"我要到楼下吸尘。"下楼后，妈妈大声说。

"没必要那样，"格雷戈劝我，"露丝在尽力帮忙。她来这里是为了你，为了我们大家。一直以来，你的表现就好像她故意在添乱似的。"我耸耸肩，知道他因我而抓狂。"我要上班去了，克莱尔。要有人来……处理事情……我们很幸运，露丝愿意帮忙。好好记住。"

这么说很不合适，尤其是对我，我都想哈哈大笑了。要不是为凯特琳担心，我就笑了。

"出问题了，我知道。"我站起来，耸着肩膀双手抱在胸前，"无论什么不见了，我还记得我女儿。我还知道，这不只是跟她讲父亲的事那么简单。肯定还有别的什么事情，不然她早就对我发泄了，她会又哭又喊，而不是那样，不是沉默。"我拉开她的抽屉，在一堆黑衣服里找东西。我心烦意乱，毫无头绪地乱翻。"我女儿出问题时，我是知道的。"

"克莱尔。"格雷戈叫我的名字。可是，过了一会儿，我拉开凯特琳的衣柜门时，他什么也没再说。她的衣柜——挂满了黑衣服——有问题。但我找不到是什么。"克莱尔，我明白你的惊慌和愤怒，但是我想念你，克莱尔。我非常想念你。请你……我不知道做什么……你不能回到我身边吗？哪怕只是一会儿？拜托了。趁现在还来得及。"

我慢慢转过身，看了看他。我看见他表情晦暗疲惫，耸拉着双肩。

"问题是，"我非常镇静地告诉他，"我不记得该怎么做。"

格雷戈非常缓慢地站起来，扭过头去。"我要去工作了。"

"跟我发火吧，没关系。"我告诉他，"冲我喊，骂我是贱人、臭婆娘。我更喜欢你那样，说真的。"

但他没有回答我。我听见他下了楼。我等了一会儿，直到他关上了前门。突然，凯特琳屋里只剩我一个人了，楼下传来吸尘器的嗡嗡声。我关上门，吸了一口热气，灰尘在晨光中飞舞，床上被阳光照暖了。我不知道现在是一年中的哪个时段。凯特琳回大学了，所以，现在一定是十月，或者二月，或者五月。

我环顾四周找线索，想弄清楚她为什么不接电话。没有私密的日记，没有藏起来的信件。我坐在她书桌前，慢慢打开她的指导手册，浏览上半部分。它上面有什么东西让我感到焦躁：这样整洁地摆在桌上，看起来好像遗物。我看了看按钮，用手抚在上面，感觉按钮在我手下打开了。我的双手曾在这些按钮间跳跃，有时候，我打字的速度比思考的速度还快。可是，现在不行了。如果我现在打字，肯定又慢又乱，还老犯错。我心里知道这些字，手上却打不出来。格雷戈花了许多钱，在楼下的电脑上为我装了语音识别软件。我现在的思考能力比言语表达要好些，所以还没用过。我上个生日的时候，埃丝特送我的蓝墨水、亮粉色钢笔还很好用。它能把我剩下的思想和手指连接起来。我也还能在记事本上记下来。我想尽量用双手写字，直到我忘了手指的用途。

我合上指导手册，一根手指拂过凯特琳摆在窗台的一排书。

我在寻找什么，也许是一张用作书签的小纸条，告诉我问题出在哪儿。但是，即使是摆在窗台的书，我也觉得有问题。但我不知道问题出在哪儿。我在那儿坐了很久，看着周围所有她的东西。突然，我注意到，桌子下面，静静地塞着一个垃圾桶，里面都是废纸、纸巾和染黑的卸妆棉。我很惊讶，妈妈还没有倒掉垃圾——她似乎不停地打扫房间，拿着掸子走来走去，把自己弄得忙忙碌碌。同时，她也在假装，她做这些并不是为了确保我没出前门，或意外烧掉房子。我似乎不常出门，好像也不太愿意。外面的世界充满了我难以解读的密码。唯一喜欢我被监禁在家的是埃丝特。她以前常抱怨我陪她不够多。"你不要工作，"我去学校时，她对我说，"你在家里和我玩，好吗？好吗？行不行？"

我上楼或去卫生间的时候，她还是会问我："你不去上班吧，妈妈？"不过现在，我每次都可以说，我不去。相反，我让她把我画进她的幻想世界里——里面有声音细小的小动物、茶话会、深海冒险、越野赛和医院。在画里，我总是病人，她总能用卷纸当绷带给我包扎伤口，让我完全康复。至少，我还能带给埃丝特快乐。现在的我甚至比以前更能叫她开心。这很了不起。

我拿起垃圾桶，把垃圾倒在地上，蹲下来翻找着，希望能找到什么我不想知道的东西。虽然一眼看来没什么，不过是几乎没动的一盒烟，可我还是很好奇，因为我以为凯特琳不抽烟。要是她抽烟，为什么又要扔掉呢？我又开始收拾垃圾，结果看到一样东西：白色塑料的长东西。我捡起来看了看。我以前认识它，我该知道那是什么，但现在却不认识。我只知道，它在对我讲着非常重要的故事，因为，我的心跳快得吓人。

"妈妈！"我朝楼下喊，可没人回答，只有吸尘器的嗡嗡声。我站在楼梯顶上，又看了看那东西。我狠狠地盯着它，想弄清它的奥秘。卫生间的门开了，格雷戈走了出来。我立即把它藏在背后。我不知道为什么这么做，但我觉得它是个秘密。

"我以为你走了。"我说。

"我走了，但又回来了，"他说，"我忘了东西。"

"这是在学我。"我弱弱地笑了笑，但他没有笑。

"那是什么？"他一边问我，一边看我弯在身后的胳膊。

"我不知道。"我犹豫了一会儿，拿出来给他看。他瞪大双眼，小心翼翼地从我手上接过去。

"是什么？"我问他，忍住不把它抢回来。

"是验孕棒，"格雷戈告诉我，"是凯特琳的吗？"

"在她屋里发现的——是用过的吗？"

格雷戈点点头。"是的。"

"噢，上面显示什么？"我皱起眉头问道。

"没什么。"他摇摇头，"结果不会一直保留，记得吗？还记得吗，我们想保留怀埃丝特的验孕棒，但是，过了几天，结果渐渐消失了。我们才意识到，想留作纪念其实不容易。"

他笑容温暖，表情亲切。只过了一会儿，我认出了他，这种感觉很棒。就像在长长的站台尽头，看见一位爱人，从蒸汽里出现。有一会儿，我很开心，逝去的爱全部找回来了，我要冲他跑过去，但现在不是做这个的时候，不知从哪儿冒出一堆拼凑起来的碎片，把我周围世界变得清清楚楚。我看清了一切。那就是凯特琳衣橱的问题所在：里面还是塞满了衣服。她最喜欢穿的黑衣服——全丢下了，只带走了几件。她的课本摆在窗台。她的指导手册整洁地放在桌上。两周前的那晚，无论凯特琳去了哪里，她都没回学校。她什么都没带。

"我要去找她。"我跌跌撞撞下楼，着急要找到她。我赶紧跑到门边的桌前，我的车钥匙通常放在红色玻璃碗里。我身后的格雷戈也跑下了楼。

"我的车钥匙在哪儿？"我的声音很大，连妈妈都关上了吸尘器，走到走廊里，"我要车钥匙。"我伸出手，格雷戈和妈妈只是看了看我。

"克莱尔，亲爱的。"妈妈谨慎地说，就像我是个要爆掉的炸弹，"你想去哪儿？我开车载你……"

"我不用你开车载我。"我的音量提高了。埃丝特出现在门口，站在妈妈腿边。他们还没意识到，这一刻，我什么都知道，就像以前一样。雾气再次出现前，我要离开。我现在就要走，趁我还能看见，能思考。"我会开车。我知道方向盘是干什么的，知道刹车和油门的区别。我要去找凯特琳。她可能怀孕了！"

没人回答，没人来帮我，没人给我钥匙，或者看我多认真。

即便是埃丝特，也只是困惑地盯着我看。我大声说出了心思，或者，他们听到的全是别的？

"你们为什么这样对我？"我大声喊叫，脸上突然泪水泛滥，"你们为什么要把我关在这儿？你们就那么恨我吗？凯特琳需要我，你们不明白吗？我要去找她。把车钥匙给我！"

"宝贝儿，听我说……深吸一口气，我们好好想想……"格雷戈摸着我的胳膊。

"她需要我，"我告诉他，"我让她失望了。她以为，我没法当她妈妈了。也许，她一直承受着这件大事，我刚发现的这件事。但是，她以为我只会把事搞砸。可她不该那么想，因为我知道，我知道她一直在承受。她现在需要我，趁一切……还没再出错。格雷戈，拜托，拜托你，我真的爱你。我在这里，我现在在这里。我非常爱你，你知道的。拜托你，请你不要阻止我见她！"

"我不明白发生什么了。"妈妈说。这时，我注视着格雷戈的双眼，希望他看见，我回来了——我现在在这儿，我——那个他认识的我。在我再次离开前，希望他能看见。

"凯特琳怀孕了，"我告诉她，"她肯定怀孕了。我不知道为什么我竟没看出来。她看着总是很累，心事重重。她什么也没带。大学新学期要用的东西，她都没带。为什么我不记得了？她甚至都没有收拾一个包。她就那样走了。她不回电话，不回邮件，她不上……不上推特之类的。她去哪儿了？妈妈，我要去找她。你要让我去。你们不能阻止我见女儿！"

"可你也不知道去哪儿找。"妈妈说。她往前走了几步，用胳膊挽住我的腰，跟我说话。她声音低沉温和，带我去客厅。格雷戈一动不动。我回头看了他一眼，他全身像握紧的拳头一样紧绷着。

"我知道，你为什么不先坐下来？我们可以给大学打电话，找到她的住处。我不知道，为什么我们以前没想到。"

"我不想坐，"我说，"我想去找我女儿。"

"好了好了。"妈妈安慰着我，像我弄伤了膝盖一样，"到厨房来，坐下。我们好好想想。"

"我要走了，"格雷戈从走廊上说，"我上班已经迟到了。听好了，克莱尔，你不用担心。我们还不知道验孕结果。好好坐着。我和露丝会弄清发生了什么。"

我什么也没说。他离开时，也没发现是我回来了，是我在这里。我不确定，我能不能因此原谅他。

埃丝特爬上我的膝盖，紧紧握住我的睡衣边。

"正在播你喜欢的节目吗？"我小声对埃丝特说，妈妈把厨房里的茶壶接满，"蔬菜会说话的那个？"

"我想看电视，我想看电视，我想看电视！"埃丝特立马开始叫唤。妈妈转过身，一边往客厅走，一边咂嘴、翻白眼，埃丝特在她身后跟着跑。

"在我小时候，我们都读书。"她忘了，埃丝特还没学如何念书。

我抓住机会，走到后门，穿上那里唯一的外套：那是格雷戈的，衣服又宽又大又暖和，但因为干活，溅满了泥点子。我想，那双靴子是妈妈的，我套在脚上。靴子有点小，但我没穿袜子，所以也还好。我需要钱，所以，我拿走了她放在厨房操作台上的手包。我出了后门，顺着小路，跑出大门。我停了下来。我记得刚知道的一切。我又提醒了自己一遍，我都还记得。现在，趁着现在，我还是我——我还是我，我知道一切。我开始走向市中心和火车站。我自由了。

1993 年 8 月 8 日， 周日

露丝

　　那天，克莱尔再次离家，开始自己的生活。就在那一天，我给了她这个四叶草的书签。凯特琳刚一岁多，她们之前的一整年都跟我住在一起。那也算得上是我一生中最快乐的一年。

　　几个月前，克莱尔来找我，说她要离开大学生孩子，我没跟她吵架，也没试图改变她的主意。我知道那毫无意义。克莱尔一直都随我：她一旦下定决心，不管其他人怎么想，她都要做。就像有一天，我决定嫁给一个大我很多的男人，他甚至没听说过甲壳虫和滚石乐队。在外界看来，那个男人永远都配不上我。但我知道，他配得上。而我只要知道那么多就够了，我们就这样相互扶持着直到他去世那天。所以，我不打算改变克莱尔的想法，也没有催促她做好当母亲的准备：我只是带她回家，让她建一道围墙，与以前的生活和朋友断绝联系，等着做个母亲。我以为——我希望——她决定带一个孩子到世上，也许跟我有点关系。我们以前走得很近。

　　进入大学，我那唧唧喳喳、肆无忌惮的女儿，正在用布迪卡

女王¹的信心，征服利兹大学的英语系，做她尚未做过的事。可是她就像她正在研究的小说里的女主人公一样，屈从了心里的爱情，迷失在旋风当中。等一切结束，暴风把她放下时，结果跟她的预想相差甚远。那时，凯特琳已经出现了，偷偷地藏在她肚子里，像一颗小小的、黑色的生命之珠，等待降生。以前的这些日子，她第一次回家来住的日子，我们总是熬夜到很晚，谈论爱情和生活、理想与未来。我们谈论，有时候，计划总是赶不上变化，甚至完全出乎意料。克莱尔在图书馆找了份兼职。我记得，那段日子很快乐——读书、换书、说书。一天晚上，为孩子装扮卧室，组装婴儿床。我们几乎气死对方，却也笑声不断。

凯特琳降生时，我为克莱尔骄傲极了：她也不过是个孩子，但她立马就能承担起一个做妈妈的责任，爱护自己的孩子。我猜，那些个只有她们两个的日子，凯特琳的父亲根本一点也不重要。可我应该警告她的，有一天，他会变得很重要，但我没有。我看到，她们两个紧抱对方。我想确保她们的安全和纯洁。伴随着克莱尔坐在厨房里，给凯特琳唱歌，我们一起交谈、大笑，时光转瞬即逝。

我知道，她们不会永远待在那儿，我猜对了。克莱尔不再是坐着等待生活的人：她去寻找生活，用全身心握紧生活。就像她几乎不认识的父亲一样。

她再次离家那天，是为了她第一份工作。没有完成学位，没

---

1. 古英格兰爱西尼人的部落女王，曾组织抵抗罗马帝国的武装侵略。

有工作经验，那已经是她能得到的唯一工作了：在当地继续教育学院的科技园当接待员。她说，她喜欢和其他同龄的学生一起。尽管工作很无聊，她做得也不是很好，但她喜欢老板。

她在校园附近的油炸食品店楼上，为自己和凯特琳找了个落脚地。我不想让她搬过去，我想让她和我呆在安全温暖的家里。我可以继续保护她们。可是，她决定回去生活。即使那不是她计划或希望的生活——她梦想的灿烂事业是成为一个文人、一名获奖小说家、一位充满智慧和会讲故事的人。她没有因此痛苦。凯特琳的到来，突然让她获得了生机。甚至可以说，她被救活了。现在，她唯一要操心的，就是照顾孩子。她不用担心满足期待或失败。再也没有什么更伟大的期待了。有时我想，只有当她不用把成功的责任感压在身上时，才能把事做好。

她离开的那天，我抱着凯特琳，看着她把最后一点行李装到背包里。

"你会打电话吧？"我问。

"妈妈，我就在这条路上不远。大概五分钟的路程。"

"看起来，一个包不够用。为什么不让我开车送你？你可以多带点东西。我不是介意你把东西放在这儿。我想让你把所有东西都留下，我来照顾你们两个。"

"我自己可以，妈妈，"她说，"我已经长大了。"

那时，我给了她那张层叠书签，四叶草压平在塑料膜下，一片叶子与其他三片微微分开。四叶草下面，印着斜体字："每一片草叶，带给你一个愿望。祝愿你今天和每一天都拥有好运、健康和快乐。"

她一定以为我疯了，因为，我给她书签时，她表情疑惑。它离我们的生活很遥远，好像完全来自另一个宇宙。那天早上，我到街角商店买牛奶时，在一个小摊上看见了它。似乎很巧合。

"它可以提醒你，我们一起读过的书，"我解释道，"我知道很傻，就当个纪念吧。"

"我其实很喜欢，"她咧嘴笑了，"我爱你，妈妈。"

"它像在跟我对话。"我告诉她。我记得，我把凯特琳、克莱尔和背包抱在一起。在她们离开前，亲了她俩的脸颊。

"娃娃又听到声音了！"克莱尔跟凯特琳说。

她把书签塞进一本《巧克力情人》[1]里，放在包里靠上的位置。从那以后，她一直留着这个书签。等我开始在她记事本里写东西时，她把书签还给了我。她让我记下还书签的日子，写下它的意义。

我想，我也不知道这个蠢蠢的小纪念品有什么意义。但是，等我二十年后再见到它时，我想我终于知道了。我相信好运，我相信命运，任何事都不是任意的或随机的。我现在感到了安慰，我很肯定，一切事情的发生都是有原因的，哪怕是不止一次地失去你爱的人——哪怕是那样。我最了解克莱尔。我知道，她会尽力成为天空里最亮、最持久的一颗星：无论怎样，她都会发光。我知道，很快，我就不用再发火，只要告诉她，我也爱她。

1.《巧克力情人》（Like Water for Chocolate），为墨西哥小说家劳拉于1989年出版的一部流行小说。

Chapter 6

克莱尔

我们可以在一起吗？

　　我走到街的尽头，来到主路上，公交车来了。我走过去，可以等公交，可是我永远不会坐公交，我不是喜欢公交的那类人，至少，在看到30岁的不同面貌之前，我不爱坐公交。这是原则问题：我现在大概不能开车了。但是，我还有车。至少，在不久之前，我还有过一辆新车。而且，我不想穿着睡衣上公交。别人会假装不去看我。而且我觉得只有疯子才会那么做，太可怕了。感到自己如此沮丧、迷失，还时不时听到脑海里的声音，真是糟透了。当然，你很快就会开始怀疑，这一切到底是不是真的，不是吗？我会的。我会开始怀疑，我到底是不是真实存在的。所以，不了，谢谢，我不想当透明人。因为，我很肯定，现在脑海中的一切都是正确的。我不是可怜兮兮、在街上游荡的疯女人，而是一个有理智、头脑清晰的女王。我要冲向自由，挽救局面。情况就是这样……不是吗？

我无法停下来思考整件事——如果我犹豫，就会丢掉这一刻——所以，我决定走下去。我坚决地往前走，让每个人都看到，我知道要往哪儿走。我去的地方不远，很容易找到。但我承认，即便穿着厚外套，我也很冷。我多希望，我逃跑的时候穿了内衣。知道在逃跑时，自己的胸部会不受控制地上下跳动，像一对飞鱼一样扑腾，总让人觉得很不自在。可是，我已经出来了。当你被迫越狱时，总是没时间考虑内衣的。我手里抓着妈妈的包，靴子磨着我的脚趾。在路的尽头，我向左转——我不写字的那只手所在的方向——然后，我一直沿着大路走，一直走到火车站。如果我一直沿着大路走，最后会到达火车站的。它就像酒店大厅的某个地方，只要你坐的时间够长，总能碰到认识的人。

不过，我不是要去酒店。

很好，没人看我。我以为，我看起来会像个离家出走的疯子。但我想，我下身穿灰色棉睡衣虽不理想，但在这么寒冷的天气中，也不特别显眼。多亏这件宽大的外套，我就像个突击队员。我咯咯笑了。有一会儿，我忘了自己在做什么，为什么在这儿。

然后，我怀疑，别人不看我，也许是因为看不到我。

挺胸抬头，扬起下巴，记得自己是女王。我在外面，我自己逃出来了。我现在又属于自己了，做我命运的女主人。好振奋，好激动。自由的感觉好极了。没人认识我——我可以当任何人——如果不是因为要低调，我会欢呼雀跃。如果我穿衣合适，我很乐意跑步。但是，想到我可能是任何一位正常女人，穿着母亲的靴子，不穿内衣出来散步，我就已经很满足了。

"你好。"我听到一个有点熟悉的声音。我走路的速度加快了点。万一碰上我认识的人，我不能被他叫住——因为他可能会带我回家。

"嘿，克莱尔？我是莱恩，你还记得我吗，咖啡厅的那个？"

我停下来，看了看他。莱恩。我脑子空白了一会儿：什么咖啡厅，什么时候？我退后了几步。

"你记得吗？那天雨下得很大，你浑身淋透了。我说过，你看起来像只非常漂亮的落汤鸡？"

我想起那些奇怪的措辞和那奇妙的时刻。在那个快乐时刻，我像真实的自己一样。莱恩，咖啡厅里的那个男人。我出门了，没穿内衣。

"呃……你好。"我突然意识到，我今天早上没梳头，没洗脸，没刷牙。我把头扭过去，因为，我不想让他看我。"我只是……出来散个步。"

"我一直希望能再碰见你。"他说。他声音很好听，温柔善良，

ROBIN

知更鸟

看 见 你 灵 魂 所 有 的 颜 色

The Memory Book

ROWAN COLEMAN

让我怀疑，也许我头发乱蓬蓬，眼睛毫无修饰，也许也不要紧。

"我以为你会打电话。"

"抱歉，"我漫不经心地说，"我就是太忙了。"

那是说谎。我没有忙过。埃丝特用手纸为我包扎好，让我躺在客厅的地毯上，在记事本上写东西，为凯特琳担忧。凯特琳。

"其实，我要去个地方……"

"你要去哪儿？"他一边问我，一边走到我身边。我双手插在外套口袋里，摸到一盒圆形薄荷糖。格雷戈一直吃薄荷糖。那意味着什么？意味着他打算亲某个人——也许是我以外的某个人？我记得昨天的他。或者，至少，我的心记得他。可是，已经太迟了。他没有看到我。他已经不再关心我，离开了我。我的手指不再抚摸薄荷糖，因为我认为，对我丈夫而言，我什么都不是了——甚至连痛苦的记忆都算不上了。

"你打算去哪儿？"莱恩把问题重复了一遍，让我做出回答。

"我要去……"我不说话了，我感到难过，但不知道为什么。天空晴朗灿烂，空气新鲜纯净，但是，雾气还是来了。我又迷失了。"我只是出来散步。"

"我可以跟你一起吗？"他问我。

"我不知道要去哪儿，"我警告他，"只是漫无目的地游荡！"我声音中带着一丝焦虑。我知道，我出来找凯特琳，但为什么呢？我要在哪儿见她？我要去哪儿接她呢？是学校吗？我有一次接她时迟到了。等我到的时候，她脸色很差，眼里都是泪水。

原因是公交车来迟了。我就再也不坐公交车了。如果我迟到，她会害怕的。我不想让她害怕。

"我要找到我女儿。"我说。

"你有女儿？"他问我。我意识到，我上次没提到她。

"是的，她在上大学。"我听到嘴里说出这些话，并一再确认。没错，凯特琳在大学，她不会在某个学校操场等我。她二十岁了，在大学很安全。

"你的年龄看起来不像有个上大学的女儿。"他说。我忍不住咧嘴笑了。

"这是个现代奇迹，不是吗？"我拂开脸上的头发，朝他笑了笑。

"我建议，我们转过身，"他开心地说，"那条路是市中心，只有商店和人流。要是我们走另一条路，能听到鸟叫。"

我们安静地走了几分钟。走路时，我用眼睛偷偷地斜视他。我记得，我在咖啡厅里认识的男人比较年轻。但那时候，我也认为自己比较年轻。据我所知，那场见面可能过去十年或二十年了。只有他羞涩迟疑的说话方式表明，我们最近见过，算是某种程度上的熟人。不过，他一定是喜欢我：如果他不喜欢我，就不会在街上停下来跟我说话。

现在，我看了看他。我看到，他跟我年龄相仿，西装领带，穿着漂亮。他看起来像是我会嫁的那种人。也许他会跟我一起退休，一起在保柏公司¹养老。我打赌，老年痴呆后在保柏养老会更好些。就像全民医疗服务体系痴呆救助计划一样，但是，保柏的饭菜更好，可能还有空中电视。

"我们真的是碰见了？"我突然有点警惕，"或者，你在跟踪我？"

他哈哈一笑。"不，我没有跟踪你。我承认，我希望再跟你聊天。几周前，我在咖啡店见到你时，也很孤独难过。我认为，你看起来……很可爱，看起来，你需要照顾……噢，好了，我希望，你不要介意我指出来。但是，你现在在外面，还穿着睡衣。所以，我只是想……或许你想要个朋友？"

"你确实孤独难过。"我说。他注意到我的穿着（我为什么穿睡衣出来），我很开心。但是，他没有立即送我去救济院。"你看起来，明显不是营销专家。跟我讲讲你，比如说，你为什么孤独难过？"

"要是你告诉我，为什么不换好衣服再出来散步的话。"他说。

"我……"我打算告诉他，但停了下来。我还没准备好。"我是个自由人，"我说，他哈哈大笑，"现在轮到你了。"

他不知道，他可以告诉我他的喜好，我可能随时都会忘记。

---

1. 保柏（Bupa）是一家国际健康护理组织，为超过 190 个国家的 2200 万人提供服务。

自打他说了那句"漂亮的落汤鸡"我就没忘记他，没忘记我们的第一次见面。我是说，在那之前，我没有想起过他。但是，我一听到这些话，就认出了他。这是我牢记的东西——好事。而且，我记得……我记得他的双眼。他不知道能跟我说什么，不能说什么。说实话，当他告诉我一切时，我感到惊讶和触动。

"我是个可怜虫，"他承认，"我妻子……不爱我了，离开了我。我很伤心，疯了似的想她。有段时间，我都看不到活下去的意义。我知道，我必须活下去，因为有人依赖我，我喜欢当个强人，但是现在我做不到。我不知道怎样才能再次开心起来。这吓坏了我。"

"哇哦，真让人伤心，好可怜。"我嘴上说着，心里也能体会。他感觉像我一样迷失——我的迷失不仅是字面意义，也有象征意义。我伸出手，拉住他的手。他开始时很惊讶，后来又开心了，我是这样认为的。不管怎样，他没有把我甩开。

"我很高兴，我的痛苦能逗乐你。"他露出微笑，斜眼看了看我。

"我不是笑你，"我说，"我只是在笑我们俩。看看我们俩，两颗迷失的心灵，在吉尔福德街散步。我们需要一片荒地，或者一片森林，真的。我们需要一片长了合适象征物的地貌。灯杆和公交车站不太合适。"我对自己很满意：我很肯定，我聪明又风趣。家里的那些人，他们以为，我已经是个废物了。我怀疑，他们有没有在找我——他们是不是在逃避？现在，我一定已经离开一会儿了。妈妈一定会发现，我穿着她的靴子逃跑了。没错，我逃跑了。但我不记得为了什么。我跟莱恩拉手时，似乎没那么大压力了。

"我们就拿草木旺盛的郊区将就吧。"他说着，我们爬上小山。山两边是两排房子，二十世纪三十年代留下的半独立式住宅，看起来几乎完全一样。曾经，这些房子是天堂，是乌托邦。现在，它们看起来像是专门为了哄我建造的：一个残忍的玩笑，一个只有死路和双重陷阱、没有出路的迷宫。我知道，我住在其中一栋房子里，但我不知道是哪栋。跟窗帘有关，但我忘记是什么了。不管怎样，我不想回家，他们正等着把我关起来。

"你呢？"他问我。我们从一条大道，走到另一条相同的大道，"说说你的故事。"

"我不是很好，莱恩，"我遗憾地坦白，"我不想告诉你，因为，我觉得，如果你知道了，就不会这样看我，这样跟我说话了。世界上，只有两个人没把我当病人，你是其中之一。另一个是我的小女儿，二女儿埃丝特。她只有三岁半。我跟她父亲结婚一年多。他是个好人，一个正派人。他理应过得更好的。"

莱恩仔细倾听，沉默了一小会儿。"我们可以认为，"他最后说，"我喜欢在公共场合，跟一位穿着睡衣的已婚女士拉手散步。我不会改变对你的看法，或跟你说话的方式，你愿意告诉我你得了什么病吗？"

"我……"我不知道怎么能既告诉他事实，又不把他吓跑。

所以，我这样跟他说："这么说吧，我剩下的时间不多了。"

莱恩缓慢稳当的步伐开始摇晃。我对他感到抱歉。我忘了，对别人而言，任何重病都很可怕。就像死神敲了敲他们的肩膀，提醒他们，有一天，死神也会来找他们。

"这不公平。"他听完，静静地说。

"是不公平，"我只能同意，"但这不是最可怕的。最糟糕的是，我知道，我正在遗失一些东西，这让我很伤心。我不知道怎么说，无论是对谁，倒不是我跟别人解释过……除了你，我没跟别人讨论过。我不想一直这样下去，我想现在就让它停下来。"

莱恩看起来……怎么说呢？我想是苦恼，是恐惧。他的脸像白纸一般毫无血色。

"对不起，"我道歉，"我不知道为什么会选你吐露心事。好了，没事的。不用觉得一定要跟我说话。我没事。"

我看看四周，意识到我又忘记自己在哪儿，现在是什么时候了。我不想放开他的手，但我告诉自己，如果他哪怕松一点手，我就要放手。

"你爱你的丈夫吗？"他问我。我低下头，看到他还紧握着我的手。我看了看，我的手握着他的手，我的结婚戒指在晨光中熠熠发光。

"有时，我记得是什么感觉，"我说，"我知道，我很幸运拥有它，哪怕是一小会儿。"

我们继续往前走时，我咬着嘴唇，想知道我在做什么，以及为什么。为什么我告诉这位陌生人——他的精神问题可能比我更严重——那些我连家人都不愿说的秘密？到现在为止，我该把他吓跑了——他应该找个礼貌的借口，想办法离开——可他还在我身边，还握着我的手。我的手握在他手里，感觉没什么问题。感觉……很舒服。

"爱情是件很有意思的事，"他打破了沉默，"有时，我真想更擅长表达，这样就能更多地谈论一下。有些情景会比别的东西更能影响我们所有人，而好像只有诗人和歌曲作家有权利讨论它，我觉得不该如此。"

"你可以跟我说，"我说，"无论你用什么措辞。"

"我认为，不只是措辞和感情那么简单，"他说，"其实，我在想，如果你需要一个朋友，我很想当你的朋友。即便我很想念我妻子，我还爱着她。即便你病得很重。即便我们不能永远做朋友，也可以现在做朋友。如果你不介意的话。"

"可为什么呢？"我问他，"你为什么愿意跟我扯上关系呢？"

"我们的道路恰好相交了，你不这么认为吗？"他停下来，扭头面对我，"我想到爱时，我想，它是超乎我们之外的事物。它不只是性爱或浪漫。我认为，等我们都消失了，剩下的就是爱。"

"让我想起了什么，"我说，"但我又忘了是什么。"

我环顾了一下四周，看到一个带红窗帘的房间，就开始努力拨开记忆中的迷雾。那是我的房子。总之，我们停在了我家门口。

"我住在这儿，"我惊讶地说，"你把我送回家了。"

"很有可能是你认识路。你没想那么多，就把我们带到这里了，"他说着，表情有点难过，也许是因为散步结束了，"要么也许我是你的守护天使。"

"我希望不是，"我说，"我一直觉得，守护天使听起来就像不合群的人。"

我周围有什么东西在移动，也许是妈妈拉开了窗帘。也就是说，她正往门口走来。我不想跟妈妈介绍莱恩——或者更可怕的情况，跟格雷戈介绍——所以，我让他退后一两步，退到邻居又傻又愣的水蜡树篱笆后。

"我想，我妈妈可能会处罚我。"我小声对莱恩说，露出可怜的笑容。

"噢，我应该……"但是，趁他还没说要跟我母亲打招呼，我阻止了他。

"不用了，没关系的，"我说，"谢谢你陪我散步。谢谢你带我回来。我要走了。"

"你还有我的号码吗？"他抓住我的手腕，问道。

"有。"我说。但事实是，我不知道。

"如果你需要我，"他说，"如果你需要一个不介意你穿着的朋友，可以联系我。说定了。"

"你也是，"我说，"在你过分想念你妻子时，也可以联系我。"

"记住我。"他说。

"我会的。"我说。我不知道为什么，但我知道，这是真话。

"我很抱歉。"我一走进门，就听妈妈说。我的头往后倾斜，等着被惩罚。

我慢慢地扭过头，看了看她。"你说什么？"

"我做得不好，没看到这对你意味着什么，"她说着，一遍遍地搓手，"我只是想照顾你——那就是我想做的。有时，我觉得，我太着急了，或者不够着急。所以，我没想到，这对你来说有多沮丧。我想，我没有好好听你说话。我太担心了。格雷戈正在外面找你。我还是给他打个电话吧。"

格雷戈没接电话，妈妈给他留了个信息。她的声音在颤抖，我意识到，我吓着她了。我似乎太蠢了，只是出个门，就把我妈吓成这样。我现在这样生活，太蠢了。

"我很抱歉，"我说，"我不想吓你。我这么做是因为，我真心认为，这没什么……一切都发生得太快了，我跟不上，问题就在这里。"

妈妈点点头。她一直死命握住上衣边，这会儿放开了手，朝我走过来，抱住了我。我们抱得很尴尬，胳膊肘和肩膀乱撞。一开始，我们有些生疏，后来我想起以前坐在她腿上的时光，便任由她抱住我。我们站在走廊里，抱着对方。能回到家，我很高兴。

"你看，"我们最后分开了，妈妈轻轻地说，"格雷戈正在外面找你，我也在想，怎么处理凯特琳……"

我的担心突然又回来了——我出去的原因，我逃跑的原因。我要跟她在一起。"我的车钥匙在哪儿？"我问她。

"格雷戈要回来了，"她举起发信息的那个东西，"他很高兴你能回来。他要回家照顾埃丝特。"

"我要车钥匙。"我说着，迷失在混乱的信息中。

"等格雷戈到了，我们就走，我和你。"

信息的碎片滑落又重组，然后，我意识到她到底说的是什么。

"我和你，"她笑了，"我们一起去伦敦找凯特琳。"

1981^年11^月19^日， _{周四}

克莱尔

这是我爸爸穿着海军服的照片。拍完照片很久之后，他才遇到我妈妈。拍照片时，也许妈妈还没出生。照片上的他只有十八岁，外形帅气。即使他摆出这样正式的姿势，我也总觉得，他的眼睛在闪着光芒：一种生活即将开始的感觉。这就是我记忆中他的样子。他在"二战"的最后两年服了役。他从没提起过，一次也没有。但是，在法国发生的一切改变了他。我只有两次看到过他眼中泛光，一次是在这张照片中，另一次是他去世那天，当时他把我当成了他妹妹。

最后，我也没能多看他几眼。说实话，我也不想看太多。他是那种很保守的爸爸，甚至对我而言，他一直都像个陌生人。通常来说，他下班的时候，我都已经上床睡觉了。我记得，在我还很小的时候，一整天跟妈妈一块儿玩，到了晚上，我努力保持清醒，直到听到前门的响声。我常常期盼着有奇迹发生，也许今晚爸爸能来到我房间，亲亲我的额头。可是，只有当他觉得我睡踏实了，才会过来亲我。哪怕是我睫毛微动了一下，他也不会进屋。我一天天长大，就越发怨恨。我认为，他非常冷漠，非常疏远。

过了好多年，我才意识到，他就是那个样子。他是那种表情严肃，偶尔鼓励你的人。他不会拥抱，不会亲吻，他不是那种父亲，他只会礼貌地问你今天在学校过得怎么样。我们就像是在街上遇见、会谈论天气的熟人。我爱他。我肯定，他也爱我。但是，我不太了解他，尤其是在我十岁以前。他死的时候，我十岁。我记得十岁时的很多事，但对爸爸没有太多印象。我怀疑，也许他活得久些，会对我意义更大。可难道我只能记住他对我有意义的地方吗？我很担心，埃丝特会怎么记住我，或者，她会不会记住我。

我对爸爸只有两个清晰的记忆。其中之一是，在他死前，我见他的最后一面。当时，他以为我是他妹妹海蒂。

妈妈在厨房和医生说话。我坐在走廊的楼梯处。爸爸临终的日子，我经常坐在楼梯上，想听听正在发生什么。爸爸躺的那间屋子，以前是餐室。我能听到他在喊人。我听他喊了很久，但我不愿进屋，等着妈妈像往常一样回应他，再关上门。她总会用温和的声音，轻轻安慰他。但是那天，妈妈还在厨房跟医生说话，没有听到爸爸的喊声。他听起来很不舒服，所以，我进屋了。我不喜欢看到他被吓坏，这也会吓到我。那时，他得了肺炎晚期，身体虚弱，坐都坐不起来。我走过去，站在床边，让他看到我。

"噢，是你，"他说，"告诉妈妈，不是我。告诉她，我没弄坏你的傻玩具，讨厌鬼。"

我不明白，就把身子靠近一点。"你在说什么，爸爸？什么玩具？"

"你这个爱哭鬼，海蒂，"他说，"就知道告状的爱哭鬼。"

他非常用力地拉我的头发，紧抓住住下扯。于是，我的脑袋被按在床上，鼻子里吸入汗水和小便的气味。我没法动，也没法呼吸。然后，他放开了我。我跌跌撞撞地离开了床。我吓坏了，摸摸很痛的头皮。虽然我不爱哭，并以此为傲，但这回还是流泪了。热泪从我脸上流下来。他在床上看了看我。曾经炯炯有神的淡蓝色双眼现在看到的是另一段时光、另一个世界、另一个女孩。

"对不起，孩子，"他现在的声音很温柔，"我不想让你哭。听我说，午饭过后，我们就去溪边划船，直到脚趾冻成紫色，好吗？我会帮你捉蝌蚪。我们把蝌蚪养在桶里，等它们长出腿来。"

那时，妈妈走进来，看到我在哭，让我出去，关上了门。然后，我能听到的就是她温柔镇定地安慰他。那天下午晚些时候，爸爸去世了。

Chapter **7**

克莱尔

中年人得阿尔茨海默病的好处。

　　地铁咔嗒咔嗒地转换轨道，呼啸前行，岁月仿佛被印刻进承载地铁疾行的铁轨中。我努力把注意力放在对面座位上方的地图上——这样，我就不会迷失自我，不会迷失在混乱的大迷宫中，也不会迷失在时间里。我要记住我在做什么。我要记住为什么。无论发生了什么别的事，我一定不能忘记这两件事。

　　我在伦敦，我在找凯特琳。

　　散步时，我考虑过，我去解救凯特琳的远行可能都没办法到达马路对面。我像个刚学会开车的新手，随时要看好到底去哪儿。任何注意力的分散，都可能让我突然转向，迷失在某个冒险中，而我却根本不知道该怎么办。我试图在一些生活技能开始丢失前，重新学习，这就好像搭下行电梯往上走。如果能够保持注意力集中，就算万幸了。至少比往下走好。

我很高兴，我还知道只剩下两站了。可是，我看到自己映在对面车窗上的影子，空洞而透明，一个女人正渐渐消失。如果在现实生活中，我也能像影子那般就好了——随着疾病的恶化，我也渐渐变得透明，直到最后，成为一个鬼影。如果我的身体能够跟着思想一起融化，对我和我身边的人来说，都会更好过些吧。那时，无论是字面意义上，还是象征意义上，我们都知道自己在哪儿。我不知道那个想法是否行得通，但能记得"象征意义"这个词，我也很高兴。

妈妈坐在靠近我"鬼影"的那边。她在看报纸，小心地靠着我的手臂。她假装不去碰我，其实却跟我紧挨着。在我另一边，坐着一个女孩，上唇戴了许多唇钉。我转过身直视她，看到那五个唇钉，呆滞的金属钉穿透她洁白的皮肤，衬托出她弯弯的嘴唇。她外穿人造毛的白夹克，套着深红色衬衫，衬衫没系扣，露出胸前的疤痕，大概是做过心脏手术，在针脚留下的小褶皱处，她都用亮晶晶的小宝石做点缀。看到这，我笑了。

即便她真的感觉到我在看她，也肯定直接忽视了。她正戴着耳机，看着一本破旧的《了不起的盖茨比》。地铁继续往前开——咔嗒，咔嗒，咔嗒。我忍不住看她，好奇她怎么判断美丑，或所谓的美丑。也许，那是她自己的平衡观。

妈妈很明智地拍了一下我的膝盖。"看在上帝的分上，别盯着那可怜的女孩了，你会让她很难堪。"她高声对我耳语。

"她不在意，"我说着，指了指那个女孩，她转过头盯着我看了一会儿，"看吧，她喜欢被注视。我想，被关注是件好事。"

"也许吧，但不是像看动物园里的动物那样。"妈妈发嘘声反对我，地铁上很吵，女孩耳机里的声音很大很重。也许，她跟凯特琳喜欢同样的乐队。也许，她认识凯特琳。

"你在听谁的音乐？"我拍拍她的手腕，她摘掉了耳机。

"很抱歉。"妈妈说着，但她还没说我得病的事。

"没关系，"女孩笑了，"我不介意。我在听'暗物质'，你知道他们吗？"

我心血来潮地伸出手，把一个手指放在最上面的钉子上。

"克莱尔！"妈妈伸过手，也许是要阻拦我，或只是不让我说话。我摆脱了她。"我不这么认为，"我说，"你什么时候做的手术？"

女孩又笑了。"四年前了。"

"我喜欢你疤痕上的宝石，"我告诉她，"不过，我不喜欢你嘴唇上的钉子。你非常漂亮，唇钉把你毁了。"

她点点头。"我妈妈也那么说。"

"我很抱歉，"妈妈又说了一遍，"我们下一站下车。"

"没关系，"女孩咯咯笑了，看了看我，"现在不是我煎熬的阶段。这是我的脸，我的身体。我剩下的这段日子，这是我对生活的诠释，我想要的生活方式。"

"你这么想的，"我一边说着，一边朝着妈妈努努嘴，"看到那边的女人了吗？她以前是嬉皮士，嗑完药光着身子在舞场跳舞。现在，她穿提臀紧身衣，听'弓箭手'乐队的歌。"

女孩瞪大双眼，然后哈哈大笑。

"她得了早发型阿尔兹海默病。"妈妈回击了，我得接受事实，这是一张王牌。当地铁在我们那站停下来时，妈妈像对待一个淘气的孩子一样，抓住我的手腕，把我拉下了地铁。地铁开走时，我朝女孩摆手，她也朝我摆手，她上唇的钉子闪闪发光。我也想在我的疤痕上装饰宝石。可是，我的疤痕在脑袋里。也许，我可以装饰我的意志：疤痕把我拆散后，也许还会变成钻石。

妈妈认识路，至少，她身上有地图。显然，学校离地铁站不远，所以，我让她牵着我的手，像个小女孩一样跟她去学校。我们在蒙蒙细雨中前行，快到的时候，身上慢慢湿透了。妈妈告诉我，那地方是位于高尔街的伦敦大学学院英语系办公室。

"我们进去后，我来说。"她的话，把我逗乐了。

"我还有说话的能力。"我告诉她。

"我知道，但你不会从该说的话中，过滤掉你的想法。"

她眉梢一扬，"还有，我想，你从来没做到过。"

"谢谢你在这儿，"我说，"为我做这些。"

"我想，有时，你会忘记我为你做的一切。"妈妈的笑容温柔起来，她伸过冰凉的手，摸了摸我的脸颊，"你还是我的宝贝，知道吧。"

"我不知道。不过，可能不一定什么时候，你就该用勺子喂我流食了。"我还没弄清自己在说什么，就回答了。妈妈把手伸回口袋，再次收起了表情。我跟她往楼里走。负罪感向我袭来。妈妈花了很长时间，照顾一个得了这种病的爱人，看他过早死去。现在，同样的事她要再做一遍。我想告诉她，不要烦恼。我想说，我可以住在疗养院，让陌生人照顾。但是，我没有说。因为，她是我妈妈，我需要她。我知道，即使到了我不知道自己需要她时，我还是会需要她。

看到我们靠近，前台的胖女人也没有恼怒。说起来，她似乎又臃肿了点，活像只在整理羽毛的母鸡。她机灵地动了一下，把目光从我们身边挪开，开始直盯着电脑屏幕，好像在做非常重要的事。

"你好。"我礼貌地说，她没有抬头，我又重复了一遍，"你好。"

女人只竖起一根手指问候我。她在键盘上打着什么，打了两个节拍，总算注意到我了。最近以来，我不知道，我对事物的感觉，是我真正的感觉，还是因为这病使然。但是，在这种稀罕的场合，我很肯定，我——病痛下仅存的我——不喜欢这个女人。不过如果仅仅是这个原因，我还是宁愿自己喜欢她。

"我能为你做什么？"她问。让她干活，她明显很不高兴。

"我女儿在这里读大三，我想知道她的地址，"我开心地说，"家里有急事。"

"我们不会泄露个人信息，"女人亲切地笑了，"我说，不能你说是谁母亲你就是。要我说，你还可以当女王呢。"

"噢，不，如果我是女王，你肯定认识我，"我说，"我完全理解你们的政策，但我不知道她的地址。我很着急联系她，真的很急。她需要我。"

女人怀疑地看了看。"你说，你是这个人的母亲。可是，你不知道她在哪儿？"

"是的，"我说，"是的，我是个糟糕的母亲。"

女人要做出被挑衅的表情，但她还没来得及，我母亲就插进来了。"请原谅我女儿，"她说，"她得了早发性阿尔茨海默病。"

我很清楚母亲的策略：她打算用我的病蒙混过关，直接打出同情牌，不让我的新对手浪费时间。但是，这还是让我痛苦。我想以智取胜，我又不是没有智慧。

女人嘟起粉色的小嘴，做出一个无声的"0"字口形，但没有发出任何声音。

"非常简单，你看到了，"妈妈接着说，"我们需要您做的，就是联系上凯特琳。别管她在学校哪个地方，告诉她妈妈和姥姥……只要告诉她我们来了。家里有急事。"

"凯特琳？"女人坐直了一点，"凯特琳什么？"

"阿姆斯特朗，"我说，"你认识她吗？"

"凯特琳·阿姆斯特朗是这位可怜女士的女儿？"接待员不再直视我，也不跟我讲话，"噢，她不是这里的学生了。她暑假结束就退学了。"她放低声音，举起一只手，不让我读懂她的唇语，知道她在说什么，"也许这位女士忘了。"她小声说。

我和妈妈震惊地交换了眼神。我看得出来，这也震撼了我的接待员小朋友。

"退学了？你确定吗？"我稍带威胁地伏在桌子上。作为一个痴呆症患者，不懂个人界限也很正常。"我的凯特琳？她很高，跟我一样，但有一双黑色的大眼睛，一头浓密的长发……她是……她是个文字学生[1]。她是学文字的。我的凯特琳？"

"对不起，亲爱的，"接待员滑下了座椅，朝我母亲笑了笑，"你在照顾她吗？她已经很糊涂了吗？你一定很不容易。"

"我不糊涂。"我告诉她，虽然她还看着我母亲。

"你肯定是同一个女孩吗？"我妈妈问。她把我的手放在桌子下，离开接待员的视线，并握紧我的手指。她又在告诉我，

---

1. 原文即为 words student，此处应为克莱尔因阿尔茨海默病导致的词语误用。

让她来说。

"非常肯定。"女人点点头。作为坏消息的发布者，她咬住嘴唇，表情中同时掺杂着同情和暗喜。"我之所以记得这么清楚是因为，她来见主任时，我在这里。我从没见过哪个女孩哭得那么伤心。她期末考试考砸了。跟一个男孩有关，我想——通常都是这样。她来说补考的事。但是，她没有注册。我以为，她回家疗伤，从爸妈的账户中取钱去了。我明白她为什么不告诉你们。"她的声音又变小了。"没必要再让她失望了。"

"我在这儿站着，我还有耳朵，"我说，"我不是聋子。"

女人急忙看了我一眼，但还是没有直接跟我对话。有一会儿，我怀疑，我是不是变成地铁上那个"鬼影"——没人愿意再正眼看的那个人，可能并不真实的那个人。

"你可以试着找找她最好的朋友，"她说着，来了灵感，"上学期，凯特琳来这里时，都是她陪着。她叫贝基·弗思。不过，我没法给你地址。我说过，这不符合我们的数据保护政策。但是，她今天应该在学校。你可以去食堂，问问旁边的人，大概能找到她。她是个金发碧眼的漂亮女孩。"

"谢谢你。"妈妈依然握着我的手说。

我转过头，最后瞥了一眼接待员。我知道，这会儿说出一句机智伤人的俏皮话，绝对不是最佳时机。因为，她会觉得，我不仅生病，还很可怜。但是，我什么也没想起来，这更清楚地提醒了我，我不仅病了，还很可怜。

结果，食堂里金发碧眼的漂亮女孩太多了。我都怀疑，如果我们一个个地接近，会不会被礼貌地送出门。

我第一次觉得身为四十多岁的女人其实是好事——当然这很罕见，因为，没人会觉得我们有不良企图。不过，我们也遭遇了几次困惑、烦恼和轻蔑的 "不知道"。最后，我们总算找到一个梳马尾的金发女孩，最重要的是，她知道贝基·弗思在哪儿。

"她今天不在，"女孩说她叫爱玛，"今天是文学批评课。但凡有点办法的人，就不去上那课。不过，她可能在家。"

"你知道她家在哪儿吗？"我问她，松了口气。爱玛显然不太介意贝基的隐私，因为，她开心地为我们写下了贝基的地址和号码。

我从她手里夺过纸条，感觉有了目标：我是为了自己，也为了凯特琳。我要找到她，救下她，带她回家。我一直是她母亲。那一会儿——那几秒，也许有十几秒——我感觉到强大和自由。之后，我才意识到，我完全不知道要去哪儿。

幸运的是，我们赶到时，贝基还在家。我们坐了一段痛苦的公交，但我勉强地熬过去了，因为，很显然公交车上比我疯狂的大有人在。傍晚时，天气渐渐变得黑暗潮湿。因为水汽的缘故，街道变成脏兮兮的镜子，映出这个世界。也许，世界本来就那样，各种颜色融合成另一种颜色——一个流动的世界，总是要被冲走。那就是我现在的感觉：我像是在脏镜子的另一面，想擦掉泥泞看清影像，理解影像。

"鬼天气。"妈妈说。我试图回忆不下雨的时光。贝基穿着 T 恤和内裤开了门。我想让她穿件外套。她看起来愣住了。她光着的长脚趾，在瓷砖地板上卷起来，那样子足够让我发抖。

"我不信教。"她说着，目光从妈妈身上，转移到我身上。

"我也不信，"我告诉她，"至少，如果我信上帝，现在我想对他说的，全是骂人话，而跟传播《福音书》毫不相关。"

贝基开始关门。

"是凯特琳的事。你认识她，对吧？"我妈妈用脚挡住门，下定决心要问出个所以然来。我想，只有伦敦东区警察和上门的推销员，才有这样的决心。贝基看了看妈妈固执的脚，又小心地打开门。

"我是凯特琳的姥姥，"妈妈说，"拜托了，要是她跟你在一起，要是你知道她在哪儿，请告诉我们。我们知道，她不再去学校了。我们知道，她怀孕了。"

"发生了他妈——"贝基瞪大了双眼，狠狠咬住嘴唇，没说出脏字。显然，她是个好女孩，不想在别人的妈妈和姥姥面前骂人。贝基不知道凯特琳怀孕了。也许，那表示，她没怀孕。"噢，我的上帝。我以为她……"

"她怎么了？紧急避孕药？避孕套？接受过性安全教育？"

"你很好说话，"妈妈说，"我们认为，她可能怀孕了，但我们不太肯定。我应该这么说。她不在家，我们担心她。拜托了，贝基，我们不想她现在一个人。"

贝基点点头，把门又打开一点，她光着的双脚原本一动不动，现在退后了几步。"进来吧，别淋雨了。"

她屋里有一股咖喱和衣服没晾干的潮湿气味混合的味道。我们站在走廊里。在客厅一张低矮的小桌子上，我看到凯特琳湿乎乎的背包。我心跳加速，闭上了双眼，等待泪水泛滥。我不知道，她可能在经历着什么，但我终于确定，她是安全的。

然后，我生气了。她舍得让我们这么担心，当然已经是再糟糕不过的了！

"她在这儿，"我说着，转身看了看贝基，"她的东西在这儿。"

"不，我是说没错，她是住在这儿。但她现在在上班。"贝基看起来心神不宁。她从栏杆上抓起一件套头衫穿上，把她浑身都包裹起来。"她说，她只是需要个地方待着，直到想清楚，找到解决方法。她说有一些……麻烦。她没跟我说很多，或者什么都没说。她一直在上班，所以……"贝基瞥了瞥前屋，我看见里面有个睡袋，地毯上乱放了几件衣服。"她没跟我提怀孕的事。好吧，她来这儿两周了……她什么都跟我说了。"

"她在哪儿工作？"我问她。她跟我说话，而不是跟我妈妈。我从这一点上猜到，凯特琳不是什么都跟她说了。

"噢。"贝基双肩下垂，显然，她不想把这点信息泄露给朋友的妈妈和姥姥，"呃，噢，在那个……"

她最后两个字说得很轻，我不确定有没有听错，直到我妈妈重复了一遍：

"脱衣舞俱乐部？"

2000年12月15日，

克莱尔

这是凯特琳八岁时，第一次参加学校的表演节目。在校园剧《爱丽丝漫游仙境》中，凯特琳扮演红桃皇后。我记得很清楚，我去学校接她那天，她从教室里蹦蹦跳跳跑出来，告诉我她要扮演角色，要记台词，还要自己唱歌。我内心立马感到一丝恐惧。凯特琳是个无忧无虑、乐观向上的小姑娘——前提是，要在她感到舒适的熟悉场合。只要把她放在不熟悉的地方，或者面对不熟悉的面孔，她就会封闭起来，扭头不去交流，藏在我背后，躲在我衬衫下面。她告诉我，她不喜欢陌生的人看她。谁知道他们是谁，她告诉我，眼睛瞪大，露出恐惧的目光。我花了很久才意识到，她害怕看到她父亲，因为她不认识他。

她上学的前几周就像一场噩梦：每天早上，她都哭得很伤心。我要把她推进操场里，可每次我都想把她带走，我几乎都那么干了。"我在这里谁都不认识，"她啜泣着，"我会很孤独。为什么你不跟我一起？"

那段可怕的日子持续了很久。但是，渐渐地，凯特琳跟其他孩子和老师交上了朋友。她渐渐地敞开心扉，变成一个风趣外向、受人欢迎的小姑娘。我知道，她一定会变成这样。但是，过去的几年里，什么也没改变。甚至她班里的老师都没变。尽管在过去的两个圣诞节里，她扮演过一只迷人的驴子，还有一次是一只绵羊，但没人让她独自站在舞台上，让她记台词或唱歌。我知道她做不到，我很肯定。我知道，她会因此多么失望。我唯一想做的，是把年纪轻轻的她从这种失望透顶中解救出来。我要保护她。第二天接她的时候，我把凯特琳支开，让她去和没回家的朋友聊天，借此机会跟她老师解释了我心中的担忧。我边说话，边看她跳动转圈，嘻嘻哈哈。

"我觉得她做不好，"我告诉格雷森小姐，"你记得她第一天上学的样子吗？我觉得，这对她太难了。您不能找个理由，给她换个角色吗？"

"可是，她很高兴，很以此为豪，"格雷森小姐对我说，"她在排练中表现得很出色！"

"是的，但那不是真演，对吧？不会被很多陌生人盯着。"

"我想，你低估了她。"格雷森小姐说。尽管她带着笑容，语气缓和。但我知道，她是在批评我不能充分信任凯特琳。我没再让她换掉凯特琳的角色。我记得自己当时的想法是，她会看到的。等凯特琳吓得发呆，或者眼泪汪汪地跑下舞台时，她会看到的。

我曾一度认为，校园剧服装这种东西出现在地球上，就是为了考验母亲。我讨厌拼凑校园剧服装。所以，妈妈特地赶来帮忙。我们三个一起收拾：妈妈喜欢指挥，凯特琳展现女主角风范，我则负责把混乱的材料缝在一起。那是段快乐的日子，常常笑声不断。凯特琳排练台词，为我们唱歌，我们为她制作红色小连衣裙，给她的纸板皇冠上涂颜料。

我想让那段时间——那段准备时间，永远持续下去。我不想让表演开始。我甚至希望，也许凯特琳会感冒，或者嗓子哑了。我希望，会发生一些事拯救她。

表演开始前半个小时，我就到了现场，好在前排找个座位。我会在那里等她冲进我怀里。不过前排座位可不是那么好坐上的。其他母亲——真正的母亲，她们有丈夫，有皮大衣，定期烤蛋糕——将羊毛衫放在椅子上，把前排全占了。她们大多数根本不喜欢我。我是个陌生人，穿着高跟鞋，擦了口红出现在学校大门口。没有丈夫的陪同，我被当作一个威胁。我会在放学时间自己坐着，假装在读书。我们等着放学铃响起，其他妈妈都三五成群地站着说我的坏话——至少，在我脑海中是这样。所以，我鼓起很大的勇气，拿起一件占座的羊毛衫，放在身后的第二排。我做这些只是为了凯特琳。等她需要我时，我就在她眼前，随时准备抱住她，给她保护。

"你不能坐这儿。"一位妈妈告诉我。那是一位会烤面包的、参加了家长教师协会的妈妈——她们会组织纸牌赌博，挨家挨户卖彩券，对象都是急需维持生计的老太婆。

"我让你看看，我还就坐这儿了。"我告诉她，双臂交叉，一屁股坐在小椅子上，对她露出一种表情：你惹我试试，贱人。你要是敢惹我，我就拗掉你的两条胳膊，还有你那又蠢又短的头发。

她愤懑地离开了，剩下我坐在主位上。我能听到，她跟其他妈妈嘀咕，说我简直是个可怕的怪物，一直说我"不成体统"。最后，灯光暗了，格雷森小姐弹了一首钢琴曲。我握紧拳头，指甲盖都扎进了手掌心。

我可怜的凯特琳。

前几个场景，她不在舞台上。现场全是观众的咳嗽声，总之一片混乱。小孩子该说台词时，却在互相小声说话，或者朝妈妈摆手。我试着放松下来，告诉自己，校园剧就是这样。但我没法放松。我了解凯特琳。我知道，她会变得多么绝望，多么崩溃，要花很大代价才能从失败中恢复过来。

这时，她穿着红色小连衣裙，戴着纸板皇冠，出现在舞台上。她……好耀眼。

她像个专横的女王说出台词时，我张大了嘴。她每说完一句，都让观众哈哈大笑。她要砍掉某人的脑袋时，观众就发出呸声。我觉得，她超越了台上的每个孩子，因为她是我的凯特琳。事实的确如此。我的小女儿找到了她的天赋，完全发挥自如。没错，独唱开始时，她声音颤抖，发出八岁女孩轻盈甜美的声音，不像念台词时那样洪亮浑厚，有女王范儿。但是她唱歌时没卡过一次壳。表演结束后，观众席爆发出一阵热烈的掌声。她闪耀着自豪的光芒，正对着前排的我。那时，我才知道，格雷森小姐是对的，是我错了。

那天晚上，我重新认识了凯特琳和自己。我知道，她一直在进步——是在世间进化的一个人——谁都不该试图猜到她的极限，尤其是我。当母亲的既要保护孩子不受一丁点伤害，也要相信他们能成为最好的自己，找到最好的出路。要相信，即使你没拉着孩子的手，他们也能成功。

Chapter *8*

凯特琳

我跟妈妈一样，弄丢了自己孩子的爸爸。

女孩慢慢地绕着钢管，软弱无力地滑下去，再翻过身来。她做出倒立的阿拉贝斯克舞姿[1]，大腿支撑，最后身体翻过来，水晶指甲刮过肮脏的舞台。她双臂抱紧钢管，双腿踢到身后，在舞台上叉开双腿。在她脚边，三四个男人看着她纤弱的身体

1.阿拉贝斯克舞姿，单腿直立，一臂前伸，另一腿往后抬起，另一臂舒展扬起。

扭曲伸展。所有的目光都聚焦在她身上，她平坦的胸脯上，当然还有她凸起的肋骨、苍白的皮肤、平坦稚气的臀部和厌倦空白的表情。不过至少，这女孩的丁字裤还挂在她身上。

我很高兴，我上班的俱乐部里，不是什么都会发生。不过，我知道，在包间里确实可能发生。在那里，发生了许多我不了解的事。所以，我尽量不看舞者的其他赚钱机会。大多数舞者时不时会那样做，把它看得像乐购超市的临时夜班补货架一样随意。我猜，当我春天刚得到这份工作时，最让我震惊的是：想方设法出卖身体，对舞者来说是这么……随意。在这家俱乐部里工作的，都不是那种有教养的女孩，不是你在周日增刊读到的女孩——她们决定脱衣展示后现代艺术，或赚钱读完大学。在这里，每个舞者都是别无选择的女人，除了继续跳下一支舞，她们没有未来。我看到她们，看到她们的表情，就明白了。我觉得自己也是这样：一个没有未来的女孩。没有大学学位，没有男朋友，有 50% 的患病基因。我还没得到想要的生活，就可能得上脑部退化疾病。妈妈不知道遗传了这个基因，我也不知道自己是否遗传到了。尽管现在我有机会弄清自己有没有这个基因，但我不确定真的想知道答案。基于将会发生的事情，我不想做这个选择，可基于我的为人，我知道我还是会做。

我的选择就是：留下孩子。

妈妈让我读着奥斯汀和勃朗特长大，这让我认为爱情和性是一件纯洁神圣的事。我渐渐相信真爱，缘分总会扭转局面。

即使在我们只有女性的小世界里，没有父亲、爷爷、哥哥、叔叔，我仍然认为，当我的英雄到来时，他会绝对可靠：他会成为我快乐的钥匙。就像格雷戈出现在妈妈的生活中，她就……轻松了。他就像她丢失的碎片。她甚至不知道一直在找什么，但现在却找到了。

但是，在格雷戈出现前，妈妈一直对私生活很谨慎。从没有男朋友借宿或留下喝茶。反正，据我所知从没有过。我成长过程中，没有任何男人不冷不热地想认识我。我很怀疑，如果她让我看到来来往往的关系，看到别人的利用和伤害，了解到他们嘴上一套背后一套、两面三刀的功夫，是不是会更好些。如果我不是那么迷恋真爱，也许就不会落得现在这样。小时候，很长一段时间我都认为，妈妈之所以独身是因为她还爱着我父亲——那个遥远的影子——我肯定，他有一天会回来认我们俩。但他没有回来。甚至，我都不知道在过去的二十年里，他是否想过妈妈。现在，我知道了，他的生命中，从来没有为我担心过一刻。因为，对他来说，我根本就不存在。我一直担心，哪天会突然撞见他。但现在想想，撞见了又有什么意义呢？撞见一个从来都不存在的人没有任何意义。当妈妈告诉我事实时，我当然感到受伤和愤怒。但是，我不知道，为什么这个消息会让我如此难以接受。我不知道，为什么我会因此离开家，为什么在妈妈和埃丝特需要我时离开，为什么回到这个最不想来的地方。但是，我不能待在家里。得知他从没担心撞见我，得知我对他来说根本不存在，我没法待在家里，还不冲她发火。但我不能冲妈妈发火。

我孩子的爸爸，也被我粗心地弄丢了，我却不能待在家。

我看了看手表，刚过下午三点。通常来说，每天的这时候，俱乐部里都死气沉沉的，只有几个常客，或者偶尔几桌穿西装的商人，也许是全天喝酒的流浪汉，或者正在为谁过生日。再过二十分钟，我就会被赶回真实的世界，面对汽车尾气、公交专用道、二十四小时超市和必须想出办法的现实压力……我想去找妈妈——我想找她帮忙——但我不能。我不想让她知道，我的情况有多糟。

有个老男人在每个养老金发放日都会来酒吧。我拿着廉价的人造可乐，灌进掺水的威士忌给他，那是他最喜欢的。他坐在酒吧高脚凳上，看着女孩的表演，舔舔嘴唇。这时候，你会觉得待在这比别的地方要好些。

舞者完成表演，捡起落在地上的比基尼布条，踩着高跟鞋，蹒跚地走下舞台。表演之间有一段间隙，屋里满是咳嗽声和吸气声。在沉默中，连汗味和变味的啤酒似乎也变得刺鼻。再过十分钟，我就下班了，然后呢？我今天要打电话回家，告诉他们我做了什么吗？告诉他们不要担心，我没事吗？

我知道，他们一定会担心死。但我不知道，我有没有准备好见他们，尤其是妈妈。妈妈总认为，只要是我想做的事，都能做好。我知道，她不会因为发生的事责怪我。但我也知道，她一定会失望。我不希望，在她记忆中，对我的最后印象是失望。

我回到伦敦的第一天早上，去见了塞巴斯蒂安，只为了确认对于我们俩的关系，他有没有改主意。我知道这样做很可怜，我知道听起来很糟。如果是贝基跟我说这些，我会递给她一大条牛奶巧克力和一瓶酒，告诉她忘掉那个蹩脚货。可是，说起来容易做起来难，不是吗？要成长，要理性，要明白什么是真正的结束——尤其是，在你觉得还没有真正结束时。对我而言，某人不可能这一分钟还很在乎你，下一分钟就离开你了，我无法相信。爱情不会说来就来，说走就走，对吧？爱情不是榨干一切后，还能留下真实的精华吗？我一直想象的恋爱，就是那样。可当我尝试后，才发现那都是胡说。

找到塞巴斯蒂安的新租处很容易。我要做的就是，在校园里游荡，问问周围的人。跟我一起听课的那些人笑容满面，点点头，停下来。他们怎么也想不到，我不会回到学校了。我旷课显然不是新闻了。可没人知道，我考试没通过——没人知道我退学了——虽然他们都知道，我和塞巴不在一起了，但没人知道我怀孕了。坦白说，连塞巴也不知道。我不能待在家里，跟母亲吵吵嚷嚷，也有这个原因。我做了跟她一样的事，没理由对她发火。她当时的选择让我愤怒和受伤。她当然做错了，但我现在理解了，尤其是在我见过塞巴之后。

我最想要的，就是得到他的一个拥抱。但是，从他开门那一刻起，他就充分表现出对我到来的愤怒。

"你想干什么，凯特琳？"他翻了个白眼，不耐烦地问。

"我不知道。"我说。我尽量不哭出来，但还是没忍住。我红着脸，哭哭啼啼，傻傻地流下卑微的眼泪，不到六秒钟的时间里，就从无声到歇斯底里。"我想见你。我想你。"

"别想我，"塞巴愤怒地说，"我不用你想。"

"我能进来吗？"我可怜地祈求道，"一切发生之后，我只想聊聊。你是我唯一可以倾诉的对象。"

塞巴长叹一口气，回头看了看，某个枪战游戏正在发出重击声。

"没什么可聊的了，不是吗？"他说着，默许我走进走廊——他没有关上前门。"我们是有过关系，但现在结束了。"他撅起嘴，不愿正眼看我。"我很抱歉……你知道的。你一定觉得很糟糕。但是……该放手了，宝贝，好吗？我们要继续各自的生活了。"

"你一点也不在乎吗？"我仍旧啜泣道，那么傻，一点都不像我，我抓住他，紧紧攥着他的T恤，希望他抱住我，亲吻我湿湿的脸庞。以前我这样的话，他总会这样做。

我去见他的原因——除了希望他还爱我——是想告诉他，我没去做人流手术：那天他要参加重要的大学橄榄球比赛，没能跟我一起去做手术。我当时告诉他没关系，但我也许应该说："你是个超级混蛋，塞巴斯蒂安。"可我不能那么做，因为也许，也许他会改变主意，跟我复合。我觉得自己恶心，如果我去参加《杰雷米·凯尔秀》[1]之类的节目，我一定会往自己头上扔鞋。

那天到来时，我做不到了。我起了床，冲了澡，拿上背包，然后……我看了看镜子里的自己。我对自己说，你会穿着这样的裙子，去做人流。而那一刻我已经清楚地知道，我做不到。我也很惊讶。我相信，女人有选择的权利。但是，我从没想过，如果我处于那样的场景，我会选择生命——不过如果真的认真想想，结果其实很明显：妈妈选择了我。我紧紧地抱住自己，在床上蜷成一小团。我闭上眼睛，静静地待着，好像能忘记时间，让这个小生命停留在我肚子里，永远这样下去。我可以假装不知道妈妈病得厉害，也不知道我有 50% 患病的可能。如果我得病了，还有 50% 的可能会遗传给我的孩子。我尽最大努力忘掉这些事，因为面对未来已经够难了。我希望，做决定的是现在的我，而不是未来某一天的我。但做决定毕竟没那么简单。我只想有个人告诉我，我现在的选择是对的。

我要告诉塞巴斯蒂安。我觉得，他也许会跟我有一样的感觉。我们可以一起要这个孩子。可是，当我看到他的表情时，我肯定他最不想知道的，就是我还在怀孕。妈妈跟爸爸分手时，在他脸上也看到了这样的表情吗？

"我在不在乎，有什么关系吗？"塞巴说着，又回头看了

---

1. 是由杰雷米·凯尔主持的英国脱口秀节目，主持人会帮助嘉宾解决一些人际关系上的问题，类似中国的调解类节目。

看游戏枪的方向，"一遍遍地重复，有什么意义吗？好了，姑娘，冷静一点。你这么做没有任何好处。"

他最后看我的眼神……那么冷酷的眼神，出自一个完全离开我的男孩，他放弃了我们该有的一切。我忍不住一直哭，眼泪从我脸上滚落，而他只是站在那里看着我。

"上帝啊。"塞巴摇摇头，把门关上一点，"你太过分了，你不明白吗？一开始，我是喜欢你，但是你……被你毁了。我为别的所有事抱歉，但那不怪我，姑娘。是你没好好复习……我通过考试了。"

他砰地关上了门。

我在那儿站了一会儿，一直到寒风把脸上的泪水吹干。我想，好了，就这样了，我不会再为他浪费一秒钟，即便我知道还放不下，但能想想也是一个开始。然后，我去上班了，回到脱衣舞俱乐部的酒吧里干活。我在春季学期末才找到工作。当我带着稍微丰满的胸部，拜访老板时，很容易就回去工作了。他完全是个变态，但我能对付他。

我又看了看手表。换班的人随时都会来。然后，我会回到贝基那里。她整晚都和男朋友待在卧室。我会一个人坐在客厅，问自己为什么不在家，为什么什么都不告诉妈妈，为什么总是把事情搞得一塌糊涂。

门口的珠帘叮当作响，我抬起头，本想看到曼迪笨拙地移动。她会穿着人造皮大衣，粘着厚厚的假睫毛，夸张地走进来，连台上的舞者都要扭头看一眼。但我看到的不是曼迪，而是我母亲，后面还跟着姥姥。

我转过身，走向酒吧后的办公室，希望能藏起来，甚至走到恶心的男女通用员工厕所里，想从小窗挤出去。可没一会儿，她们跟着我进了昏暗的小办公室，看到我站在角落里，像个傻瓜一样。

姥姥上下打量了我，看到我紧身 T 恤上的维纳斯标志，松了一口气。"好了，她至少穿上衣了。"她说。

我想大声笑出来。她们赶到这里找我——妈妈和姥姥组成一队，就像头发灰白、将要退休的老警察，违背自己的意愿，跟一个意见不合的新手搭档，一起处理最后一个案子。妈妈和姥姥脸上都是担忧和愤怒，但是两个人一起，却又有点滑稽有趣。

妈妈就像一位母亲一样看着我，好像她能理解我。我想抱住她，但又不想打破这一刻。

"地方不错。"妈妈说着，环顾了四周。办公室没有窗户，只有一个排风扇，落满了厚厚的灰尘。桌上放了一个烟灰缸，里面满是烟蒂，工作场所不准抽烟的规定，在这里不太管用。

"我很抱歉，"我不安地说，"我知道，我该告诉你发生了什么，我在哪里，还有所有事。我知道，我应该告诉你们，我期末考试没通过……让我怀孕的男孩，我不打算再跟他约会……他不知道我把孩子留下了。"

我说话像是在挑战，末尾似乎应该跟上一句"你们打算怎么办"。

"噢，上帝啊，你这个傻丫头，"妈妈说，"我泄露了你的身世，打破了你的宁静，也是够蠢的，是不是？我很抱歉，亲爱的，到这儿来……"

她伸出双臂，我毫不犹豫地冲进去。二十岁的我，仍然需要妈妈的拥抱。我估计，等我抱着自己的孩子时，还会需要妈妈的拥抱。

"你不用解释，"妈妈说。我闭上双眼，把脑袋靠在她怀里，"我想，要跟日渐衰老的母亲说，你怀孕了，而且没有未来，似乎总也找不到合适的时机。"

面对她直言不讳的评价，我笑了笑，什么也没说。我觉得没必要说。

姥姥还站在门口，抬头盯着走廊，就像害怕遇到一场突袭。"嘿，凯特琳，"她说，"你的老板，他是黑手党吗？是亚美尼亚人吗？"

"不，我想他是希腊人，"我告诉她，"他妈妈在这条路上有一家酒馆。"

"你一定过得很辛苦，"妈妈冲着我的头发说，"我能理解。你不知道该怎么把握未来，不论是你我，还是孩子。然后，你意识到，你爸爸根本不知道你的存在……我不怪你逃走。"

"你对我太好了，"我说，"我抛下了你。我不该抛下你的。我没地方去，只能……来这儿。"

"是的。"妈妈看看周围,"要我说,你跑到这里有点受辱。我很担心你,凯特琳。你不让我们知道也没关系……确实太难了。我想,我能理解,但是……每天,我都在想,我是不是永远失去你了。我知道,现在,我真的当不了一个好母亲。不过,回家吧,凯特琳,拜托了。让我照顾你。"

"嘘。"门口的姥姥靠在假木质墙纸上,突然发出嘘声,"我想有人来了!"

我强忍着不笑出声来。

"什么事这么好笑?"妈妈一边咧嘴笑,一边问我。

"你们两个,"我说,"就像老年版的史努比冒险记。"

"噢,不,"妈妈说,"不是史努比。在你姥姥看来,这是'铁面无私'[1],我们是艾略特·内斯。"

我一直在想念妈妈。

"记得你小时候,坐在我膝盖上看书、看电影吗?我们总是在一起,不是吗?我想念那会儿,凯特琳。回家吧。我可能是个负担,姥姥为了表达爱,很可能拼命让你吃东西。可是,我们真的爱你。"

"我很快就下班了,"我说着,朝妈妈使眼色,"要是我老板撞上你们俩,会不高兴的。很有可能,你们最后要穿着水

---

1. 由美国 11 名联邦执法人员构成的组织,由艾略特·内斯领导,这个组织因通过严格执法打击犯罪,获得铁面无私的称号。

泥靴，跟鱼睡在一起。路上有一间咖啡馆。去那儿等我。我五分钟后到。"

但妈妈没有动，只是站在那里看着我。"你是个可爱的皇后，"她说，"气质高贵，就像天生的贵族。"

就在那时候，我老板皮特过来了。他无意间把姥姥推到一边，她哗啦靠在了文件柜上——不是因为他是个恶棍，而是他没想到，办公室里会有位老太太。他看了看我母亲，又看了看我。妈妈把手紧握在胸前，一副毫无办法的样子，让出路来。

"这他妈的是怎么回事？"皮特看着我说，"这是干什么，突袭吗？听好了，我以前对付过你们这些传教的。这里没人需要救赎，非常感谢。只有苦大仇深的老姑娘，不想让别人找乐子。"

"我看起来就那么虔诚吗？"妈妈问我，"说实话，我要再看看我的衣柜。我显然已经摆脱了'妓女气质'。"

"你们他妈的是谁？"皮特问道，又看了我一眼，"你在这儿做什么？酒吧里没人，队排得老长。"

"外面只有两个人，"妈妈说，"其中一个睡着了。"

"噢，滚开。"他朝她骂道，我张大嘴看着。妈妈站直身体，抓住皮特的脏T恤，一下把他甩到文件柜边上——姥姥刚才还站在那里——咣地发出金属的撞击声。他被打晕了。我想哈哈大笑，但我太惊讶了。

"别跟我那样说话，"她说，"现在，我要带走我女儿，我们要离开了。你，你这个没人性的卑鄙小人，要是不想让我揪掉你最后一点头发，塞进你屁眼里，就给我闭嘴。"

她放开他，走出了办公室。我拿起挂钩上的包和衣服，抓住姥姥的胳膊，跟她穿过酒吧，穿过舞者、保镖和看门女孩，走进阴暗潮湿的黄昏中。

妈妈站在街上，抬起头来，让雨水淋湿脸颊。她哈哈大笑，双手举到空中，手指在雨点间挥舞。

"妈妈！"我双手抱住她，也笑了，"你要把头发塞进他屁眼里——那是我听过最搞笑的恐吓行为。"

"好了，反正管用了，不是吗？他被吓到了，对不对？"她朝我和姥姥龇牙咧嘴。我觉得松了口气，他们来了，就像我的心脏再次跳动一样。我是家里的一分子，我一直都是。我这个白痴。

"你现在要回家吗？"她一边问我，一边将潮湿冰冷的脸颊贴在我脸上。

"你不生我的气吗？"我问她。

"你不生我的气吗？"她回答。

"我怎么会？"我说。

"因为我得了痴呆症啊？"她问我。

"我现在明白，你以前为什么那么做了，"我说，"我知道，我会做出不同的选择。不过也许现在还做不到，因为，现在我还不确定是想亲遍塞巴斯蒂安的全身，还是用钝器打死他。但是，有一天，我会告诉他我有孩子。因为到那时，无论以后发生什么，至少他会知道。"

"我很抱歉。"妈妈又说了一遍。

"妈妈，"我问她，"我爸爸是个可恶的白痴吗？"

她哈哈大笑，抓起我的手。"不是的，亲爱的，他只是非常年轻，没有我一半聪明。"

"我从没喜欢过他，"姥姥说，"我只见过他一次。当时我在节食，他却给我一盒巧克力。"

"回家吧，凯特琳，"妈妈说着，把手轻轻放在我肚子上，"回家吧，宝贝。我和你一起想办法，就像以前你坐在我膝盖上听故事一样。"

我挽住她的胳膊，我们回到公交站。我意识到，我很久没觉得这么肯定了。

"你喜欢什么故事？"妈妈问我，"长袜子皮皮[1]怎么样？她一直是你的最爱。"

我们走进雨里，妈妈问我，上床前要不要一杯热巧克力，只有这一次，只要我保证刷牙——我知道，至少现在，对她来说，我只有十岁左右。这也没关系，现在没关系，因为我有了安全感。

1.瑞典文学家阿斯特里德·林格的童话代表作《长袜子皮皮》中的主人公。

2008 年 7 月 11 日， 周五

格雷戈

这是埃丝特在子宫里发育的扫描照，这时候的她只有六周大。那天，克莱尔告诉我，我们要有孩子了，并把照片给了我。直到现在，我还一直把它放在钱包里。

怀了埃丝特后，我们很长时间没在一起——快一年的时间。但是，我已经知道，我对克莱尔的爱，超越了对任何人的爱。虽然大多数时间，她都不信。她还是认为，我们年龄差距太大了，或者，我对她不认真。我做什么，说什么，都无法改变。我想，她害怕告诉我怀了埃丝特，也是这个原因。

那是非常暖和的一天。我在现场干活，全天暴露在太阳底下。去见克莱尔前，我应该先回公寓冲个澡。可那天，好像有什么东西把我拉到她身边。我一整天都在想她，想我早上醒来时她的样子。我六点就叫醒她，让她很生气。因为，太阳已经升起来了，她没法回去睡觉了。她还留着昨晚的眼妆，头发乱蓬蓬的。我想跟她吻别时，她板起了脸。

"我爱你。"我说。

"是啊，好啊。"她说。然后，我正要走出卧室门时，她叫

了我的名字。我停下来，但她只是笑了笑，对我说："我也爱你，真倒霉。"

下班后，我一身泥垢，来到她家——现在是我们的家。她打开门，说我不能那么进门。所以，我在她门口脱下衣服——脱掉靴子、工作裤，甚至是衬衫——还一直盯着她的眼睛。克莱尔双手交叉，放在胸前，靠在门框上看我。她哈哈笑，皱眉头，脸变得红扑扑的，所有表情一下子都来了。

我穿着四角裤，坐在她面前的门阶上，阳光照在我背上。

"太棒了，还好麦克西夫人的水蜡树篱笆够高，"她一边说，一边上下打量我，"要是她现在看见你，一定会中风的。"

她带我进了厨房。我想进的，其实不是厨房。但是我握着她的手，跟着进去了。我们站在地砖上。她走到她的手包旁。我看得出来，她下决心要跟我说什么。突然，我很肯定，她要跟我分手了。我记得当时还在想，是什么样的人，会让一个男人脱得只剩下短裤，然后告诉他全结束了呢？她最后说了出来。

我只穿着内裤，站在那里。她跟我说，我要当爸爸了。

"我今天去看医生了。"她说。她看起来急躁不安，让我担心。我以为会是什么大事。

"你还好吗？"我问她。我记得她点点头，把手掌按在我裸露的胸口。她闭了会儿眼，然后给了我这张薄薄的纸片。

"我有点担心，因为我有点出血，不该有的几滴血。我在哪儿看过，说这可能很严重，所以我去检查了。"

"噢，宝贝儿。"我更揪心了。

"但是，没关系，"她说，"你看看这个吧。"

我盯着那幅模糊的怪图。有一会儿，我摸不着头脑。我不确定，她要给我看什么。

我一定看起来很疑惑，因为她笑了出来。

"格雷戈，"她说，"我怀了你的孩子。"

我记得，我听见自己喘着粗气，双膝跪在厨房地砖上，我不想表现得太激动——有点尴尬。我记得克莱尔看我时的表情。她以为我不高兴。

"我知道，有点出乎意料，打乱了计划，"她说，"没关系，你不用担心。如果你不愿意，可以不用管孩子的生活。说到底，我知道你还没想好安定下来，跟一个比你大的女人成家，所以……"

"不，"我说着，抓起她的手，把她拉到我身边，"不，我就是那么想的，克莱尔。今天，我一整天都在想你。自从有了你，自打你出现在我生命中，我变得越来越好了。在遇到你之前，我只是一个……笨蛋。但是，你爱我，我觉得……很美好。"

这可能是男人对女人说过最蠢的情话了，尤其是当他只穿着内裤，跪在厨房地上的时候。但是，那就是我的真实感受。所以，我认为，我要大声说出来，看看会怎么样。我还以为，克莱尔的表现会像以往一样。当我说我爱她时，她哈哈大笑，好像听到一个笑话一样。但是，她没有。她只是站在厨房里，握住我的手。我意识到，她在发抖。

"你太棒了，"她说着，伸出手，摸了摸我的脸，"我该知道的，当你穿着短裤跪在我厨房里，我就该知道。"

我们在那儿待了一会儿，看着对方，放肆地大笑。我没顾上多想，抱住她的腰，把脸轻轻贴在她肚子上。

"克莱尔，我们结婚吧。"我告诉她。

"因为我怀孕了？"她问我。

"因为我爱你和我们的宝宝。这是我一生中最快乐的时刻。"

她惊讶地同意了。

每当我看到埃丝特的这张照片，都会想起那一天。我想，那时候，我才真正成为一个男人。

Chapter *9*

克莱尔

想否认的，却是最有用的。

　　我看着凯特琳开车时的轮廓。我要带她去购物——昨晚，我们在临时狂欢中决定的。凯特琳不想回贝基家拿东西，连iPod也不想拿了。她不想见贝基，至少暂时不想见。我能理解她：贝基是她以前生活的一部分。凯特琳准备开始新生活了。即便如此，妈妈还是打电话给贝基，告诉她凯特琳要回家了，请她去邮局寄点东西。

　　她逃到伦敦时，基本啥都没带，所以我要带她去购物这样的借口，还是不够充分，但我决定就用它了。如果凯特琳跟我一起，我就可以出门，总比一个人好。自从我和莱恩散步回来，我跟妈妈的关系就改善了一点。她带我去伦敦找到了凯特琳。并不是说，我们突然理解了对方，我们之间也不是没事了。只是因为，我们同坐一辆火车，一起对付了一位脱衣舞俱乐部店主。长久以来，这是我们第一次有共同的经历，而且是我还记得的。除了她从《每日邮报》为我剪掉的文章，我们有别的东西可说了。我们试着善待对方。她尽最大努力，不管我那么多。我甚至都能用信用卡了。我知道密码——是我的出生年份1971。我不可能忘记出生年份。所以，在我没被诊断出病的几年前，我选了它当密码。因为，标准密码我经常忘，被吞卡好多次，信用卡几乎切断过一个月。我们以前经常拿这点开玩笑——我和凯特琳。我们经常笑话我多傻。我想，那时多有意思啊。傻乎乎的克莱尔总不记得密码，她脑子里装的想法太多了。现在，很难不去怀疑，那时候，黑暗的小裂缝已经在突破光芒，一点点占领我。

凯特琳打了个哈欠，就像她很小的时候一样，整张脸都舒展为一个大圆圈。

"你累了吗？"我多余地问道。她点了点头。

"我觉得，自从怀孕后，我就一直很累。"她说。

我记得，我们昨晚九点才到家。但是，埃丝特还没睡，忙着跟格雷戈玩捉迷藏。

看到她和格雷戈在一起，我觉得很奇怪：她看起来很开心，露着笑脸。可是，我还是觉得，不应该让他照顾她。就像我把她留给了一位陌生人。虽然我知道，他是她父亲，是我丈夫，可我不喜欢她跟他在一起。一看到他，我的忧虑不安就会增长。我看了记事本上我和他写的东西。那是我们迷人的过往。但是，我的真实感受是：它更像一个故事。只可惜女主角已经没救了。就像安娜·卡列尼娜[1]在第三章时卧了铁轨，或者，希斯克里夫还没到，凯茜就死了[2]。

看到凯特琳，埃丝特非常高兴。没过几分钟，她就在大姐的怀抱中睡着了。凯特琳把埃丝特抱到楼上。我带凯特琳进了我的房间，让她抱着埃丝特，躺在我床上，给她盖好被子。然后，我也钻了进去。

"记得我们以前通宵聊天吗，我和你？"我说。

"把孩子叫醒跟你一起睡，世上可能只有一个你这样的妈妈。"凯特琳露出了微笑。

"我想念你，"我说，"你小时候，我总是没有足够的时间跟你在一起。我花了太多时间在工作和学习上。没有哪项规定说，你不能和自己的孩子聊到半夜！"

她躺在床上。我们打开电视，把声音调低，这样就不会吵

---

1. 出自俄国作家列夫·托尔斯泰写的长篇小说《安娜·卡列尼娜》。
2. 出自英国著名女小说家和诗人艾米莉·勃朗特的代表作《呼啸山庄》。

醒埃丝特。我们不聊怀孕、那个男孩、期末考试、各种秘密或我的病，我们只是看了某部烂片，最后凯特琳也睡着了。那之后的很长时间，我看着熟睡中的两个女儿——荧幕的色彩映衬在她们脸上——感到如此沉静、平和。

在某一刻，我听到格雷戈在卧室门外停下来，也许他是想进来。我心跳加快，身上每一块肌肉绷紧，因为，我不想让他进来。每当想到这个我认识的男人进我卧室的次数越来越少，就让我身心俱疲。也许，他意识到了。因为，过了一会儿，他在门底的脚影挪开了。但是，之后过了很久，我都清醒地听着，等着，担心他会回来。

当我宣布带凯特琳购物时，我看得出来，妈妈觉得这不是个好主意——一个痴呆的女人单独和柔弱的女儿外出——但她还是让我们走了。她背着埃丝特站着，看凯特琳把我的车开出车道。我的小女儿因为被丢下，还在大喊大叫。

"你觉得怎么样了？"我问凯特琳。

"你是问我还累吗？"凯特琳现在说，"好点了，现在都过去了。我想是放松了。"

"姥姥正在给你预约。"我告诉她，不过我很肯定，她已经知道了。我会跟人一次次地重复某件事，这样也能提醒我自己。短期记忆的加载和再加载，就像一直往漏洞的桶里灌水一样。这跟从脑子里获取记忆恰好相反。"明天看医生，去医院，然后……"

我不说话了，凯特琳直视前方，开进购物中心的停车场里。她不想说怀孕的事。尽管她决定要孩子，却不想谈论。也许是因为，她觉得，谈论未来很不明智，而那个词对我毫无意义。又或许，她很不确定，未来对她意味着什么。我们从来没谈论过，未来等待她和孩子的可能是苦难。光这一点，就足以让任何人对未来感到犹豫。

"我们该从哪儿逛起？"我问她。我们走进第一家店时，我决定开开心心的。"单调的黑色哥特风，还是颜色鲜艳点的？"

凯特琳看了看我们周围，看到一架架的衣服，都是我在二十世纪八十年代会穿，会做的——我和那时最好的朋友罗茜·辛普金斯。每个周六，我们都会用不到五英镑买一套衣服。我们几乎每周都会买衣服。当晚，我们会出去玩儿，感觉自己像天仙一样。我们学麦当娜，手腕上缠着一点蕾丝，模仿她在《像个祈祷者》[1] 中的造型。这个店里的一切，大概都来自那个时代。

事物的变化多么有趣，可是……似乎一切都没改变。我环顾四周想找罗茜，给她看一件正在销售的豹纹护肩裙。我突然想起来，罗茜·辛普金斯现在已婚，身材圆胖，非常快活，身边围了一大群孩子。凯特琳抬头看了看我。她肩膀上方，是一排望不到头的打底裤和大 T 恤。它们全是黑色的，跟她衣柜里

1.美国流行女歌手麦当娜·西科尼的第四张录音室专辑。

的几乎完全一样，只是这里的衣服稍微大些，材质是弹性纤维纱。

"我有印象，"我对她说时，她又买了件黑T恤，"我来过这儿，记得吗，我们一起来的？也许时间到了，你觉得呢？该放弃哥特式摇滚女的装扮，做回原本的自己了，一定会非常漂亮。你知道吧，你要当母亲了？"

她停下来，看了我一会儿，然后深吸一口气，继续往前走。

"好了，没事了，我这就去。好了，给你母亲买件漂亮的裙子，她病得很重。你非让我说这个，你一直让我说，我只想在死前看你穿件漂亮衣服。全怪你！"

我以为凯特琳会哈哈大笑，或者至少露出笑容。每当我说个笑话，她觉得好笑，却又不愿承认时，就会那样微笑。可什么也没有。

"我不是你，"她说着，停在一架桃红色蓬蓬裙旁，"或者，也许我是你，那就更糟了。不是因为我不想是你，只是因为……"

我跟着她。她停在一面镜子前，看镜子里的倒影，不想看肚子。她胸部看着大了点，但肚子还很平。也许，肚子已经有点鼓了，不过，即使如此，还是看不出来。但是，她仍旧不想看肚子。

"你怕一个人处理？"我问她。我当然也有妈妈。大多数时间，我不想让她帮忙——大多数时间，我觉得她太小题大做了，喜欢指挥人，还爱发脾气，有时还很疯狂——但是，她总在那里，我一直很感激。我妈妈一直在我背后，从不推卸责任。甚至到现在，她幸福的小日子、歌剧团、桥牌社也没了。还有那个在剧院弹钢琴的俊小伙。每到周三，电影票买一赠一时，他就会带她出去。妈妈和她的绅士朋友，去年看了许多电影。她甚至变成一位研究塔伦蒂诺[1]电影的专家。我很肯定，他们不在乎看什么：那只是在黑暗中握手的借口。可现在，所有的一切——她远离我，为自己构建的所有生活，也许会永远地搁置了。但是，她还是来了。

"我什么都害怕，"凯特琳突然说，"这……"她指了指自己的肚子，"在最不该来的时候来了，不是吗？好像不该因此开心，可是，我就是开心。我知道，我很开心。但是，我的内心并没有把这种开心传递给脑子。我脑袋里还是很不安。"

"那当然了，"我说，"你要过一段时间，才能习惯那小家伙。但是，你会是个伟大的母亲，还是按自己的心思来吧。你的生活不是到头了，凯特琳，而是刚刚开始……"

"也许到了中年，我也会跟你一样得病。"凯特琳看了看我。有一会儿，她又变成罗茜·辛普金斯了。我要使劲看她左耳垂上的小痣——那是她的胎记，才能把我拉回现实。我就像在烂泥里摸索，但是我做到了。

"妈妈，你病了。你病得很重……埃丝特会需要我。她需

---

1. 昆汀·塔伦蒂诺，美国导演、演员及奥斯卡获奖编剧。

要照顾，格雷戈也需要照顾。姥姥一个人忙不过来——她看护不了三岁的孩子了——她现在年龄太大了。他们需要我变成一个有责任感的人。可我现在还不行。我连考试都通不过。我被一个男孩抛弃，把自己的一辈子弄得一团糟。我能为他们、为你、为这个孩子做什么？我怎么才能变得足够优秀？"

她哽咽了，转过身去，快速出了店门。她还拿着衣服，触发了一连串警报。我跟着她，同警卫一起跟上去。

"对不起，"我说着，接过凯特琳怀里的一堆衣服，站在她和警卫中间，"都怪我。我得了早发性阿尔茨海默病。我是说，我会犯很多愚蠢的错误，可我们不是扒手。这些都是我们要买的，所以，如果我们直接回到……给钱的地方。我会全部付钱的。"

警卫看了看我，很肯定我是在说谎。谁能怪他呢？首先，很显然，是凯特琳抱着衣服出门的。第二，我也不是穿睡袍的小老太太了。至少，我想我没穿睡袍。我低头看了看。不，我穿戴整齐，一点也不像精神病人。

"我知道，"我说，"真的很惨，不是吗？"

"而且我怀孕了。"凯特琳突然呜咽起来，眼泪从脸颊上滚落下来，"这些衣服我都不喜欢。我不想穿紧身裤。放弃生活的人才穿紧身裤！"

当可怜困惑的年轻人从我怀里抱走衣服时，我抑制住了笑声。"小心点，"他说，"好吗？出门时，不要没有……"

"成年人？"我严肃地点点头，凯特琳感激地趴在我肩膀上啜泣。

"那你不想要这些了，是吗？"我看了看凯特琳——她靠着我的肩膀，沉默地摇摇头，又看着警卫挠着头回到了店里。

"我们应该当扒手维持生计。在商店扒窃史上，找不到更好的扒手组合了。"我对凯特琳说。她把脑袋从我肩膀上挪开，突然不哭了，露出了笑容。

我的小红桃皇后还在。

我们挽着双臂，一句话不说地穿过一家家商店。我看了看经过的人们。他们似乎在散步、交谈、呼吸、思考，样样都比我快，好像周围的世界都加速了，只留下我这半个框架。我们在大厅中间的咖啡店停下来。凯特琳点了饮料，我在一张桌子前坐下来。她时不时地瞄我一眼，也许是想确认我没走开。我试着不去想罗茜·辛普金斯——因为我每次想到她，都会心血来潮，想找个电话亭，拨打她以前的号码，问她要不要出来玩，找男孩子约会。我知道自己是谁，跟谁在一起。但是，我要努力把自己固定在此刻，牢牢抓紧，确保我呆在这里。我认为，集中注意力是管用的。但是，我也许是在自欺欺人。我不知道，迷雾下次在哪里到来，也控制不了。我也不知道，什么时候它再次来访，永远擦掉一些记忆。

凯特琳在我面前放下一杯加奶咖啡，我感谢地小口喝起来。我不喜欢加奶咖啡，可是，这些天来，我喝的似乎都是加奶咖啡。我年轻一点时，只喝"醇鸟"咖啡。我想知道，现在哪里能喝到"醇鸟"？我在上大学之前，喝的都是那个。之后，我见了保罗，他喜欢喝小杯意式黑咖啡。那时，我似乎长大了。但现在，我喝到的都是一杯杯咖啡味的牛奶，没有一点意思。

"你爸爸叫保罗·萨姆纳，"我说，"他四十二岁，已经结婚十年了，有两个女儿，你同父异母的妹妹。他在曼彻斯特大学教英国文学和哲学。他说，他想成为一名改变世界的诗人，这份工作跟他的梦想很不符，但也不差。指导手册的大学课程页上有他的上课时间和地址。很容易就能找到他。"

"你是怎么找出来的？"她问我。

"你不见的时候，"我说，"其实是格雷戈发现的。"我都忘了怎么用指导手册了，"他找到后，抄下来给我。回到家，他会给你一个文件。你要去见见保罗·萨姆纳。"

"不，"她坚决地说，"我生气离开后，想过很多。我一直在想，真的要强迫让我们所有人团聚吗，包括他在内？我对他来说是不存在的。如果我出现在他门口，硬闯进他的生活，我能得到什么？他不会想见我。我得到的已经够多了。我不用见他。"

"你要见他，"我坚决地说，"即使他不知情，也等得够久了。你也是。你还那么年轻，凯特琳。你需要一个人帮忙。"

"我不需要，"她反抗道，眼神中闪过一丝挑衅，"你就没人帮忙。"

"噢，那是说谎，"我说，"我有你姥姥，还有你。你应该当个被照顾的孩子，可我却跟其他人一样依赖你。"

"直到格雷戈出现，"她谨慎地看了看我，"我第一次见到格雷戈时，以为他是个混蛋。但当我看到你们在一起时，在乎对方的样子，是那么……开心。看起来，就像在相遇之前，你们一直在寻找彼此。因为你们在一起时那么快乐，就像是一场……重逢。你们很肉麻，但不令人讨厌。"

我低下头，盯着浅白色的咖啡。我想根据她的描述回忆那种感觉。我能看到，我能想象，就像它们在屏幕上一样。但是，我却理解不了了。

"你不能对他好点吗，妈妈？"她问我，"他那么爱你。我不想看到他伤心。"

"你不明白，"我说着，抬头看她，"我感觉不认识他。这个陌生人在我们家让我害怕。"

"但我们都认识他，"凯特琳说，"他是格雷戈。"

"那是他吗？"我问他，"他还是原来的样子吗？"

我看出她表情变了。我猜，在我看来似乎完全真实合理的东西，却给她带来了疑惑和恐慌。

这就是这场病的本质作用，让我和其他人之间的鸿沟越来越大。每一天，我都在努力回到从前。但有时候，我做不到，他们也做不到。然后，他们连试都不试了，因为我的世界是错乱的。

"你要去见保罗，"我又说了一遍，"你会需要他，你的父亲，孩子的姥爷。一个大家庭。别让我一天两次拿阿尔茨海默病当理由。"

"我没办法这样，"她说，"也许某个时候我会好好想想需要他的那一天。"

"你知道怎么生活吗？"我告诉她，"尽管一切都没问题，但还是照我说的做吧。我想让你那么生活，凯特琳。你想要的方式，不符合实际情况。"

"但你病了，"她说，"我大概也病了。也许，还会传给我的孩子，可能也有同样的命运。我跟你不一样，二十岁决定留下孩子，妈妈。我不知道会不会遗传：你做的决定是片面的。但我知道，我不止要考虑怎么应对，怎么找工作，怎么受教育。我知道，这些我都能做到。因为，你都做到了，还是个非常迷人的妈妈。可不仅仅如此，我还会考虑些别的，孩子还没长大，我就会留他一个人吗？我会把孩子交给别人照顾吗？我会把这病遗传给孩子……我决定了现在做什么，而且觉得没错。但是，还是那么……"

她没说完——她没必要说我。在那个阳光明媚的日子，我发现怀了凯特琳。如果当时我就知道，如果我知道，迷雾已经在聚集，慢慢地在逼近我，也许还会包围我未出生的孩子，我还会留下孩子吗？我还会坐在这个漂亮的女孩面前吗？我现在看了看她，她有着忽闪忽闪的黑睫毛，弯弯的嘴唇，耳朵上的雀斑。我当然会全心全意地说：会的，会的。我从没错过和她在一起的一刻，因为我知道，那是金光灿烂的日子。但当时呢，在那一刻，在验孕棒变粉的那一刻，如果我那时就知道呢？我意识到，我无法回答。

"你可以做个检查，"我说，"要是你觉得有用，就能确认有没有遗传。你不用自己去领悟。海蒂姑姑理智正常，最后死于心脏病。你不用怀疑，可以查出来的。"

"我不确定我想不想知道，"她说，"知道了会让我更难不去想。所以，对我来说，确认和不知道，哪个更好？"

"我知道答案，"我说，"我知道你要做什么。"

凯特琳看起来很疑惑。

"你要做决定，就像那个可能性不存在一样。无论正在发生什么，你要按照自己的想法过下去。你知道我是怎么知道的吗？"

她扬了一下眉毛。

"我知道是因为，我就是那么做的。我生下了你，把你养大，拒绝了一大堆爱人，嫁给了最后一个。因为，我相信，我始终在这个世界上。我很高兴，我选择了那样的生活。我不会改变任何事。什么都不会改变。"

"甚至包括格雷戈吗？"她问我，"如果你知道，几乎刚见到你一生的爱人，就失去了对他所有的感觉，你还会等那么多年吗？"

"我给你买那件裙子吧，"我说着，示意她看附近橱窗里的一件小花裙，乳白色棉布上印着粉玫瑰，"那件很漂亮。如果配上漂亮的红鞋、指甲油和唇膏，想想你该多可爱！"

"我讨厌颜色鲜艳的，"凯特琳说，"不过，既然你都搬出痴呆症来了……"

她让我拉她一把，去店里试裙子。她穿上很合适，肚子那儿也比较松。我高兴地带她到收银台，拿出卡结账。那时，我意识到，我忘记密码了。我似乎连出生年份也忘记了。

2007^年10^月25^日， 周四

凯特琳

这是格雷戈带给我的 CD 封面。那一天，我第一次认可格雷戈成为妈妈的正式男友。我以前当然见过他：他在家里待过一段时间。但那时候，他只是个建筑工，听着第一电台，好像自认为很酷。我没有真正注意过他。等阁楼完工后，妈妈开始留意他。我当时就觉得，她怎么那么蠢？我是说，他比她年轻太多了。尽管妈妈性感、风趣、漂亮，可我还是不相信，一个男人会想要一个比他大那么多的女人。我以为，他只是在利用她，玩弄她。妈妈说，她觉得也是这样。他光把阁楼改装成书房，就要把她的钱花光了。但她竟然说："不管怎样，哪怕只是在玩弄我，也没关系。"还好，他并非在玩弄。等她邀请他跟我们一起吃饭时，我们都知道这不是在玩。他给我带来这张"黑眼豆豆"的 CD，因为，他觉得他们很酷。但是，我讨厌"黑眼豆豆"。那是一张 CD。那时候，没人有 CD 播放器，连娃娃都没有。

他把 CD 给我，我看了看，扔在了一边。我知道，那样很不礼貌。我知道，我一直是个有典型的粗鲁倾向的孩子，但对我来说，那似乎是陈词滥调。这个男人想从我母亲那里得到什么？我是说，

我十五岁了——要是他对我们其中一个感兴趣，也应该是我。即便那样，也是错得离谱！我不是嫉妒——别误会我。如果那样想格雷戈，我会有点想吐。不，我从来没喜欢过他，哪怕是他成为我继父之前。现在……好了，他现在是我继父了。我并非希望他喜欢我，而不是妈妈。我只是搞不明白。这说明，五年前的我是那么的心胸狭隘。

格雷戈坐在桌子前。妈妈去做海鲜拌饭了。说实话，她是看了某个美食节目，出去买了个特制平底锅、藏红花和这些大虾，但这些东西让我看了想吐。她花了一整天弄这个饭，但之前也没问建筑工吃不吃海鲜。够了，我觉得，他当然不吃了：他会吃熏肉三明治，也许还有大块奶酪。至少，关于他不吃海鲜的那部分——我是对的。格雷戈其实对海鲜过敏。过了好长时间，他才说出话来。他只是坐在那儿，瞪着大虾，大虾也瞪着他。他严肃地考虑，为了不让妈妈沮丧，也为了不在我面前出丑，要不要冒着过敏的风险。我粗鲁地问，他对妈妈做的菜有什么疑问。那时，他脸涨得通红，承认自己要是吃了，有可能死掉。妈妈吓了一跳。她把一整盘都倒进外面的垃圾桶里，就像多看一眼大虾，他就会离开似的。我快被气死了，因为，我刚想吃海鲜饭。

妈妈点了中国菜，但我那天晚上不想吃。我将特色炒米拨到盘边，明显表达出我还想吃大虾。格雷戈一直在抱歉，我一直无视他。然后，他去了厕所，妈妈探过身子，直接指着我的脸说："你没发现，你已经被宠坏了，是不是，凯特琳？"

我耸耸肩。"对不起，"我说，"要有人保护你，只有我在。"

"我不需要你的保护，"她说着，坐回一点点，看了我一眼。她看起来很吃惊，让我很受伤。"你长大了，应该知道，当他看我或碰我时，我会感到兴奋眩晕，我不需要有人阻止。我喜欢这些感觉，我想变开心，哪怕只有一会儿，哪怕都是误会。生活就是这样的。凯特琳——要冒险尝试，试着开心。"

"可我为什么要见他？"我说，"你的其他男友，我从没见过。"

当然了，我这样说时，格雷戈正好回到屋里。我的话听起来，就像他是过关斩将，唯一剩下的那个。我的话当然有这样的效果。不过格雷戈没有脸红，也没有像吃大虾时一样退缩。

"我请你母亲让我见你的，"他说，"因为我想进入她的生活，也就意味着进入你的生活。尽管你不喜欢我，可你妈妈喜欢我。所以，你能不能做回你妈妈口中那个风趣聪明的女孩。到那时候，我们再决定，是不是能在同一个屋檐下相处。我希望，我们能相处融洽，但是你得知道……即便我们相处不好，我也不会放弃克莱尔。"

从那以后，我不再调皮了，因为好像太老套了。我看得出来，他和妈妈是认真的。但我还是觉得，他是个白痴。直到埃丝特出生那天。那一天，他成为我的英雄。

Chapter *10*

凯特琳

曾有一个人，视她如生命。

　　我们购物回来，我想妈妈很高兴。她唱着歌进了门，把我的几袋衣服拎到她屋里，自己开始试穿。她说晚会儿要和一个叫罗茜的去酒吧，去看谁在那里，也许能有一段艳遇。我以为，我总会习惯她在生活中的淡入淡出，可事实证明这没那么容易。而渐渐地，她淡入的时间越来越短，淡出的时间越来越长。我在楼梯下面站了一会儿，想知道怎么让她回来。但是，她在唱歌，似乎很开心。

姥姥和埃丝特在客厅里，她正在劝说埃丝特看一个关于大象的节目，旁白是大卫·艾登堡[1]。

"看啊，宝贝儿，看啊，大象不是很可爱吗？"我听她说。

"我要《爱冒险的朵拉》《海底探险队》《粉红猪小妹》。"埃丝特坚持道。可是，姥姥不像我妈妈。她总是掌控埃丝特的一切，而且对于妈妈总是满足埃丝特任何的要求非常不满。她还兴奋地宣称，妈妈是在培养一个专制独裁者。姥姥非常努力地改善事物：她喜欢改善。现在，她想通过让埃丝特看教育片来改善她，这一点很有意思。我爱姥姥，我爱埃丝特。我也会爱我的孩子，跟妈妈和姥姥爱我们一样。也许爱的方式不太一样，有点类似，但爱得更深。

跟妈妈待了一个上午，听完她跟我说的话，我觉得好点了。她决定和罗茜出去喝酒前，一切都还说得通。她好像把未来还给我了。

我走过去，坐在沙发上，埃丝特把遥控器给我。

"我要看《朵拉》或者《粉红猪小妹》。"她声音很小，好像姥姥不会发现一样。

姥姥很失望，翻了翻白眼。我换了频道。我一直记得埃丝特最喜欢的频道。

1.大卫·艾登堡，BBC知名自然节目主持，英国极负盛名的自然历史影片拍摄者。

"你还好吗？"姥姥问我。我点点头，因为我确实还好。

"我明天带你去医院。预约是在十点，"姥姥通知我，"他们会给你做检查，做个扫描。"

我点点头，坐了下来。埃丝特爬到我腿上，重重地压在我肚子上。我能感觉那里在反抗，生命在我身体里伸展。我把埃丝特挪到一边，双臂抱在一起。我注意到，我下意识地做出这个动作，保护我肚子里的未知宇宙。那是不是意味着，我已经是个母亲了？

"我给你剪了这一段，"姥姥说着，给我一片报纸，"那是一段《每日邮报》剪报，讲的是生完孩子，可以回去接受继续教育。"

"谢谢。"我说着，接过来，随手叠起塞进口袋里。

在我的记忆中，姥姥总会给我们剪报。文章是关于饮食、育儿，或者一些教师的培训书……这些妈妈都已经做到了。可是，姥姥还坚持给她剪报，教她怎么做得更好——我的理解是，她觉得，妈妈做得不是很好。我曾经问妈妈，姥姥为什么剪报。妈妈说，她想帮上忙，当然她为人偏执，爱操控别人。然后，姥姥给了她一份剪报，是关于通过饮食控制宫颈感染问题的。妈妈还回去，上面用红色记号笔写了"我没有感染问题"。

之后，姥姥给了妈妈更多奇怪的文章，都是关于性成瘾、减肥、身体畸形和各种癌症的，这就演化成疯狂的消耗战——妈妈又全还回去，有时多了一段红字，有时直接撕成碎片。她们经常像是在开玩笑，但却让两个人都气愤。姥姥还是剪报，不过她现在会放在空屋的抽屉里。我之所以知道这个，是因为有一天，我看到她偷偷塞了一张进去，标题写着："阿尔茨海默病的蔓延"。

看到埃丝特被电视迷上了，我站起来，去厨房找格雷戈。他正趴在记事本上写字。格雷戈跟妈妈一样，喜欢在记事本上写东西。我很好奇，他有没有看到我那部分。与其说是写给妈妈的，不如说我是专门写给他的。我只想让他记住，他也是这个家的一部分，我们都爱着他，即使是我。我现在也爱他。

我挨着他坐下来，他抬头看了看我，眼里带着泪水。格雷戈总是有点伤感，有点诗意。妈妈以前还为这个戏弄他：一个五大三粗的人，却长着一颗诗人的心。他说，是妈妈带给他的。

"你很难受，对不对，"我说，"你最先开始失去她。"

"我一直在想，要是我提醒她，一切都会回来的。她会再次想起我，就像以前一样。然后，我们就团聚了。"

"你在写什么？"我问他。但是，他合上了记事本。它现在很厚，充满了记忆和纪念物——物件和照片都露出来了。在过去的几周里，妈妈几乎什么都使劲往里面贴。在一页上，有一块吃了一半的硬糖，她非要说，那是聂克肖[1]第一次现场演出

---

1. 聂克肖，80年代中期英国创作型歌手。

结束后吃过的。记事本已经成为妈妈的一部分，我们一家人的一部分：它随处可见，总是有人添加，有人去看。但是，纸张很快就用完了，那让我害怕。妈妈越来越多地把想法写在记事本上，我害怕，等本子用完了，她的脑子就空了，她也就不在了。我去伦敦前，还想法添加纸张——可以在后面粘上或钉上。但是，拿起合上的记事本，我看到，它鼓起来不只是因为内容，后面也有几页新纸。纸张的质量是一样的，只是前后对得不太齐。打开记事本，我仔细看了看，有人费心地粘了一条新内脊，然后手工缝上了新纸。我看了看格雷戈，他耸了耸肩。

"我不想它用完，"他走到冰箱前，拿了一瓶啤酒，"你没事吧？"

"所有人都这样问我，"我说，"我不知道。我快绝望了。我想，我们都是这样，对不对？"

"也许吧，"格雷戈说，"我倒希望那样。我希望有一天，什么事都随你所愿，并永远留在那一天。我跟你、克莱尔和埃丝特度过了很多那样的日子。我一直都认为，这样的日子还有更多，结果却并不尽如人意。什么都不会一成不变，不会随你所愿，即使你的渴望是那么强烈。"他停下来，等着声音中的情绪平复下来，"你周围的生活在继续，你自己的生活也在继续，凯特琳。你要保证，能跟得上生活的步伐。"

"你是什么意思？"我问他，虽然我知道他接下来要说什么。

"去见见你爸爸，"格雷戈说，"去见见这个叫保罗·萨姆纳的家伙。我知道很吓人，你遇到的事已经够多了。但是，去见一个对你很重要的人……不应该推迟，别管是什么原因。"

"我以前从来没有爸爸，"我说，"嗯，在你之前。"

"别傻了，"他看着自己的双脚说，"你以为我是个傻瓜。"

"噢，上帝啊，'傻瓜'这个词太过时了！"我哈哈大笑，他也露出了微笑，"但是，说实话，你算是我爸爸——你知道，算是吧。谢谢你。"

格雷戈又笑出声来。"那是我听过对父爱最平淡的赞美。"

"你知道我的意思，"我说，想到他不在周围，引起我一阵恐慌，"拜托，格雷戈，不要消失，请你之后……请不要带着埃丝特离开。因为……不只是埃丝特，还有你。你现在是我的家人。我是说，你不会直接走了，留下我，对吧？"

我还没说完，就意识到，我脸颊带着泪水，双手紧紧地握在一起。

"凯特琳。"格雷戈叫了我的名字，脸上是焦虑和惊讶……"我永远都不会那么做的，亲爱的。我永远都不会把你和埃丝特分开，不管是为了什么。而且……我们是一家人。我们一直是一家人。什么也不能改变我们。我是你们的爸爸，你们要跟我在一起。"

"太好了，"我说着，点点头，"这个保罗·萨姆纳……我对他一无所知。但是，你们两个……我离不开你们俩。"

格雷戈把手放在记事本上。楼上妈妈的卧室传来砰的一声，我们都抬起了头。我们仍呆在原地，没去看她怎么了。妈妈讨厌我们去看她，尤其是在家里。她不喜欢生活不能再有私人空间。

"好了，"格雷戈说，"去见见你父亲。你要去。你要当面见见你的生父，表明你的身份。我觉得，如果你不去，就没法完全认识自己。"

我摇摇头。"这里有妈妈、埃丝特和……"

"还有孩子，"格雷戈谨慎地选词，替我说了，"你要是愿意，我可以请几天假，开车送你去？"

"不用，"我说，我突然做了决定，感觉自由了，"不用，你知道吗？姥姥明天带我去医院做检查。然后，我想就直接过去。我会找个酒店住下。我是说，要是你和妈妈借我点现金……"我露出了期待的微笑，他点了点头。

"可是，你一个人去，能行吗？你还在……"

"我的情况吗？"我哈哈笑了，"如果我想做什么，现在就要决定，不是吗？妈妈永远不会空等，不会像我一样……一直在犹豫。她永远不会等着生活的发生，不会把脑袋埋在沙子里，逃避过去或未来。她从来没那么做过，不是吗？她总是很勇敢。想想她遇到你的时候！她那么无畏，喜欢冒险。想想埃丝特出生的时候！她从不放弃，一次也没有。哪怕是她无法战胜的这个病……即使现在，她也没有放弃。所以，好了，我要把自己介绍给生父。这是件大事，不是吗？这是我能做的大事。也许，也能帮助妈妈。"

格雷戈正要说话，一大滴水突然掉在厨房桌子上。那一刻，我和格雷戈盯着它，然后抬头看天花板……一片潮湿阴暗的水印，又落下一滴水。

"噢，"我站着说，"她说要去冲个澡……"

"在这儿等着，"格雷戈说，"我去吧。"

但是，想着妈妈在购物中心说的话，我还是跟了上去。格雷戈大概是她现在最不想见的人了。

他一连跨过几个阶梯，三大步就到了楼梯顶部。水已经从浴室门里渗了出来，浸湿了地毯。格雷戈打开浴室门时，一小股水流又冲向了湿地毯。我们被蒸汽包围。他穿着袜子，踏进水里，猛吸了一口气：水一定很烫。他忍住热浪，关上热水管，顺手扔下毛巾，然后回到我站的地方。妈妈没关水龙头。这是很简单的事，也是个很容易犯的错误，谁都会犯，不止是她。可为什么有种不祥的预兆呢？

又发出一声巨响，妈妈和格雷戈的卧室门开了，撞在墙上。这时，我们注意到，地上摆了一堆衣服。格雷戈的一只鞋飞出门框，落在了他脚边。

"克莱尔？"他犹豫地走到门口，我就在他身后。

"你好大的胆子！"妈妈翻下床面对他，两眼冒火，"你一定觉得我是个白痴。我读过文章，了解你这样的男人。好了，你遇到我这样的对手了，先生。我不是可怜的小老太太，你别想骗我的钱。带上你的东西，滚出我家！"

"克莱尔，"格雷戈又叫了她的名字，"宝贝，别……"

"我知道你的把戏，"妈妈说着，使劲推了他的胸膛，"你以为，我年龄大、单身没人陪，就能骗我相信，你对我有兴趣，然后搬进来，抢走我的房子、我的钱和我的一切。休想！我不会被你蒙蔽。你吓不了我。我要你现在离开，否则我就报警。"

她气得脸发白，两眼通红。还有一些别的：她吓坏了。

"妈妈，"我走到格雷戈前面，"没事，没事，格雷戈是一个朋友。"

似乎用哪个词来介绍他都不合适——他是干什么的，他是我母亲什么人——我知道，听到这个，他一定会受伤。即使他明白，我为什么会选择一个最中性的词。

"克莱尔，"格雷戈尽量温柔地再次叫了她的名字，"是我啊，亲爱的。我们结婚了。你看，我们的结婚照在那里……"

"你好大的胆子！"妈妈朝他喊了一声，抓住我的手腕，把我从格雷戈身边拉开了，"你敢假装是他们的父亲！你为什么在这儿，在我家？你想从我这里得到什么？凯特琳，你看不出他的阴谋吗？滚出去！滚出去！"

"妈咪！"埃丝特被争吵声吸引，爬到了楼梯顶部。姥姥跟在后面，站在下一阶楼梯处，焦虑地看着这一幕。

"这是在吵什么？"她问，"克莱尔，你们到底在搞什么？"

姥姥的声音给了妈妈平静，她握着我手腕的手放松了一些。可她站在那里，双眼仍然瞪着，露出恐惧的表情，呼吸非常急促。

"我在……我在冲……冲澡……然后我卧室里就堆满了这些东西。这都不是我的！"

"妈咪！"埃丝特甩开姥姥放在自己肩上的双手，跑向妈妈。妈妈抱起埃丝特，紧紧抱在怀里。"那是爹地的东西，妈咪。你病得很重，'别忘记我的'妈咪。"

妈妈抱着埃丝特，瘫坐在地毯上。空气中还弥漫着潮湿的热气，湿地毯的味道升入空中。

"我忘了。"她告诉格雷戈，没法看他一眼。

"妈咪，起来！"埃丝特用命令的口气说。她捧着妈妈的脸颊，小手压得妈妈的脸变了形。"马上起来，妈咪。该吃茶点了。"

我们三个往后退，看着埃丝特拉住妈妈的手，直到妈妈爬了起来。

"你想吃什么？"妈妈问埃丝特。她不看我们，直接把埃丝特抱下了楼。

"意式宽面！"埃丝特说。

"要么吃豆子吐司？"我听见妈妈说，她的声音在厨房中变弱。

"意式宽面！"埃丝特重复道。

然后是一片沉默。

"我去拿行军床，"格雷戈说，"我到一层埃丝特的房间睡。"

"不，"我说，"我躺行军床。你到我屋里。反正我要出去过几夜，除非你想让我留下来？"

"她身体越来越差了。"格雷戈说。这句话从他嘴里冒出来，我们都猝不及防，甚至包括他自己。"我没想到这么快。我是说，我知道他们口中的血栓，但是我以为……我希望，我们还有时间在一起，道声告别。我以为，她还会回来告别。"

姥姥爬上最后一阶楼梯，一只手放在格雷戈肩膀上。"现在发生的一切，她的说法和想法，她的感觉……都不代表她不爱你，她这辈子最爱的人就是你。那不代表什么，格雷戈。那不怪她，都怪她的病。"

"我知道，只是……"格雷戈双肩下垂，好像突然泄了气，身材仿佛缩成了原来的一半。"我去车库把行军床搬出来。"

我们都没跟他出去，知道他需要一些单独的空间。

"妈妈！"妈妈走到楼梯口，像什么都没发生一样喊了句，"我又得擦豆子瓶了？"

"你不用管，"我说，"我来擦。"

"你没事儿吧？"姥姥问我。

"妈妈！"我听见她又喊了一声，"我能用刀子吗？"

2009 年 2 月 2 日，周一

格雷戈

这是我给克莱尔和埃丝特拍的第一张照片。

埃丝特裹着毛巾，克莱尔面有愠色，因为，她在擦完头发和画完眉毛前，严禁我给她拍照。但是，我忍不住。我不敢相信刚才发生的事。

我猜，大多数丈夫都认为，他们怀孕的妻子很漂亮，我也不例外。我喜欢她的样子——怀宝宝鼓起的肚子。她那时很漂亮。克莱尔喜欢唠叨，说她脚踝粗了，皮肤撑开，生孩子年龄太大。但是，我看得出来，她大多数时间都很享受。她有这样的精力——这种生命的活力。我常会看着她，露出惊讶的样子。你知道的，我的孩子就藏在那个身体里。

埃丝特有点早产。虽然凯特琳也是早产，但还是让我们有点始料未及。毕竟距离怀凯特琳已经过去了那么久。每个人都认为，克莱尔很可能会越过预产期，因为，她的身体已经忘了以前怀过孕。克莱尔怀孕时，什么事也没耽误——不是说散步或工作——在茉莉亚生日那天，她甚至挺着大肚子，跟茉莉亚出去跳舞。我不想让她去，但我阻止不了。所以，我派凯特琳陪她们出去，看着她。凯特琳丝毫没有察觉这一切将要发生。

埃丝特出生时是在半夜，克莱尔一下子起来了——尤其是她那时的身材还那么笨。她当时行动缓慢，就像一个超级游轮——她自己说的——要花上至少一周时间才能转过弯。但在那天夜里，她像火箭一样起来，去了卫生间。我马上又睡着了。不过，我可能只睡了几秒，就被她的叫声吵醒了。她没有大声喊我的名字，而是小声地，一次接着一次地呼唤我。我觉得，那更像是呜咽。我去了卫生间，克莱尔正坐在瓷砖地板上。

"要生了。"她吃力地说出来。

过了一会儿，我才明白这是怎么回事。然后，我意识到，她两腿间流了一摊东西。我知道，她是在生孩子。"好，我打电话给医院，说我们要住院，"我说，"带上你的包……"

"不，我是说，孩子已经要出来了。"克莱尔说，然后又开始阵痛。

"那可不行。"说着，我意识到，我还站在门口。于是，我蹲了下来。不像我想的那样，她没有尖叫，也没有发出任何吵闹。她像几乎不存在一样：闭着双眼，好像在使劲关注自己的肚子。又一阵疼痛来了。

"跟孩子说话，打9！9！9！"

接线员拿着电话，让我看看克莱尔的双腿，用手指量量宫颈口多大。我试了，但克莱尔对我吼叫，像恶魔附体一样。于是，我敲了凯特琳的门。平时地震也叫不醒她，但这次她立马起来了。

女接线员说，救护车五分钟就到。但好像有一辈子那么长。

"看看你妈妈的宫颈口有多大。"我对凯特琳说。

"什么？不可能！"凯特琳看起来吓坏了。

"噢，看在上帝的分上，快他妈的给我一面镜子。"克莱尔说。我想了想，想起来那是我妻子和我孩子。我身高约一米九，觉得自己很有男子气概。

"我正在找，"我告诉克莱尔，"再忍忍。"

克莱尔说，她恨我，还骂了几句。但是，她似乎还很有控制力，呻吟了一会儿，闭上双眼，背靠在浴缸上，双腿叉得很开。我很肯定，如果孩子真的要出来了，她会叫得更惨。我拿了一条毛巾，擦掉地板上的液体，然后看了一眼。

女接线员再次问我，有没有量完宫颈口。我说："我不知道，但是，我看见孩子脑袋了。"

女接线员让我跟克莱尔说，不要用力。但是，还没等说完，克莱尔就已经用力了——一个生命混着血水降生了。我看到了孩子，是个女孩，是个夹杂着粉色和灰色、浑身脏兮兮的小东西。她直接滑到了我怀里！我一想起来，还会哈哈大笑。

"她出来了！"我冲电话喊了一声，然后放下电话，抱住孩子。从那以后，克莱尔一直说，周日打那么多次板球，那次总算有回报了。凯特琳拿起电话，我把孩子放在克莱尔胸前。我这么做时，她瞪大了双眼——充满了疑问。

"她是要问，孩子有没有呼吸？"凯特琳担心地说。但是，还没等我仔细查看，哭声——有力的号叫声就划破了空气。我突然哭了——我像个蠢姑娘一样，脸上流下了泪水。我停不下来。凯特琳从晾衣橱里拿了条干净毛巾。我们把孩子包好，那时门铃响了。救护车到了。我抓起手机，拍下了照片，虽然克莱尔威胁要杀了我。可我想准确地记录下那一刻。

"儿子非常可爱。"克莱尔说，没看见两位健壮的护理人员进了浴室。

"是个女孩。"我告诉她。她看起来更开心了。

"太好了，"她说，"又一位阿姆斯特朗姑娘来征服世界了。"

Chapter *11*

克莱尔

她是唯一一个认为我正常的人。

"你带够钱了吗？"我问凯特琳，她点了点头。

"噢，我拿了你的信用卡，知道密码，够了。"她说。

"你会照看我的车？"我用手掌拂过车子表面，那是我最喜欢的颜色，显得热情浓重，色彩强烈。可是，我忘了那颜色叫什么了。我不知道它到底是什么。早上醒来时，我能感受到：我脑海中一片空白。也许是迷雾，也许是血栓。我想象中，它们就像闪亮的小火花，劈啪作响的鞭炮。车的颜色有个好名字：

血栓色。

"我会好好照看你的车。"凯特琳说。她表情不太确定——她当然不确定。

今天早上，我在家里等，格雷戈在家看着我，妈妈带凯特琳去了医院。我等着，看着窗外，定格在那一刻——她会回来，告诉我怎么样了。我知道，从她们离开到回来，我唯一能做的就是待在家里，待在同一个地方。我很肯定，如果挪动了位置，我就会丢掉现在这一刻。格雷戈一直想让我做点事——喝茶、吃吐司或跟他坐在厨房里——不过，他不知道，我必须定格在一个时间点，让我的思想停留在那里。不知过了多久。终于车子开进来，我冲过去试图打开前门。不过为了不让我出门，他们对门做了手脚，所以，我从屋里打不开。我待在屋里，等他们开门，还停留在那一刻：让自己知道发生了什么。

一直以来凯特琳都像一本打开的书——我总是知道她的想法和感觉——但是突然，我看不出来了。她从我身边走过，一下坐在客厅沙发上时，我看不出来。我看了看妈妈。

"十八周了，"她说，"母子一切平安。"

走进屋里时，我不知道为什么那么害怕，只是觉得，无论她说什么，都可能吓坏我。

"凯特琳？"我坐在对面的椅子上问她。

"我爱我的宝宝，"她说得很轻松，"就像有一种未知的力量。我好像要跟人打架，虽然没人跟我打。噢，妈妈，这是照片。

你想看吗？"

她递给我一张照片。现在的 B 超照片比以前清晰多了，我能看到小胳膊小腿，还有像凯特琳一样的轮廓。

"噢，凯特琳，"我想抱紧她，"我太开心了。"

"我也是，"她说了一句，"我觉得，我也太开心了。但是，我也很害怕。"

"你会是个好母亲。"

"你会一直这么跟我说吗？"她说。

"只要你一直跟我说，你还怀着孕。"我说完，她露出了微笑。

那时，让她一个人出去，去见她父亲，似乎是错的。可她坚持要去。即使我想去，现在也没法阻止她。自从发生了昨天的一切，她就开始暗暗地下决心——一种决断力。我第一次注意到，她对我很小心，把我当个病人。没错，昨晚发生了变化。但是，如果凯特琳因此变得坚强、坚决和果断，那么，也许那不完全是坏事。

"到了要记得给我打电话，"我说，"还有你见他之前，见他之后。别忘了告诉他，我跟你说过的话，好吗？他一开始会吃惊，也许……也许我们应该给他写封信。"

"不，"凯特琳说，"就这么办吧。我去了，很快就回来，好吗？"

我点点头，吻了她——妈妈一直在看着我们。她把一沓钱拍在凯特琳手里，就跟以前给她一包糖一样。

"小心点，小乖乖。"她说。凯特琳欣然接受了这个幼稚的昵称，亲了亲我母亲的脸颊。车开出时，埃丝特哭了，我也想哭。不只是因为凯特琳走了，也是因为剩下我一个人了，一切都要听我妈妈的。

"她会没事的。"妈妈说着，双手放在我肩膀上，领我回屋，好像我忘了怎么走直线一样——我想，我还没忘记如何走直线。"她比看起来要坚强，那个女孩。我很为她骄傲。"

"我也是，"我说，"我还为你骄傲——一位伟大的姥姥！"

"那就够了，我的女儿，"妈妈说。我们回屋后，她又把门锁上了，"或者，我现在该叫你'老太婆'了？"

我正在记事本上写东西，埃丝特突然拿来一本故事书让我读。这本书我都跟她读过一千遍了。我正在记事，笔尖乖乖地跟着我的想法走——至少，我是这么认为的，我也相信是这样的。我心里构思措辞，笔尖就跟着移动。它在纸上旋转的模式，看起来很熟悉。想到它们的意义，会让我感到安慰。凯特琳要开车去见她父亲——难怪她像在高速公路上开车一样，微微皱起了眉——我尽量不去想，她开着我可怜的红色小车，在大卡车间穿来穿去。埃丝特的书上满是动物插图——一只大兔子和一只小兔子。也许是野兔，我也不肯定。但是没关系，我不在乎，我没忘记两只长耳动物的名字，那是一个小小的胜利。只是，书上还有字，我都认不出来了。"认识"是个好词。我还记得"认识"这个词，它很长很复杂，我知道它是什么意思。但我不知道书上在说什么——野兔和兔子插图下面，印着简单的大字，也许是希腊文。

我知道那里有字，也知道那是干什么的。我给埃丝特读过不下一千次。可是，我不记得大兔子（或大野兔）和小兔子（或小野兔）间发生了什么。

我感到一阵恐慌和焦虑，埃丝特会发现我病了：她会重新看我，从我身边走开，加入不想跟我说话的队伍中。

"快点，妈咪，"埃丝特不耐烦地扭动，"念啊，就像你以前那样。大兔子和小兔子，记得吗？"

她音量忽高忽低。她完全清楚该怎么发音。

我看了看大兔子和小野兔，试着编造一只神奇的兔子，把它最好的朋友变成侏儒，然后……把它扔到空中。埃丝特哈哈笑了。但是，她并不满意，甚至有点生气。

"故事不是这样的，对吧，妈咪？"她提醒我，"给我好好读，扮兔子的声音，像正常人一样！我喜欢正常的故事，妈咪。"

最后这几个词令我崩溃：埃丝特渴望正常。到目前为止，埃丝特是唯一一个认为一切都正常的人，她以为我还跟以前一样。可是，我正在让她失望，她开始发现我的不正常了。

"你会读给我听吗？"我问她，尽管她只有三岁半。除了吐出几个词，她不知道怎么读书：这是我们的一个共同点。

"我当然会，"埃丝特自信地说，"有一只大兔子和小兔子……兔妈妈和兔宝宝……兔宝宝想要几个新乐高玩具，比如'神秘博士'之类的。所以，当兔妈妈说'噢，我爱你，小兔子'，兔宝宝说，我可以要个'神秘博士'乐高玩具吗，尤其是要带个塔迪斯 [1]……"

　　她接着往下读，似乎很开心把故事变成了购物清单。我把下巴靠在她头上，想到有些事情，我们很快就做不了了，甚至永远都做不了了。埃丝特第一天上学时，我能跟她去吗？也许不能。或者，即使我能去，我可能以为她是凯特琳，好奇她的黑发为什么变成了黄色。我会见不到她参演的第一场校园剧。当她对衣服的兴趣多于玩具时，我也没法带她逛街——在这少有的几年里，她也许能听听我对她穿着和发型的建议。我见不到她通过考试，或去上大学。我见不到她穿学士服，成为战斗机飞行员，或者间谍忍者，或者神秘博士——那是她的终极梦想——她想成为神秘博士。我会丢掉所有这一切。一条条生命会在我背后陨落，我却一无所知——前提是，那时候，我的大脑没忘记告诉肺部要呼吸，我还没死掉。死了也许更好：如果有天堂和灵魂，我可以守护她，守护他们所有人。我可以当一个守护天使。只是，我知道，守护天使是不合群的人。无论如何，

---

1. 塔迪斯 (TARDIS) 是英国科幻电视剧《神秘博士》中的时间机器和宇宙飞船，它是 "Time and Relative Dimension(s) in Space"（时间和空间的相对维度）的缩写。

我不信上帝。所以,我觉得,我甚至连申请程序都通不过,尽管我很肯定,我能在面试中说服他。"不是说机会平等吗,上帝?"我会这么跟他说。

我停止了这种疯狂的胡思乱想,开始听埃丝特说,她想要风火轮超级赛车轨道。在这一刻,你可以和女儿待在这里,闻着她头发的奶香味,感觉她浑身放松地靠着你。待在这一刻。

"我们应该烤个蛋糕。"我说。埃丝特不说了,在椅子上转了一圈,故事书扑通掉在了地上。

"噢耶,"她兴奋地说,"我们烤蛋糕吧!我们需要什么?我们需要面粉!"她从我的膝盖上跳下去,把椅子拽到橱柜旁,毫不犹豫地爬上橱柜找面粉。我走到厨房门口听了听。妈妈已经规定我不能碰炊具,用明火或动燃气。所以,如果知道我们在做蛋糕,她会进来看着我。然后,跟埃丝特做蛋糕的就不是我,而是妈妈了。

我轻轻关上门。也许我们有足够的时间,趁妈妈发现前,把东西装进碗里,搅一搅。

"这是面粉吗?"埃丝特问我。她拿出一个装粉末的粉色小包,放在我鼻子前检查。我闻了闻,想起了露天市场。

"是的,"我说,但我不是很确定,"可能是。"

"我们需要称一称吗?"她开心地说,"放在天平上?"

她爬下椅子,从橱柜里拿了一个小碗。

"不,"我说,"不会做饭的人才称重量呢。我们要去挑战生活。"

"你打开烤箱,"她告诉我,"要你来打开,因为你是大人,烤箱会变得很烫,很烫,很烫!"

我转过身,瞪着那个机器看了看。我记得,当时选它是因为,它很大很显眼,看起来应该属于一个会做饭的女人。但是,我一直都不会做饭。即使在我知道什么是面粉时,我也不会做饭。我只给埃丝特做过意式宽面,不需要很多厨艺。现在,我连那个也不会做了。所以,我看着那件厨具。我记得,我挑选它是因为,它看起来像是一位厨师会用的厨具。可我现在不知道,这些东西都是干什么用的。我摸到一个突出的东西,扭了一下。什么也没发生。所以,我认为,我没弄坏什么。而埃丝特会觉得我做了什么。

"我们需要鸡蛋。"埃丝特说着,走到冰箱前,掏出一堆东西,乒乒乓乓地放在地上。最后,她在最里面找到一个潮湿的纸盒,是鸡蛋形状的。她把纸盒放在桌上。里面都是顺滑漂亮的东西,看起来正好能放在我手上。我爱鸡蛋,因为我知道它们是什么,因为我没忘记它们。现在,对我来说,它们比以前更加完美、漂亮。

"需要几个?"埃丝特问我。

"全部。"我说。虽然我认识鸡蛋,但我不知道要用几个。

"我能打鸡蛋吗?"

我点点头。不过,我不想打碎这漂亮、滚圆、友善的鸡蛋。但是埃丝特很喜欢。她把第一个完全打到刚才的粉末里。蛋壳碎了，蛋液黏在她手指间，粉末扑到了我们的鼻子里。

"真有趣。"她说，手指滴着蛋液，拿起第二个，再次打进去。埃丝特笑声刺耳，不像个小姑娘，倒像是每天抽四十支烟的老头。于是，我笑得更厉害，这又让她笑得停不下来。她看我的时候，眼睛里在闪光。

"接着打？对吗？"她脸上洋溢着欢乐。

"对。"我说着，一边笑一边大口喘气。

她伸手拿了第三个鸡蛋，然后爬到橱柜上。显然，她心里有个好玩的计划。她咯咯笑着，双肩发抖。然后，她把鸡蛋扔到碗里。鸡蛋落下，发出一阵闷响，白色的粉末飘起在空气中。埃丝特高兴地跳起了舞。这是完美的一刻。我尽量牢牢记住它。

"怎么回事……"妈妈走进屋里，"是天然气，"她说，"噢，我的上帝啊，你们把屋里弄得全是天然气！"

她走过去，打开后门，一阵阴冷的空气冲进了厨房，打破了我和埃丝特安心愉快的乐趣。她走到那件厨具旁，朝相反方向转动了旋钮。

"马上出去，小姑娘，"妈妈没等埃丝特下来，就把她架出去了，"现在，出去，你们两个！"她看了看乱糟糟的桌子，"现在出去，气味散完前，不要进来！"

她让我们到阴冷的屋外去。我们就像犯错的两条狗，在咬最喜欢的桌腿时被逮到了。妈妈屏住呼吸，又回到屋里。我和埃丝特则站在露台上。埃丝特的双手还粘着蛋液。

"烘烤结束了？"埃丝特难过地问我，"我还想烤蛋糕。"

"你不准再碰厨具了！"妈妈对我说完，拿过保暖的衣服。她递给我一件外套，又把埃丝特的衣服展开，让埃丝特伸手穿上。我盯着她给我的衣服。我不想要这件外套，她是知道的。我想，她给我这玩意儿，是为了惩罚我。我现在想穿套头衫，因为它很简单：我知道头该往哪儿钻，双手该穿到哪儿。可眼前这件衣服，我不知道怎么穿进去，我讨厌这样。我还在一圈圈地找，想把胳膊穿进洞里，就像小狗追尾巴一样。这时，妈妈过来了。她像刚刚对待埃丝特一样给我穿上，我也像埃丝特一样撅起嘴。

"我告诉过你多少次了？以后别那么做了！"妈妈警告我。

"我不知道，"我不高兴地说，"我有短期记忆……"

妈妈眯起眼睛。我看得出来，这一次，她是真的对我生气了。就像上次，我第五学年喝醉了，从学校回到家，一头扎进她在睡的床上。

"为什么不可以？"埃丝特问她。妈妈正在生气地用除菌手巾帮她擦手。"为什么我和妈咪不可以做有趣的事？"

"我是说，"妈妈说，"要是你点着什么东西，烧水壶的小火一直没灭，或者电灯开关迸出火星了，该怎么办？我们都会死！"

"会死！"埃丝特看起来很担忧，"像死人一样？"

"我不是故意的，"我不开心地说着，妈妈给我围了一条围巾，"没事了。只是……误会。我们很开心。我不是故意的。"

"不，你不要再做了。"妈妈说。这是她的一贯反应。我第一次说，我不是故意的，她就是那种反应。我曾经把她的整瓶香水洒到狗身上；我喝光了她的圣诞雪莉酒，然后请两天假不上学；我跟那个建筑工睡了，然后嫁给他。只是这次，我真的想说，我不是故意的。

她帮我扣好外套扣子。"在这儿等着，"她说，"我要进去确保安全。"

埃丝特团结地握住我的手。"我们只是在做蛋糕。"

我环顾四周，想趁等待的时候玩点什么——也许是一个球，或者埃丝特的小车。她喜欢骑上去跑来跑去，尤其是下坡——我看到后门半掩着。我猜想，后门可能加了两道锁，插上门闩，可是没有：它其实开着，露出一丝自由之光。

"我们去公园好吗？"我问埃丝特。

"我觉得可以。"埃丝特说着，领我出了大门。

Chapter *12*

克莱尔

是我们在转动世界。

虽然天快黑了，但埃丝特认识去公园的路。不过正当我们开启探险之旅，天就突然整个黑下来。这就是冬天的下午：还没开始，就结束了，夜幕突然降临，黑压压的一片。我握住她的手，让她带着我。我们一路上快乐地聊天，她蹦蹦跳跳，似乎完全没有被外界吓到——太阳快落下了，树木黑漆漆一片，留下模糊的地平线；车辆呼啸而过，车灯照着我们，像一双双眼睛。

我们在十字路口停下时，埃丝特很兴奋。她按下了绿灯按钮。"我们等着'小绿人'。"她用权威的口吻告诉我。

我在街上看见一个电话亭。它仿佛一个灯塔，向我绽放出光芒。它让我想起一个温暖的夏日夜晚，那时我还小，在兜里装了二十便士就出了家门，跟见到的一个男孩说话。我们家只有一部电话，设在走廊里。所以，如果我想私下聊天，要走到路尽头，在电话亭里打电话。那个小亭子——玻璃上刻着雕画，侧面粘着带有性暗示的卡片——成了我的避难所。在这里，我构建了我的生活，轻声说情话，也听着轻声的情话。我把电话贴在耳朵上，好像是透过海螺听海。

我已经很久没有注意过电话亭了——它们有些供过于求——但现在，它又出现了。我不由得想：它最终会幻化成一团虚无。我把手伸进扣紧的外套，从羊毛衫口袋里掏出一张纸片。看着这纸片，我想起了咖啡厅的那个男人。那根短粗的铅笔。那次散步。莱恩。这是他在咖啡厅时给我的纸片；这是我那天穿的羊毛衫，那张纸片还在。

"埃丝特，这是什么？"我说着，把纸片递给她。我们头顶有一盏闪烁的街灯，她眯眼看了看。

"数字，"埃丝特说，"一大排数字。有0、7、4、9……"在我的牛仔裤口袋里，还有点钱。坚硬、发光的银币，残留的独立感。

"我们进这个亭子试试？看起来就像塔迪斯，对不对？"

"有点像！"她说。我打开门，我们钻了进去。"一样的。"她说着，环顾了四周。我意识到，亭子里不够大，她有点失望。我抱起她，把硬币投进去，清晰地记起我小时候的样子。我拿起电话，听到了熟悉的按键声，让人舒服。以前，我会整天带着这样的小东西，现在我却难以理解，真有意思。可除了这些数字，一切……一切都如此合理。

"现在，埃丝特，"我说着，展开纸片，放在电话台上，"你能按照纸上的顺序，按出电话号码吗？好吗？你一定要按顺序按，就跟纸片上一样，好吗？"

埃丝特点点头，认真地按下号码键。我不知道她按得对不对，也不知道我的钱能维持多久，更不知道会不会有人接电话。但是，我抱着埃丝特，站在那里时，感觉内心兴奋，相信一切皆有可能。就像好多年前，我喜欢的男孩通过电话跟我说情话一样。

电话接通了，只响了两声，我就听到他的声音。

"你好？"他只说了这个，我就知道是他。

"是我，"我说，"咖啡厅里，一起散步的那个。"

我知道那么说很蠢，但我还是那么说了。

"克莱尔，你打电话了，"他听起来很开心，"我都不指望你打电话了。已经过去好久了。"

"是吗？"我说，"我不知道投的币什么时候用光。"

"那是谁，妈咪，我能打个招呼吗？"埃丝特问我，"是医生吗？"

他哈哈笑了。"你不是一个人。"

"不是，是我的小女儿埃丝特。我们要去公园。"

"公园？有点晚了，不是吗？"

"不晚，我们喜欢冒险，我和埃丝特，"我说，"你明天想见我吗？我们可以再聊聊。"趁我没失去勇气，就一口气说出来了。

他迟疑了。我挣扎地等着。

"好啊，"他终于说话了，"在哪儿？什么时候？"

我说了唯一能想到的时间和地点。"中午在市图书馆。"

"我会去的……"电话断了。

"我想打招呼！"埃丝特说，"那是医生吗？"

"我们去坐旋转木马怎么样？"我一边说，一边兴奋地期待那场会面。至于我怎么到那里，当然完全是另一回事了。

埃丝特蹦蹦跳跳地带我离开主路，穿过围着一大片草坪的栅栏，走进黑漆漆的公园。儿童乐园藏在阴暗的深处。我们沿着一条没有灯光的小路，进到一片阴森的去处。我听到说话声，孩子的喊叫声，都在冷空气中回响。可是，我不觉得害怕。看到秋千和滑梯，埃丝特也不害怕了。

"噢，秋千上有大孩子，"她一边大声宣布，一边推开沉重的大门，撞到了公园周围厚重的铁栅栏，"妈咪！我想荡秋千！"

我们走近那群女孩，她们瞅了我们一眼，就像没看见，又接着聊天，一本正经地抽烟。"打扰一下。"我说。她们表情冷漠厌烦，就像宁愿回家跟父母待着，也不愿待在这里。也许，她们在等待男孩子五分钟的关注。男孩子们在黑暗中的喊叫，我们还能听到。"能让我的小女儿玩一下秋千吗？"

"有点晚了。"一个女孩说着，脸上都是愤怒，不过，她还是快速地下了秋千。

"你们该回家了，"我说，"别抽烟了。抽烟让人变老，是在慢性自杀。我们在外面多玩会儿没关系。我们是幽灵。"

几个女孩看了看我们，好像我们疯了一样。显然这对我们来说是好事，因为，她们立马出了公园，一边还悄悄地议论这个疯女人。

"归你了。"我对埃丝特说。

黑夜中的公园，让埃丝特兴奋极了。她像风一样，一圈圈地转着，小脸在黑暗中发着光，快乐得不得了。她哈哈笑时，牙齿映着街灯。她一圈圈地转，牙齿也闪闪发光。我更加用力地推她，能有多快，就有多快。然后，我坐上去，紧紧握住，脑袋往后仰，黑暗的公园世界就把我们包围了——远处的刹车灯、街灯和空中闪亮的白圈……每种灯光延伸开来，变成明亮的光带，围绕在我们身边，我们发出一阵阵笑声。我感觉，世界因为我们变快了。

"你还好吗，小姐？"一个声音朝我们传来。我觉得有什么东西，慢慢地、稳稳地把我放下来，让我们落在地上。旋转木马慢下来了。那一会儿，整个世界不再因我而旋转。埃丝特四脚朝天摔在地上，呻吟起来。

"我觉得头晕，"她说，"唔，我肚子不舒服。"

"克莱尔？"

我眨了眨眼睛。那声音厚重陌生。是一个男人的声音，一个穿着整套衣服的年轻男人。他怎么知道我的名字？我没有儿子，对吧？

"你们是克莱尔和埃丝特吧？"男人用友好的声音问我们。我意识到，他穿的不是套装，而是制服。他是个警察。有那么一会儿，我还在怀疑自己做了什么，然后，我意识到我犯了头等大罪：我逃跑了。

"我是埃丝特。"埃丝特颤巍巍地爬起来，"那是妈咪，不是克莱尔！"

"你妈妈和丈夫在为你们担心，"警察说，"他们报了警。我们都在找你们。"

"为什么？"我问他，"你们为什么找我们？我带女儿来公园，就这么简单！"我生气地反驳。我们很好，好得很。不用这么麻烦。

"一个小女孩这会儿出去太晚了。他们在担心你，克莱尔。"

我没看他。我不想走。我想和埃丝特一起，再次消失在五彩斑斓的光带里。整个世界都静止了，因为我们才是转动世界的人。

　　"埃丝特，"他说，"你想坐警车吗？"

　　"里面有'尼闹'[1]吗？"埃丝特非常认真地问他。

　　"对不起，没有。"他告诉她。

　　"那我不坐了。"埃丝特说。

　　"噢，可能有一两个'尼闹'。"他说，"快点来。来吧，埃丝特。带上你妈妈，我们回家。你该睡觉了。"

---

1. 尼闹 (nee-naw)，BBC 游戏"机器人大战之无尽毁灭"（Robot Wars: Extreme Destruction）中的机器人。

1976年6月5日，周六

克莱尔

这是我小时候，母亲最喜欢的裙子上的一颗纽扣——确切点说，我那时大概五岁，她掉了这颗纽扣。我之所以记得日期，是因为那天是她的生日。那一年，我们俩一起生活，只有我们两个。

那一天，纽扣碰上了什么弹出去，再也找不到了——或者说，我母亲是这么想的。但是，我找到了它，趁她没看到偷偷捡起来，当珍宝一样藏起来。妈妈认为，有些东西会直接消失在宇宙中，再也找不到了，那颗纽扣就是这样——其实并非如此。我看见纽扣掉在那儿，赶紧捡起来，偷偷握在手里。它是我的了。

当时的我看到那颗珊瑚色的纽扣，上面雕刻着图案，像是一张脸。不过现在，我只觉得那是一个图案。我喜欢扣子，喜欢配它们的裙子，像泠泠的蓝天一样。我想，扣子的光芒映衬着泠静的蓝色，是我对妈妈的第一印象——还有妈妈的脚趾。

爸爸去世前，妈妈不穿鞋——在夏天和在屋里时从不穿鞋。在屋外，很多时候也不穿。我很熟悉她的双脚，她脚的形状——右脚和左脚不一样，有着特别的拱形。她脚趾上有金色的毛发，脚底是粗糙的皮肤。我很小的时候，我们有很多时间在一起，就我和妈妈，爸爸通常都上班去了。当时我不知道妈妈以写剧本为生。爸爸去世前，她必须得找份赚钱的工作。我记得，她坐在厨房桌前，光着脚，金发披在肩膀上，手写着剧本。有时，她会把台词读给我听，问我的想法。有时，我会发表观点。妈妈有两部剧在伦敦小剧院上演。她在电视上还有节目。她不写剧本时，我们会一起玩。我总是期盼着那样的时光，因为妈妈很会玩。

她生日那天早上，满屋子都是音乐，我们在屋里跳舞，从楼上到楼下，从进浴室到出浴室。我们打开水龙头和淋浴，打开所有窗户，在花园里一圈圈跳舞，喊叫，唱歌。妈妈穿着蓝裙子，不管她做什么，我都跟着她，视线一刻也离不开她。她像火焰，我像围在她身边的飞蛾，渴望沐浴在她的温暖中。我不知道爸爸在哪儿。我猜，他出去上班或干什么去了。不过，那不重要，因为在那之后，我们跳完之后，她会给我切一大块生日蛋糕，我会唱歌给她听。然后，我们都躺在客厅的地毯上，在一小片阳光中睡着。我把头靠在妈妈肚子上，她给我讲故事。她起来时，纽扣掉了。然后，我就宣布它属于我了。那是我保留的有关她的一点记忆。

五年后，爸爸去世了，妈妈变了。我想，在谁看来，那都不奇怪，除了我。我为他哀悼，也为我和妈妈哀悼。我想念那个母亲，那个光脚去公园的母亲，那个在高高的草丛中编故事的人。在我的想象中，那草已经盖过了我们的头顶。没有人寿保险或遗产，帮我们渡过经济难关。军队给了一笔遗孀抚恤金，但是不够用。我觉得不够用。所以，妈妈要穿上鞋，找份工作。也就是说，她要忙起来，最后剪短浓密的黄头发。她再也没时间讲故事、跳舞或做别的事了。不过，妈妈还会穿着那件纽扣裙子，因为，我们没钱买新裙子。她不再绚丽多彩了。她不再特别了。放学后，我回到家里，它属于另一个女孩。我恨那个女孩。我讨厌她粉嘟嘟的脸颊，她母亲让我喝果汁饮料。

我想念爸爸，虽然我觉得，我跟他不是很熟。但是，我更想念妈妈。我的妈妈——她疲惫，伤心，孤独，似乎再也好不起来了，哪怕是为了我。所以，我握住了纽扣。它有点像护身符：我感觉，只要我拿着它，一切就可能回归原样。当然了，什么也没发生。一切都没有回归原样。我想，我一直都在生妈妈的气——不是因为她不是个好母亲，而是因为她曾经是个太棒的母亲。而我度过的快乐时光，突然就不见了。

我不是个好母亲：我是个反例。我有凯特琳，是因为我想要她。我从没想过，这样的生活对她意味着什么——跟着一位单身母亲，没有父亲的保护，哪怕是远方的父亲也好。我从没想过，那一天来得那么快。那一天，她要独自面对一个完全陌生的男人，解释自己的身份。我带埃丝特出门，却到了一个危险重重的地方。等我意识到时，我不认识回家的路了。我再也读不出她最喜欢的故事了。很快，太快了。我甚至会忘记她是谁。我想让埃丝特拿着纽扣，还有衣橱里的水晶鞋——母亲生日那天，我穿着一条艳丽的裙子，搭配的就是那双鞋。我想让她穿这双鞋。我希望，她会想起我。她能记起来，我很努力地想要做个好母亲，但我很抱歉，我没做到。

Chapter **13**

凯特琳

我要生孩子，我要见父亲。

一想到我在曼彻斯特的酒店里，就让我抓狂。我用酒店便笺列了个清单。不过这总让我觉得，我像在演电影：用酒店便笺记事……感觉太戏剧化了，就像是一场梦。我以前从没自己住过酒店，这是一家不错的酒店。马尔马逊酒店正好位于市中心。格雷戈用自己的信用卡帮我订的。他说，他希望我住得安全舒适。好吧，我很安全。但我不会说，我很舒适。当我不去想来这里的原因时，我觉得很兴奋，感觉自己长大了。不过很快，我会再次抓狂。

在我翘课前，有一位创意写作老师总说：逼自己走出舒适区，看看自己到底能做什么。我第一次觉得，我完全走出了舒适区。这让人激动，也让人害怕。

我的清单有点像待办事项，也有点像备忘录。因为，我似乎改变不了清单，即使我想改，现在也改不了了。这是一个短清单，上面写着：

我要生孩子。

我要见我父亲。

他甚至还不知道我的存在。

我把清单塞进口袋，来到这里。现在，我抓着清单——一张叠起来的方形酒店小便笺，想象着，我的指尖能摸到字。唯一阻止我逃跑的就是那些字。

我屏住呼吸，在阶梯教室外等着，集中精力做这件事：进去见他。我努力抛弃一切杂念——妈妈的病、孩子和一切——只是站在那儿，做好这件事。要做到很难，我害怕了。感觉一点也不真实，我站在那里，就要进门，马上要跟我父亲呆在一间屋里。我不敢想象，哪怕只剩几秒钟的距离。

我跟在一群女孩后面，跟她们一起进了阶梯教室。没人多看我一眼。我穿着黑色低腰牛仔裤和长款黑衬衫，看起来还像个学生。我进门前，把头发梳得蓬蓬的，尽量多涂些眼线膏，涂了一层又一层。我身上唯一的颜色，就是红色的唇膏，那是为了妈妈：我涂红色唇膏时，觉得她好像跟我在一起。

我的本能反应是坐在阶梯教室后面，但是那里已经被占满了。他们会认出我是陌生人。所以，我去了空着的前排。我一眼就认出了他。我父亲——就在那里。

那一刻令人眩晕。我忍不住想狂笑、尖叫、手舞足蹈。不幸的是，我什么都没做。相反，我低着头，拉高了衬衫领。把自己当成私家侦探，能让我感觉好点。

他打开文件夹，抬头盯着屏幕，小声对着苹果电脑咒骂。显然他的演示文稿出了点状况。我能帮助他，我对演示很在行。他看起来比我想象中要老。不知道为什么，我总以为，他还是个年轻人。我决定来这儿那天，妈妈给了我一张他的照片——浓黑的头发，高高的个子，优雅中稍显笨拙。不过，他没我想象中高。他后脑勺都有点秃了，有点反光。不过，对一个老男人来说，他穿戴讲究，似乎穿着一条迪赛牛仔裤和一件很有品位的衬衫……当然，如果他没把衬衫拉得那么平整，塞进牛仔裤里，会更好些。

他整理着笔记，又抬头看了眼教室，四周都是吵闹声。也许，他想看看今天的听众是什么样的。不过，教室没有坐得很满，他拿起手机看了一眼，也许是在看妻子发来的短信，然后……我愣住了。

他看见了我，冲我笑了笑。我认出了那个微笑，本能地回应了他的笑。因为，那个微笑，我以前见过一百次了。从我卧室的镜子里，从我挂在头顶的墙上、朋友给我拍的照片里。他看起来跟我好像！我期待他也能认出我来，马上意识到我是谁——一个丢了很久的人。但是他没有。

"第一排有'观众'，可不常见。"他其实是在对我说。

他说话得体，声音深沉，有感染力。没错，我觉得，他声音很有感染力。他很自信，对自己很肯定。他在跟我说话。

"我不是这里的学生。"我诚实得有些荒谬。因为，我不想跟他的第一句话就说谎。"我只是听说这门课很好，想来听听。"

他看起来很开心，非常开心，甚至有点傻乐呵，就像一个不太安心的人。我注意到，他左手戴着大大的结婚金戒指。我之前就知道，他结婚了。但是，我很想知道，他妻子什么样，她会不会喜欢我。我想知道同父异母的妹妹怎么样，她们长得像不像我。很有意思，我从没觉得，埃丝特是我同母异父的妹妹：她从一出生，就是我的亲妹妹。但是，这两个陌生人，我甚至想象不出……我难以想象，她们是我的半个妹妹。把我们放在一起，也许能打起来。

"这样啊，"他冲我眨了眨眼，"希望你喜欢这门课。"

接下来的几秒钟，我说服自己接受，我父亲是一位会对陌生人眨眼的男人。

当然了，我完全没听他在讲什么。我只是看着他，每隔一会儿，就提醒自己在做什么，以及为什么。我正在做的，就是看着这个为我的出生奉献过精子的男人。即使只是那么一刻，他也像另一半的我——我看起来的样子、我说话的样子、我做事的样子。也许，当我的一切出了问题时，我总会给自己雪上加霜，为自己选择一条黑暗、危险的道路，也有一半原因来自他——如果不是妈妈和姥姥来救我，我还在那条路上。

所以，他在讲课，我盯着他。他时不时皱起眉，看我一眼，就像他以前在哪儿见过我。课快讲完了，我知道，他还会跟我说话，问我觉得怎么样。或者问我，以前是不是在哪儿见过我。突然，我有一种感觉，他认识我，他知道我是谁，我慌了。尽管他还在讲课，但我突然站了起来，从前排走出来，低着头走向了出口。

"真难伺候。"我出门时，听见他说了这样一句。学生们哄堂大笑。我意识到，我没能保持低调。

冰冷的空气突然扑向我的脸颊，我瑟瑟发抖，不知道接下来该做什么。我感觉，如果直接回到酒店，那么一切就结束了，什么也没发生。所以，我循着标志去找学生会大楼，希望找个暖和的地方好好想想。我对着一脸倦怠的门卫，晃了晃过期的学生卡。他连看都没看，甚至没瞅见我的红唇，就让我进去了。

下午已经过半了，酒吧里几乎是空的，只有几个学生在打台球，看什么美国体育节目。吧台后有个人，靠在那里，双眼也直盯着电视。

"这里有咖啡吗？"我的问话，让他吃了一惊。他一直盯着我看，让我不太舒服。我摸摸脸，不知道脸上是不是又划了圆珠笔。或者，我是不是无意中擦了嘴，变成了个小丑嘴，而不是妖精嘴。

"咖啡？"他说话的样子，好像以前从没听说过一样。他一口本地音，但看起来，他更像是流行男子乐队里的领奏，而不是酒吧里的侍应生。他穿着时尚，一件平整的衬衫，掖进紧身牛仔裤里，外搭一件马甲，配着黑色细领带。他留着浅棕色头发，显然是精心设计过发型，也只有女孩子才能那么精细——绿色的双眼下面，有烟熏妆的痕迹。或者，他真的睫毛很浓？我只顾盯着他看，没听见他重复我的问题。

"呃，没错，咖啡，"我说，"你知道吧，黑咖啡是十六世纪流行起来的，当然除非你加牛奶。我喜欢加奶，加糖。你知道糖吧？"

"你真有意思，"他说着，稍稍抬起头，直勾勾地瞅着我，"我喜欢。"

"我想要杯低卡咖啡。"我尖声说。

"当然可以。一杯拿铁？"他朝我露出了微笑。我立马觉得自己那么刻薄，真是太愚蠢了——他的微笑迷人得不得了。我是说，现在很滑稽。就像我回到了十三岁，突然傻傻地暗恋上一个六年级男孩。他笑得那么灿烂，那么漂亮。我想像个小女孩一样尖叫。我已经多久没有看到一个有冲动吻他的男孩了——我脑海中出现类似的情景，已经是好几周之前的事情了——但是，哦，我的上帝啊，那个微笑！那个微笑在闪闪发光。谁要是拥有那样的微笑，都可以骗走全世界十三岁少女的零花钱了。

我把头扭到一边。趁我还没跟着装最"差"的男孩调情，我要考虑是不是该离开。我突然想起来，我在这里做什么，以及为什么。我想起了孩子、我母亲、我父亲。所有的这些理由意味着，我再也不能逃离一个微笑迷人的男孩了。生活不再是躲避——生活不再有调情，那是肯定的。他大概喜欢有节奏的音乐，我自言自语道。还有傻傻酷酷的歌词。我打赌他喜欢"酷玩"乐队。

"说实话，"他注意到我没话可说，善良地插话帮我，"所有的咖啡都来自那台机器，味道或多或少类似。除非有人要热巧克力，不然都是那个味。"

"那就要最便宜的。"我说。我看着他抓起一个大杯，固定在一个不锈钢机器下，按下一个按钮。过了一会儿，一杯热气腾腾的加奶咖啡就放在了我眼前。

"我以前没见过你。"他说。

我转了转眼珠，想找一张桌子，保证自己的安全。"我每周五都来，你不记得我吗？"

"得了吧，"他哈哈大笑，又摆出那种笑容，憨憨的笑容，"我对你没印象。要是我们以前见过，我肯定记得你。我很喜欢观察人脸。你的眼睛是我见过的最黑最亮的。"

"噢。"我不知道该怎么应付了。

"我是个摄影师，"他告诉我，"我一直在找有趣的人脸。"
他又仔细盯了我好久。那时，我觉得，我大概会产生一堆荷尔蒙。
"是的，我见过的最黑最亮的双眼……"他探过身子，我呆呆
地坐着，就像一只即将被蛇抓住的老鼠。"黑眼球几乎把眼白
都填满了。我可以给你拍照吗？"他突然往后一退，好像魔咒
被打破了，我眨了眨眼睛。

"不行，"我的手指沿着杯子边缘画圈，坚定地说，"不行，
我不是这附近的。我只在这里待一两天，或者更短。"

我和父亲第一次见面，并不想向他介绍自己。或者说，我
更不想了解他了——他看我的样子，他盯我时显示的好奇心。
我能想象得到。我清楚地知道结果会怎样。"你好，我是你失
散多年的女儿，你一直不知道、不想要的女儿。很遗憾，我没
事业。我第二年考试没通过，因为，一个男孩让我怀了孕，然
后甩了我。我崩溃了，因为我是个傻瓜。再加上，我发现妈妈——
记得她吗，那个你让她怀孕的女人？——她病得很重。可我抛
下了病重的母亲，去脱衣舞酒吧上班。几个月来，我冒出各种
愚蠢的想法。我以为，我来见你，就能功德圆满了。噢，什么？
你想让我现在离开？我也这么认为。下辈子见。"

"那你来这里干什么？"男孩双肘靠在吧台上问我。

男孩的鼻子不该这么协调。一般来说，男孩的鼻子不是太大，
就是太小，但他的鼻子很完美。看着他的鼻子，很难集中注意力。

但是，比起盯着那双睫毛浓密的绿眼睛说话，这要稍微容易点。看在上帝的分上，他似乎应该在音乐剧里担任主角。

"我来找人，"我瞅着他的鼻尖说，"拜访一个朋友。"

"男朋友？"他就那么问了，有那么几秒钟，我觉得，他对我有意思。后来我又想，也可能只是因为他是北方人，北方人总是很直接，好管闲事。至少，在姥姥看来是这样的，她认为自己无所不知，就因为她退休后去过奔宁山脉[1]。当然她现在又复出了，在做最后一份工作。

"不是。"我被这种事吓到了，脸也不自觉地红了起来，他看到就笑了，我真想狠捶一下他的胳膊。"我男朋友在伦敦。"

他的笑容大概动摇了些？反正，他现在没那么骄傲了。我以前和他这样的男孩约会过——穿得像乐队成员的潮男，鞋子比我的还多。他们通常都很自大。反正塞巴斯蒂安是这样。我很快要再见一次塞巴斯蒂安，跟他解释，他要当父亲了。因为，我不想二十年后，我的孩子也坐在某个酒吧里，准备鼓起勇气跟父亲介绍自己。

"那你叫什么名字？"他问我，"这个可以问，对吧？"

"凯特琳。"我说。

"扎克。"他伸出一只手，食指上戴着一个很宽的银戒。

---

1. 位于英格兰岛，是阻隔英格兰西北部与约克郡和英格兰东北部的一道山脉。

我跟他握了握手。他盯着我的双眼，又反常地看了一会儿。我要再次想想我是谁，为什么来这里。我不是来和帅气的酒吧男侍调情的。我和男孩子调情的时光已经过去了。

"扎克这个名字很适合你。"我告诉他。

他哈哈一笑，问我："为什么？"

"因为很喜庆，'扎谱－啊－嘀－嘟－嗒'[1]。"我说完，他又大笑起来。他笑了很久很大声，一定是高兴坏了。

"凯特琳，"他又叫了我的名字，似乎叫得很顺嘴，"你男朋友是个非常幸运的人。"

哇喔，他又那么说了。好像他不是一个扎着领带的帅哥，我不是穿了一身黑，化的妆看起来像要咬他脖子一口一样。我不是他的菜，他也不是我的菜，我们都知道。

"你是不是觉得，你很会说话？"我说。

"不是。"他耸耸肩，"不是，我只是想什么说什么。我现在还没女朋友，也许是因为这个咒语。我说真的。你男朋友真幸运。你太有趣了……"

这一刻被说话声打断了，我听出其中一个声音。是我父亲。保罗·萨姆纳跟两男一女三个学生进来时，我把肩膀耸得老高。扎克离开我，去给他们点单了。我透过吧台后的镜子，情不自

1.《扎谱－啊－嘀－嘟－嗒》（Zip-a-Dee-Doo-Dah）是 1946 年迪士尼真人与动画电影《南方之歌》中的歌曲。

禁地盯着父亲。我看着爸爸，下意识地注意到，扎克为女学生服务时，她乐开了花。他一定是冲她笑了。保罗坐在吧台对面的桌子旁，兴致勃勃地跟另两个学生聊天。然后，他一定是感觉到我的目光了。因为，他突然抬头，看到我在看他。我能做的，就是躲避他的视线。我知道，他要起身过来找我了。

"你没听完课就走了。"他说。

"我……我要去个地方。"我结结巴巴地说。我坐在吧台前，咖啡快喝完了。我们都知道，我在说谎。

"没事，"他说，"我不会一直获得好评。"

他的微笑冷静而短暂，转瞬即逝。他点点头，端起女学生点的那盘饮料，打算回去。

"等等。"我突然站起来说。一杯饮料溅在他手上。他叹了口气，把盘子放下。"什么事？"

"我……"我等着他看我一眼，注意到我像他一样黑亮的双眼，等着他发现真相。但是，他没有。他只是愣愣地站着，越来越苦恼。"我很抱歉，"我说，"我非常抱歉，我提前走了。"

"没关系。"他露出微笑，再次转瞬即逝。我看着他走开了。

"你没事吧？"扎克问我。他看起来很担心。

"没事。"我说。我意识到，我在发抖，好像生病了。我跌跌撞撞地走出酒吧，来到一段向上的楼梯旁。我坐在靠下的一层台阶上，双手托起脸。我只想回家。

"发生什么事了？"扎克突然出现在我面前，蹲下来直视我，

"你看起来很不舒服，你在发抖。我能做点什么？"

"我没事，你走吧，"我说，"我没事。"

"不，你有事。"他很固执，"而且，我也不会走，把你留在这里，你看起来那么恐慌。是他吗？那个老师？他跟你有关系吗？"

"不是！"我吃惊地说，"不是，他不知道我是谁。拜托你，走开吧。"

但是扎克一动不动。他蹲在我面前，看着我，双手和我的双脚放在同一个台阶上。

"我不能走，"他说，"我很抱歉，我只是……我不能留你一个人难过。我妈妈会杀了我的。"

"什么？这和你妈妈有什么关系？"我问他。

"她从小就教育我，要有风度，"扎克严肃地说，"这对利兹的穷人家来说很困难。但是，我妈妈很重视一个人对别人的礼貌，哪怕是刚认识的人，尤其是女士。"

"那好，"我说，"我是个女权主义者，所以……走开吧。"

"我也是个女权主义者，"扎克不苟言笑地说，嘴角还带着微笑的痕迹，"我真的是。这也是我妈妈很热衷的：让我学会尊重和欣赏女性。"

"你到底要干什么？"我问他。不过，我不得不承认，他成功转移了我的注意力。

"你不发抖了，"他说着，抬起放在底部台阶上的一只手，轻轻地碰了碰我的膝盖，"你可以吃点东西。"

"也许吧，"我说，"说起来，我怀孕四个月了。"

这是致命一击——肯定能阻止他散发强大的魅力。他双手落到身体两侧，显然是震惊了。

"哇喔，"他说着，坐回地上，"我没看出来。"

"所以，不管怎样，"我站起来，双腿还有点站不稳，"我要走了。"我小心地绕过了他。

"凯特琳。"他叫了我的名字，我停下来，转过身。

"什么事？"我问他，"你现在想怎么样？"

他还坐在地上看着我。

"没什么，"他的话好像在道歉，"只是，当心点，好吗？"

1987年5月22日，^{周五}

露丝

这是克莱尔快十六岁时，穿着最喜欢的裙子拍下的照片。很有意思。当听到楼下叫我时，我正在打包，准备下楼。我从衣柜里把包拿下来时，这张照片也出现了。也许，就在这之前，照片像槭树种子一样，落在了地毯上。我不知道它是怎么出现的，是塞在了旅行包里，还是在我衣柜上面。不过，我把照片装进口袋里下了楼。这时候，我才看出来，这件裙子虽然是棉的，不是丝绸的，但在裁剪和样式上，却几乎跟克莱尔的婚纱一样。她很小的时候，我就告诉过她，红头发的人通常不穿红衣服，可她一直很喜欢红色。从那时开始，她总愿意穿这条裙子。

看看照片上，她站在第一任男友罗伯·理查兹旁。在参加五年级毕业晚会的那个晚上，我拍下了这张照片。我站在镜头另一边，看着罗伯搂着她的脖子，我当时觉得，他像要勒死她一样。

我不喜欢罗伯·理查兹，这不是什么秘密。首先，我不喜欢名字押头韵的人。我就是那样。我觉得，没必要显摆，就那么简单。其次，他毫无美感。可是，克莱尔喜欢他，喜欢了很久。以前上学时，他经常从我们家门口经过。她会站在走廊里，偷偷望向窗外。

等到他的头顶露出在水蜡树篱笆上空，她就出门。一天，我对她说："你最好在他经过前，早出门一会儿。最好是他追着你，而不是你追着他。"

被我发现了她的秘密，克莱尔很生气。不过，第二天早上，她上学比平时早了整整二十四秒。当时，罗伯长长的头发还没从篱笆上空飘过。克莱尔有着多样的性格：任性固执，但也很果断。这遗传自她父亲。西蒙是个从不放弃的人。虽然他目睹了战争的残酷，却是个安静温和的人。但是，一旦他遇见大事，遇见战斗，一定会坚持到最后。我在一场反核武器游行中认识了他——当时他穿着三件套，外套挎到了胳膊上。没人知道，为什么这个光着脚丫、头戴鲜花的嬉皮士女孩，会爱上一个比她大很多、像个会计一样的男人。可人们之所以会有这种想法，是因为他们都不愿跟西蒙说话，不愿听他讲战争的故事，了解他为什么能为了和平努力战斗。我一百万年也猜不到，那个带我出去喝茶的安静中年老兵也爱上了我。直到有一天下午，他非常礼貌地问我，能不能吻我，我同意了。从那一刻起，我再也不想远离他。他是个果断的男人，克莱尔是个果断的女孩。我很喜欢他们的这个优点。

克莱尔提前出门，或者在罗伯·理查兹之后出门。我不知道过了多少周。我也不知道，为什么她开始要跟一个六年级男孩做朋友，可一天下午，她却把他带回家了。

"你好，阿姆斯特朗夫人。"他一边说，一边从后门进来。他那可笑的头发，就像脱离了脑袋独自存在的东西一样在摆动。

"这是罗伯。"克莱尔尽量装得不像一只得了奶油的猫，"他是我男朋友。"

"哦……"罗伯·理查兹说，然后想明白，再也不能反抗了。因为从那一刻开始，他是她男朋友了，至少在克莱尔看来是。当我说起男朋友时，我会认为，两个人已经热情地交换了口水。可是，我觉得，他们没聊过很多，甚至都没什么时间在一起。除了克莱尔会站在门阶上，公开地表示爱意，并因此惹恼她的朋友们——她们也喜欢罗伯·理查兹。

克莱尔都安排好了。在市里的"塞尔弗里奇小姐"品牌店里，她看到了这条裙子，求我给她买下来，用来参加毕业生晚会。我想告诉她，大多数女孩不会穿五十年代风格的裙子。而且，那不是正式的毕业舞会，只是一个派对。但是，克莱尔很清楚自己想穿成什么样。她穿裙子时很惊艳，无法否认——她很像丽塔·海华丝[1]，只不过她戴的是大耳环。重要的夜晚来了。罗伯把克莱尔接走了……他穿着牛仔裤和衬衫。跟我推测的一样，克莱尔穿得太过了。可是，她还是像郝思嘉[2]一样下了楼。罗伯·理查兹并没夸她有多漂亮，只是一副惊讶和尴尬的表情。我想揍他一顿，但我没有。我只是拿着照相机，乖乖地站在那里。克莱尔的裙子盖住罗伯·理查兹破旧的棉衬衫，他不情愿地搂住她的脖子。我拍下了照片——我拍了三四张，等着他们离开——可是，罗伯·理

---

1. 丽塔·海华丝，美国 20 世纪 40 年代红极一时的性感偶像。
2. 郝思嘉，著名小说《飘》中的女主角。

查兹看起来怯生生的，问他能不能跟克莱尔单独聊聊。我进了厨房，在门口听着。罗伯告诉克莱尔，他跟她结束了，他要带克莱尔的朋友艾米·卡斯尔去舞会。所以，她最好不要去，他说他没有任何恶意。我一直等到前门关上，才走进走廊。克莱尔一个人站在那里，看着镜子。

"克莱尔，我非常抱歉，"我说，"我们租个录像带，吃点冰淇淋怎么样？"

克莱尔上上下下打量我，好像我得了妄想症。等她转过身，我注意到，她在涂口红，跟她的裙子颜色一样。

"你疯了吗？我不要浪费这条裙子。我当然要去。"她说。

"你确定吗？"我问她。我想到她那么漂亮，不想让她穿着舞会裙，走进该死的学校舞厅，被所有人笑话。"我能跟你一起去吗？"

"妈妈！"她给了我一个大大的吻，"别发神经了。谁在乎罗伯·理查兹啊？我跟盆栽聊天都比跟他在一起有意思。"

她走出门，一副勇敢的表情，决心过得开心点，至少看起来开心。我很肯定，她很开心，我很肯定这一点。但是，克莱尔当晚进门后，在卧室哭了几个小时。我一直等到快凌晨两点才进去，本以为她会立马赶我出去，但她没有。

"哭哭也没关系。"我告诉她。

"没事——他们都没看见我哭，"她说，"我没让任何人知道，我在乎过哪怕一点点。"

Chapter **14**

克莱尔

我想吻这个人，但他不是我老公。

　　除了带我和埃丝特去超市，妈妈找不到更好的办法。所以，我们手拉手等在门口，准备拉上外套拉链，抵御寒冷。等她的时候，我在仔细思考，拉链是多神气的物件啊。很长一段时间，它们都是一项如此简单的发明：牢固，方便，甚至活泼。可是近来，它们成了我看不穿、解不透的机械奇迹。看到楼梯口处的大门时，我也有同样的感觉。它的存在，大概只是为了把我限制在一层楼上。我和埃丝特打不开门。妈妈在厨房里做东西时，我们打开《粉红猪小妹》做幌子，又使劲试了试。一开始，发现被限制了公民自由，我们很生气。不过，我和埃丝特后来发现，我们根本不用打开楼梯大门，只要爬过去就行了。这对我和埃丝特来说毫不费力。

警察把我们带回家后，我一遍遍地在心里重复打电话的事，好让自己不要忘记。我不太肯定，是否真的有这回事——也许只是我自言自语的故事——但即便如此，我重复了这么多遍，也要去试试。中午去图书馆，见那个来自咖啡厅、跟我散过步的男人。他是那么……我只记得他，却不知道为什么这么强烈地想再见到他。我因为记得清他而想见他。我想到，莱恩跟我说话时，我还是像原来的我。

妈妈非常恼火，去超市还得带上我们。

以前，去超市都是我的事。我很喜欢逛超市。每到周六上午，我会一个人去超市，格雷戈和埃丝特躺在床上看电视。我推着一个带轮子的东西，一边想一边选，觉得很放松。我不知道，从什么时候开始，逛超市不再归我管了。但我记得，上次一个人逛超市，我带回家十四瓶酒，觉得我们应该开个派对，格雷戈对此哈哈大笑。他以前觉得，我很风趣率真。我也这么觉得。但是，我不再确定，我还是不是原来的样子。或者，是不是疾病让我慢慢解体了。

现在，格雷戈准备好食物，用篷车拉回家。不过尽管他提前订购，我们的牛奶还是没了。最主要是，今天早上，我全倒进厨房下水道了。当时，埃丝特让姥姥带她上厕所，在她大便时陪她聊天。因为，如果没人说话，上厕所太无聊了。埃丝特是个优秀的同伙。自从夜里去过公园后，我们就不再是母女那么简单了：我们成了同谋，一起保守秘密。

面包也没了。我爬过楼梯大门，从楼上的窗户扔出去。面包穿过篱笆，掉在邻居的花园里，招来了许多小鸟。回去的路上，我蹑手蹑脚地经过浴室，朝埃丝特眨了眨眼——告诉她一切顺利——她正在给妈妈讲她的十大厕所故事。

牛奶和面包没了，让妈妈很气愤。她说，如果要带我们一起出去，最好是去市区，因为，街角商店的价格简直是明抢。所以，我们都去市区了。到目前为止，我精心策划的逃跑计划进展得出奇顺利。我都怀疑，生病是不是让我更聪明了。以前，我可是从来想不到这些鬼主意的。也许，这就像是短暂燃烧的火焰，在熄灭前那段时间，比以往都要明亮、旺盛。

妈妈带我们上了车。开始我还担心，她会把我绑在车座上，不过她没有。

我已经看不懂手表上的时间了，不过，我还戴着，因为习惯了，就像我习惯手指上戴戒指一样。我开始听收音机，妈妈调到了第四电台。我知道，出门时是十一点半。我也知道图书馆在哪。在我脑子模糊前，我感觉跟以前完全一样。我完全控制着自己的命运。对于一位两个孩子的母亲、即将成为姥姥的人来说，我今天的行为完全不应该……但是，我可以这么做。我要偷偷去见一个男人。得了阿尔茨海默病的我可以这么做——得了阿尔茨海默病的我可以去图书馆，偷偷约会从咖啡馆认识的男人——因为，只有和他在一起，和埃丝特在一起，我才不会被疾病所困，我才摆脱了病痛。

今天早上，格雷戈带着负罪感上班去了。他似乎非常失望。这也不奇怪，因为，昨天晚上，警察打着闪灯，用警车把我和他女儿送回了家。妈妈冲我大喊大叫，想知道为什么我不明白。我想，原因很明显，我得了大脑退化病。但是，他只是双臂交叉，站在那里，看起来非常沮丧、失望和挫败。埃丝特度过了终生难忘的时光，尤其是在警车上。但是，发生什么事并不要紧，要紧的是可能发生什么事。我很抱歉，让他对我有那种感觉。埃丝特非常爱他，他也爱她，还有我……

我觉得，他也还爱我，所以，他没对我大喊大叫。我多希望，我知道他是谁。

我正要睡觉，他敲了我的卧室门。透过门缝，他探进头来。"克莱尔，你没事吧？"他问。我耸耸肩。"我只想让你知道，我能理解你的做法。你只是想带埃丝特去公园。我理解你。只是，下次能不能告诉我们？那样，我们就能提醒你，外面是很湿、很冷，还是很黑。"

我翻了个身，背对着他说："这是地狱。这是地狱。这样的生活，我甚至不能用合理的理由，带女儿去公园。这是人间地狱。"我听见他关上门，走开了。

今天早上，我做的第一件事，就是把牛奶倒进厨房下水道里。

"你想坐进手推车吗？"妈妈问。

"我觉得坐不进去。"我说完，埃丝特哈哈大笑，妈妈撅起了嘴。

趁我们还没钻进食物迷宫，她对我们说教："好好跟着我。别乱跑，好吗？"

我和埃丝特一起点点头。埃丝特抓起我的手，握紧我的手指，好像她已经知道我的秘密。有一会儿，我们跟着我母亲。她在推车上装满牛奶和没人吃的水果。我一遍遍地告诉自己，我在做什么，我在哪里，我的秘密计划是什么。我不知道，现在是快中午了，还是过了中午。但是，我知道，必须把握时机。我抱起埃丝特，亲亲她，把她放进带轮子的车上。她抵抗了一会儿，直到我从货架上拿了包薯片，递给她。我跟在后面，仔细观察已经看不懂的标签。我上下打量一排食品，再打量下一排，直到靠近外门。妈妈和埃丝特朝下一条通道走去，我继续往前走，出了外门，到了外面的世界。我对这个很在行。

外面很大很吵，跟我记忆中不一样。我现在走过的市区，跟记忆中也不一样。我不知道，我的记忆是多久前的，是上周、去年，还是十年前：我不知道。反正，记忆中的市区，跟我现在走过的市区不一样。现在更像是一场梦，一切都很不对劲。来到这里很吓人，但我不害怕：我自由了。

　　不过，图书馆一点没变。那是一座庞大的老式建筑，尖顶和塔楼的结构，本身就像一本有特色的大书。我从大楼之间看到它，至少看到了沧桑的塔尖。所以，我一直抬头盯着，继续走过去，不知道现在是什么时间。我不得不拐了弯，来到不认识的街道。但是，我不担心。因为，我抬头看时，还能看见塔尖越来越近。我一心渴望到达图书馆，也真的奏效了。最后，我来到一个没有车的地方，像一片广场。我已经到图书馆了。我成功了！

　　我抬头看看石阶。它通向一个堆满书的房间，通向莱恩。我突然想起自己在做什么。我冲向了一个没有回头路的断崖。我是个结过婚的女人，嫁给了一个更爱我的男人。即使我在慢慢消逝，但他每天都在努力告诉我，一切都没有改变。我应该好好珍惜他坚定的爱。我应该因此感觉好一点，可我没有。因为，我不认识他。对我来说，他什么都不是。他说的每句话，他的善意都像谎话。因为，我不认识他。每当我想起他，连他的脸都变得毫无意义。至于断崖，我很快就要掉下去了。也许，相比被人推下去，倒不如自己跳下去。我想见这个男人，他也想见我。就这么简单。不是为了风流韵事，不是为了伤害任何人，也不是为了逃跑。我只想见见这个也想见我的男人。想见面的是我，不是我的病。

　　天气很冷。当我从冷空气中走进暖和的图书馆时，我的脖子很疼。他说，会在阅览室见我。有一会儿，我很害怕自己不记得他长什么样了。不过，他就在那里。我进门时，他转过身，朝我笑了笑。我没忘记他的目光，意味深长的目光。

"你好。"他说。

"你好。"我说。

"非常高兴见到你。我还以为，你不来了。"他一口气说出来了，好像还有很多话要说。但是，他却不再说话了。

"我也很高兴见到你，"我说，"我一直想着来这里。"

我们站在那里，对视了很长时间。我知道，我们这样并非因为样子。不是因为头发的长度、眼睛的颜色、下巴的角度或嘴巴的轮廓。我们只是用目光注视着，跟一个认识自己、看到自己的人在一起。我们只是相互对视。看着一个我几乎不认识的人，却像看到自己的影子一样，这是最奇怪的感觉。

"我们一起走走？"他说着，拉起我的手，带我走进书架深处。我闻到一股书页上的尘土味。我跟着他时，指尖的脉搏在他手掌中跳动。那一刻，我好像一个小女孩。我很小的时候，跟父亲到了他的浪漫空间，他悄悄地掏出爱情小说开始读。在这之前，我都忘了。我爸爸喜欢读爱情小说。周日的早上，他会坐在阳光灿烂的客厅，一本本地读书。我轻轻吸了一口温暖的空气，闭上了双眼。有一会儿，我感觉他又在我身边了。我根据封面女郎的漂亮程度，为他选书。

我们在最暗的书架角落停下来，背靠在书脊上。

"你好吗？"虽然旁边没有别人，他还是很小声地问我。

我们站在离前台很远的地方。

"我很混乱。"我大声说出来。因为，我不知道怎么说话，也不知道怎么小声说话。

"很难脱身吗？"他一边问，一边朝我微笑，好像我很惊艳一样。如果他觉得我很惊艳，我会很高兴。

"不难，我策划了一个完美的逃跑计划。"我告诉他，他哈哈笑了。他看我时，眼睛里带着一种光芒：那是纯粹的快乐。我从没指望，还能给别人带来那么多快乐。我抗拒不了。

"我一直在想你，"他说，"一直都在想，怎么再见到你。"

"为什么？"我问他，"你为什么想我？"

"谁知道为什么？"他慢慢碰了我的手指。我们指尖交叉，双手握在一起。"原因很重要吗？我想你还不够吗？我一直在想。你想过我吗？"

"我记起来时会想。"我说。

我看了看他，想看懂他的表情，但却不知所措。我把手放在他脸颊上，让我们都安静下来。

"我结婚了，"我告诉他，"我有两个女儿，其中一个快生孩子了。我快当姥姥了。"我用惊讶的口吻说出了最后几个字。因为，在那一刻，这些记忆都回来了。

"我也结婚了。"他稳稳地握住我的手，"我还爱着妻子。我很爱她。"

"所以，我们不能……不能相爱。"我说，"我不能跟你私奔。

我们不是那种人，对不对？"

我在想，要不要告诉他我的病情，但我没有。在那一刻，我对他来说是完美的。我想保留完美形象，能保持多久，就保持多久。

"不，"他说，"你不用跟我私奔。只要跟我待在这里就行。我只想要这么多。我只想要现在。其他事都不会发生。"

他说完这些话，我才意识到，我也想要这样。我只想要现在。我不确定，我们两个人中，谁更靠近谁。我也不确定，我们什么时候会接吻。就在图书馆里，在一排排沉重的精装书间。但是，一切发生得那么自然，美好。我只想要现在，这样的温暖，这样的亲近，他的味道，他的嘴唇，他的触摸。我们的吻无关性爱、欲望、热情，不是为了认识对方，不是为了接近对方：这个吻只是因为爱。

书架另一边响起一声咳嗽，我们分开了。我把脸靠在他脸上。我们面对面站着，脑袋微倾，呼吸着对方的味道，脚尖碰在一起。

"我要走了，"我说，"妈妈现在一定担心坏了。"

"别走，"他说，"再待一会儿。"

"妈妈会杀了我的。"我说完，他哈哈笑了，笑得很大声。

"打扰一下，"书架后传来一个声音，"你们想说话，就到外边说去。"

突然一声喧闹，一阵刺耳的尖叫声。我以为是火警警报响了。但是，我随即意识到，是母亲放在我口袋里的东西发出的声响。

我掏出来看了看。他从我手里接过去，调低了声音。不过，那东西还在我手里吱吱叫，一直停不下来。

"快点，接电话！"他说着，忍住了笑声。书架另一边的人走开了，也许是去搬救兵了。

"我不知道怎么接，"我耸耸肩说，"这是新的。"

他接过来，按了一下，还给我。我听到一个很细小的声音，在一遍遍地重复我的名字。我带着不确定，慢慢地把东西放在耳边，像在听海螺一样。我听到了妈妈的声音。

"你在哪儿？"

"图书馆。"我说。

"为什么？"她只说了一句。

"我想来图书馆，"我一边说，一边微笑着看看他，"所以就来了。"

然后是母亲的叹气声、哭声、咆哮声……

"克莱尔，你可以待在原地，等我和埃丝特来接你吗？"

"好。"听到她声音中的忧伤，我的微笑开始犹豫了。他看到我的表情时，也开始犹豫了。"我会在这儿等着。"

"说好了，"她说，"在台阶上等我。别去其他地方。记好了，克莱尔。待在那里，在门前的台阶等。"

"我会的。"我说。周围一片安静。我不知道怎么处理这东西，就把它放回了口袋。

"不好意思，"一个怒气冲冲的女人朝我们走来，"我们接到投诉了。"

莱恩抓起我的手，我们的脚步声在书架间回响，我们迅速穿过大厅，来到门口。人们进进出出，冷空气也涌进涌出。

"我要在台阶上等妈妈，"我说，"我要等妈妈来接我，你一定觉得我蠢透了。不过，她老了，很需要我。"

"绝对不会。"我们又站了一会儿。我们的身体好像被某种魔力绑在了一起：我们相互吸引，就像我们注定要缠在一起。"很好。"

"我不知道能不能再见你。"我知道，我一踏出这扇门，这一刻就会永远结束。接下来，我随时可能忘记他。

"会有机会的，"他说，"我知道。"

"我要在台阶上等。"我说。

"我会在这儿看着你。等她来了，我再走。"

"真的吗？"我问他。他最后握了一下我的手。我走到寒冷的风里，站在台阶上，呼吸着多彩的生活气息。车辆来来往往，空气中充满了泥土味。我喜欢现在。

"妈咪！"埃丝特两步并作一步，跳上了台阶，"该讲故事了吗？"

"你别再乱跑了。"妈妈说。她抓住我的胳膊，准备把我拽走。

"放开我！"我大声喊叫，人们都转身看，"放开我！"

妈妈放了手。她脸色苍白，眼睛红肿。她一直在哭。我突然体会到她的痛苦，就像一把锤子，猛击到胸前。我不该这么做。

"对不起，妈妈。"我说。

"你别再乱跑了，"她站在图书馆台阶上，一边说一边颤抖，"我没做好。我以为我能做好，可我没做到。我再也没法照顾你了。让你失望了。"

妈妈哭了。她浑身颤抖，眼泪不住地往下流。我抱住她，也抱住埃丝特。我抱紧哭泣的妈妈。我们那样站了很久。在我们周围，市区的人们从图书馆楼梯上上下下。然后，妈妈挣开了拥抱，用手帕擦了擦脸。

"要是不赶紧回去，冷冻食品会化掉的。"

1978年7月11日, 周二

克莱尔

在康沃尔郡的圣艾夫斯，我和爸爸坐在沙滩上拍下了这张照片。当时天气炎热，可爸爸还穿着长裤，衬衣袖口还扣着扣子。他别扭地坐在躺椅上，好像坐在脚边的我是个坏人。我记得，妈妈眯眼看着镜头，双脚埋在沙里。海风吹过水面，吹得她的裙子在膝边摆动。这时，我蹲在爸爸脚边，双手埋进炽热、干燥的沙子里。照片中的我皱着眉，想让她快点照好。因为，我已经窝着不动很长时间了。我这会儿看了看照片，看见爸爸和我一样，都皱着眉。

爸爸讨厌度假。我想，他讨厌闲暇时间。他喜欢事事都有目标。他无论做什么，都不是为了消磨时间，或者娱乐消遣，哪怕是读书。即便是读书之乐，他也会挑完全没事的时候。我不知道，妈妈是怎么说服他，陪我们度过了唯一的一次家庭假日。我想，大概是他想与家人交谈，与女儿建立关系，参与家庭生活。妈妈光着脚丫，长发飘散，鼻子上雀斑点点，指甲不经任何修饰。爸爸则西装领带，站在大热天里，跟妈妈争辩度假的事。他看妈妈的眼神，好像妈妈不仅跟他有代沟，还是来自另一个星球的外星人。有时，我很怀疑，他们怎么会相爱。几年前，我刚和格雷戈在一起时，曾经想问问妈妈。可是，她直接摇摇头，拒绝回答。我就再也不问了。但她真的爱他。这我一点也不怀疑。我也不怀疑他对她的爱。

那时候他看她的样子，好像看到奇迹一样。

那天，拍完照片，妈妈去找冰激凌，把我们留下了。爸爸别扭地坐在租来的椅子上，看我漫无目的地拨弄沙子。

"我们堆个东西怎么样？"他说。我停下来看过去，不确定他是不是在跟我说话——他很少直接跟我说话。"搭个沙堡，"他解释道，"我们得挖深点，或离水边近点，沙子才更结实。"

他穿着鞋袜，朝海岸线走去。我穿着泳服，站起来，跟在他后面。他来来回回，穿过度假的游客。人们裹着色彩斑斓、大大小小的毛巾，尽管接近裸体，却一点不感到拘束。那时我父亲，肩胛骨间一片汗迹，看起来很不协调。在距离一股小潮汐几英尺处，他蹲在潮湿的沙地上挖起来。我看了他一会儿，也学他开始挖——也不用铲斗——他挖了一道沟，然后用挖好的沙子，垒一个建筑。它看起来很复杂，很巧妙，很精细。过了一会儿，我就停下手中的活儿，只是蹲着看他。他时不时抬起头，好像刚想起来我也在那儿。但是，我们什么也没说。妈妈一定是买冰淇淋回来后，看我们在水边玩，没打算打扰我们。因为，我一直没吃到冰淇淋。我们也不是在玩：建好的沙堡无论是炮塔，还是城墙，都别出心裁。可是，修建的过程却不是为了玩，而是为了建最好的沙堡。即便那时候，即使只有六岁，我也明白：我理解爸爸。而且我想像他一样。

建好后，他摩挲着双手，站了起来。我来到他身边，感觉那一刻特别荣幸。

"秘诀是，"他抓起我的手说，"知道什么时候停下。我想，现在就该停下了。"海水冲进来，填满了沟渠。六岁的我相信，那是他下的命令。我们站在那里，肩并肩，手拉手，看着急流渐渐盖过脚趾和脚踝。每退一次潮，沙堡就被冲掉一点。直到最后，整个城堡被冲走，什么也没有了。

然后，我们一言不发地回到妈妈身边。再没人提过冰激凌的事。当晚，在小旅馆里，爸爸把我放在床尾的行军床上。我假装睡着，好听他们怎么谈论我。

"看起来，你今天跟她交流得不错，"妈妈用的"不错"这个词，父亲会贬斥为"加州方言"，"她是个不错的女孩。你知道吧，想法很多，很有创造力。你应该找机会听她讲个故事。我不知道，她那样的想象力，是从哪里来的。我知道不是来自我。"

"她是个好孩子。"爸爸说。当时还不过九点，他就爬上床，关了灯。然后，过了很久（我不确定是几小时，还是几分钟），我听见他说"她是遗传了我的想象力"——不过，我一直不确定，那是在做梦，还是真的发生了。

我想起那个沙堡——不对称的尖顶和拱桥、门廊和台阶，都是为了一瞬间的美丽。我想，也许我真听到了。

Chapter **15**

凯特琳

两天里，沧海桑田。

　　电话另一头的姥姥听起来很紧张。两天内，妈妈已经是第二次逃跑了。姥姥吓得直发抖。我要回家。我坚持马上回家，但姥姥不让。

　　"你现在回来，又有什么区别？"她说，"我有格雷戈和埃丝特，他们就像磨难中的一缕阳光。自从上次图书馆'恶行'后，她更加镇静平和了。老老实实在家里待着呢。"

　　"也许，我们可以时不时带她去图书馆，"我说，"小时候，她一周会带我去三四次，记得吗？那次放学后，她开始大声为我读《圣诞颂歌》，给所有角色配音，把我吓得够呛，还记得吗？其他人也开始听。他们都以为是什么大事。然后，图书管理员因为扰乱秩序，把我们赶了出来。对她来说，那是个特别的地方。也许，如果我们经常带她去，会有些帮助。"

"没错，"姥姥说，"虽然她就是上演《真实犯罪》，我也不会觉得奇怪。但你知道，她能反抗周围的一切，甚至包括我，我还是很高兴的。如果她不反抗到最后，就不是我的克莱尔。她最近经常在记事本上写东西。一页又一页，好像交稿日期快到了一样。"

"等我回家，就去把抽屉里的小说拿出来读，"我说，"也许，小说真的很不错，姥姥。也许，我们可以把书出版，趁她还没……想想她会多开心！"

"我不知道，亲爱的，"姥姥停了一下，只有她打算说伤心事时，她才会用爱称，"如果你妈妈想让人读，早就有人读了。重要的是记事本，那是她一生的作品。"

"我很高兴它能帮到她。"我说。

"她写的字很乱，想看清她写了什么，也不是那么容易。不过，只要她认识，也没关系。"姥姥说。

"格雷戈呢，他怎么样了？"我问。

"经常干活，上班，不在家里。只有他不在家里，克莱尔才能平静。"

我跟姥姥通话前，打过他的手机，可没人接。有时，我真希望能抓紧时间，跟他成为更好的朋友。这样，跟他交谈就会更顺利。我以为，我时间很充裕——每个人都这么认为。突然意识到自己的死期，是很常见的事，不是吗？我看了看酒店窗外，生命正在楼下的街道上流逝。我感觉离家那么遥远。

"那么，你知道要说什么吗？"姥姥问我。

我还没告诉她，我第一次尝试失败了。也没告诉她，在酒吧里，扎克坐在我身边，为跟他毫不相关的事情向我道歉。虽然情况特殊，但我也为自己的笨拙感到尴尬。我能想到的就是，我要当母亲了，要成为真正重要的老大姐：一个关键人物。无论结果怎样，我都要坚持到底，做我该做的，成为该成为的人。不再是两句话都说不完整的笨女孩。如果换我是自己失踪很久的女儿，我会让自己滚开。

"你会没事的，"看我没有回应，姥姥就自问自答道，"我敢打赌，你会知道该怎么说。看看你多聪明。"

"姥姥，我是个意外怀孕的辍学大学生。"我告诉她。

"噢，没错，"她说，"也许吧，不过也是个非常聪明的人。"

姥姥挂了电话，我在屋里吃了早饭。自到达酒店的那一刻起，我就下定决心，不会下楼吃早饭，独自一人坐在饭店角落里。我真的一点也不想出去——不要回学校，不要回去找保罗·萨姆纳。我知道他今天在英语系办公室里做辅导。我不确定他的办公室在哪儿。不过，我很肯定，应该不难找到。之后，就是等待时机了。我仔细看了看自己，冲了个澡，用酒店吹风机慢慢吹干头发，吹出顺滑的波浪。我没碰浴室玻璃架上的眼线膏，只是化了点淡妆。我看了看自己的双眼。至少有五年了，这是第一次仔细观察我没画眼线的眼睛轮廓。我以前照镜子，不知道自己像谁——这张脸属于哪个神秘人物——但是，现在我看得一清二楚。她的鼻子、她的下巴、她的嘴巴。虽然她的双眼是蓝色，我的双眼接近黑色，可这两双眼是那么的相似，这与颜色毫不相关，重要的是双眼背后的意义。我知道，多亏了她，我才能挑战极限。

我微笑着搭电梯下楼，想象妈妈为自己开一条路，跑到图书馆去的情景。我知道，要在妈妈身边建立起防护带，对姥姥来说极为困难，但不知怎的，这却让我感到充满战无不胜的勇气。

电梯门开了，我看到扎克正坐在对面看报纸。我迅速地按了几次"关门"键。电梯外有个人正等着上楼，一遍遍地按"上行"键。我们的大拇指战争大概持续了十五秒，扎克抬起头，看到了我。

"凯特琳！"他像老朋友一样，喊出了我的名字——我还没能来得及跟被我惹火的男人一起上楼，看来躲不过他了。

我不情愿地认输，走出了电梯。胜利者从我身边穿过，嘴里嘟嘟囔囔的。我站在原地，让扎克来找我——如果那真是他的名字的话。因为，电梯门对面正好有一个摄像头。

"你在跟踪我吗？"我问他。不过，不得不承认，一个穿着黑白条纹紧身牛仔裤、酒红色衬衫和马甲的男人，似乎不太可能跟踪任何人。除非有人跟他说，他的裤子很好看。他就差个人再给他提点瞎建议，比如戴顶爵士帽。

"没有！好吧，算是吧，"他给我一小张叠起来的方形纸片，"我看到了这个。你丢在了吧台。不过，很抱歉，我看过了。"

我接过纸片，不用看就知道，那是我列的清单。

"那么，一个和你毫不相关的陌生人，你现在对她有了些了解，那又怎么样？"我说，"你就这么离奇地直接出现在我的酒店吗？"

"我想确认你没事，"扎克说，"我是说，昨天你一定很为难，那样见到你父亲，他却不认识你。尤其是……你也知道，你的……呃……"

"我的状况？为什么男人不愿直接说'怀孕'？"我挑了一下眉毛。我真搞不懂他。他来这儿干什么？这到底对他有什么好处？"哎！你是宗教狂热分子吗？"我问他，"是要让我皈依，还是什么吗？因为我看过相关报道，他们找个帅哥跟意志薄弱的女人调情。接下来，你知道吧，她会住在堪萨斯州，嫁给一个男人。他留着络腮胡子，还有十六个妻子当姐妹。"

"那么，你是觉得我长得帅了？"扎克咧嘴一笑。我立马脸红了，这让我很生气。因为，尽管他喜欢穿 Topman 这个牌子，打扮得像个歌星般招摇，但他如此迷人——这让我更加生气。

因为，我显然不是在找迷人的男人，尤其是毫无理由就出现的陌生人。

"噢，我的上帝，你在这里干什么？"我又问了一遍，我是在恼他，也是在恼自己，"跟你有任何关系吗？"

"我想没有，"扎克说，他看起来笨拙尴尬，"我以为……你知道吧，你离家在外，怀着孕，从没见过你爸爸。我只是想……你可以找个朋友。"

"你这个变态，"我说，"你是个喜欢孕妇的变态。你是个崇拜邪教、喜欢孕妇的变态。"

"你没见过什么好人，对吗？"扎克又是皱眉，又是微笑。

"不用可怜我！"我伸出一个手指命令他。我提高音量，前台的人都抬头看我。

"好了，我们去那边喝杯咖啡吧，"他朝酒吧点点头，"作为破冰对话，你可以说说其他看法，再评价一下我的精神变态。也许，我们都不会因为引起骚乱被捕或被扔出去。你会发现，我是个相当不错的家伙。"

他的从容开朗似乎那么自然，好像，突然到酒店造访一个陌生人，自作主张地帮助别人，是天底下最正常不过的事情了。我想不通他为什么在这里，显然只是为了我。

"你不明白，对吗？"他想了一会儿说，"听好了，我不是邪教的，我不是个只喜欢孕妇的变态——不过，我想说，从天性上来说，觉得孕妇迷人不一定有错。但是我妈妈教我要善良。

她非常想把我变成一个好人，关心世界，爱护别人。我十五岁时，度过了叛逆期。大约有四年的时间，我完全跟她唱反调，丢掉很多关心我的人，做不该做的事。然后，我意识到，生活好痛苦——让我恶心，但终于发现，妈妈是对的。你关心别人时，世界也变得更加美好。这样是有点笨，但这样就对了。我是个笨家伙。"

"你妈妈是特蕾莎[1]修女吗？"我问他。

"不，"他露出微笑，"她其实已经去世了。我十五岁时，她得了肺癌。她从不吸烟，但她大多数时间在酒吧工作，所以……"

"我妈妈快死了，"我说，"噢，其实不是快死了。她得了早发型遗传阿尔茨海默病。我将来有50%的可能也会得这个病。"

周围一片沉默，除了酒店大厅的说话声和楼外模糊的行车声，那一刻什么也没发生。

"你这段时间压力很大。"他说。这不是一个问题，也不是老生常谈：这仅仅是个事实。不知道为什么，听到别人大声说出这句话，我感到非常镇定。没错，这句话管用了：我承认，我这段时间压力真的很大。我感觉好多了。

1.世界著名天主教慈善工作者，1979年获诺贝尔和平奖。

"那么，你想要咖啡吗？"我问他，"你可以帮我想想该怎么向爸爸自我介绍。"

"那是不是说，你不觉得我要引你进邪教，或者拐骗你了？"扎克高兴地问我。

"不是，"我说，"可是，我没人可说，只能碰碰运气。"

进入英语系大楼，并不像我起初想的那么简单。你要扫描身份证，或者携带员工卡。

"好了，"我对扎克说，"用一下你的员工卡，趁没人发现我是个外来人，我先冲进去。"

扎克咧嘴笑了。"我的卡在这里不管用，只能用来吃饭。"

"那你的学生卡呢？"我伸开手掌向他要。

"我不是学生。"他说。

"不对，你是！"我突然停住了。我是说，一个同龄人，如果他不是学生，为什么在大学校园里闲逛，还在大学酒吧里工作？"你不是说，你是摄影专业的学生吗？"

"是摄影师，不是摄影专业的学生。我是个穷摄影师，所以在酒吧里赚钱。我真的不想做婚纱摄影。可要是没有重大转机，明年这个时候，我应该就是一名婚纱摄影师了。"

"摄影师会有什么重大转机？"我偏离了真实意图。

"噢，我也没想好呢，"他说，"我很肯定，摄影师也有重大转机。在外面的某个地方。"

"如果失败了，你会因为某个原因，丢掉一大笔钱。"我说。

我很高兴，他不是个学生。除了不想做婚纱摄影师，努力成为一个好人外，他似乎没什么人生计划。

"所以，"他说，"我们要蒙混过关了。"

"什么？"我音量高得不得了。

"是的，我经常在电影上看。来吧。"

我有点愣，跟着他进了教师大楼接待处。他趴在桌上，探过身子，朝女接待员眨了眨眼——我是说眨眼。她只看了他一眼，就好像融化在桌子上了。真可笑。

"嘿。"他说了一句，她就咯咯笑了。我都想伸手晃晃她，跟她说别笑了。可是，我又想起来，他用超能力也是有原因的——总是为了我好——所以我克制住了。

"我们跟保罗约了时间？"

"萨姆纳还是里奇韦？"女孩傻笑着说。

"萨姆纳，"他说，"抱歉，我一直都叫他保罗。"

"你怎么认识他？"她问。在我看来，这样很不合适。显然，她是在孤注一掷。因为她该知道，她在攀谈的这个男人，很有可能是我男朋友。就是她这样的女人，阻碍了女权主义的进程。

"他是她爸爸，"他说着，朝我点点头，"这是凯特琳。"

"噢！"女孩非常惊讶地看了看我。她才注意到我的存在。"我不知道，他还有别的孩子。"

"以前还有一段恋情。"我说。我很好奇，我怎么会如此轻易地把身世告诉这个女人，而不是我父亲。

"噢，那好，你们上去吧。等我按完门铃，你们就直接推门进去。"我们朝教室大楼走去，她又朝着扎克眉开眼笑。

"用不用我打电话上去，告诉他你们来了？"

"噢，不用了，谢谢，"扎克说，"我们想给他个惊喜。"

"我们约了他，还怎么给他惊喜？"我一边小声说，一边上三楼，他的办公室在那里。

"很幸运，我们没被你的机灵搅和，"扎克显然太高兴了，"我们进来了，对吧？我们没怎么说谎，所以还好。"

"你真奇怪。"我说着，停在了保罗·萨姆纳的办公室外。我能听见他在屋里说话。"里面有人。我们等他们出来，再去敲门。"

"好啊，"扎克表示赞同，"你打算怎么说？"

"我不知道，"我说，"我只是想解释……我会为之前的古怪行为道歉，然后再告诉他我是谁。再然后……"

办公室门开了，一个年轻漂亮的女孩走出来，怀里抱着文件夹，两颊通红。

"他是个臭混蛋。"她告诉我，然后沿走廊下了楼。

"噢，好了。"我说。

"我在外面等着，"扎克说，"我在这儿等你出来。"

我顿了一下，其实我想让他跟我一起。不过他当然不会进去——那样会很奇怪。更奇怪的是，一个睡眼惺忪的男学生慢慢地上楼了。

"快点，"扎克说，"要不然就错过机会了。"

我还没弄清楚状况，就打开了门。保罗正在看论文，抬头认出了我。我是他课上的疯女孩——酒吧里的怪女孩。

"有什么可以帮你的吗？"他疑惑地问我。

除了说出真相，真的没什么可做了。

"你记得我妈妈克莱尔·阿姆斯特朗吗？"我一边问他，一边关上了门。

他笑了。"克莱尔，没错，我记得克莱尔。克莱尔是你妈妈？你为什么不早说？我当然记得克莱尔。我的初恋，我怎么会忘呢？"

他笑容满面。听到她的名字，他看起来非常高兴。所以，我也笑了，然后是满眼泪水，止也止不住。

"噢，给你……"他递给我一盒纸巾，"我很抱歉。我甚至都不知道你叫什么。"

"我叫凯特琳，"我说，"凯特琳·阿姆斯特朗，二十岁。"

"很高兴见到你，凯特琳，"他说，"你跟她长得很像，你知道吧。我就说，昨天上课时，我就觉得你很脸熟，就是想不起来。嗯，没错。肤色当然不同，不过……你跟她长得很像。"

我只是坐着，仔细盯着他看。他有着善意的双眼。听到妈妈的名字时，他的微笑温暖而友好。

"你在曼彻斯特上学吗？克莱尔怎么样？我一直想知道，

她怎么样了。我总是在想，我会看到她名声大噪。她身上有一种特质，让她与众不同。"

"呃……"我吸了一口气，"我不在曼彻斯特上学。我来是为了找你。妈妈让我来的。她病了，觉得该让我见你了。"

"见我？"保罗疑惑地问，"我是说，如果我能帮忙……"

"我不知道，"我说，"可是，呃，问题是……保罗，我很抱歉，因为我知道，这对你来说是个打击。但是，你是我父亲。"

保罗盯了我很久很久。我想知道，他有没有注意到，我和他有着同样的黑色双眼、同样的鬈发。我们的大拇指尖都是方形的。我不知道他有没有注意到。

"听我说，小姐，"他突然站起来，"你不能跑到别人的工作场所说胡话，好吗？我不是你父亲。我很抱歉，你以为我是，可我不是。我和你妈妈很久以前就分开了，她没有怀孕。要不然，她会告诉我的。她会让我知道的。我不知道，是不是因为你母亲病了——而且，我很遗憾听到她病了——你一直在追寻她的过去，想弄明白一些事……我很同情，真的。可我不是你父亲，你该走了。"

他站起来，走到门口，打开了门。

"她从没跟你提过我，"我没往门口移动一步，"也没跟我提过你。我一直假装自己是试管婴儿。"

"噢，上帝啊，"保罗看起来恐惧，惊慌，心烦，"听我说，我知道你一定很难熬，可我不是你父亲。"

"不对，你就是。妈妈告诉我你是，就在她刚诊断出阿尔茨海默病时。她不会说谎的。"

"阿尔茨海默病？"保罗重复了一遍，"噢，凯特琳，跟她爸爸一样的病吗？"

"是的，"我说，"没错，这是家庭遗传病。所以她跟我说起了你。她想让我有个家。"

"噢，凯特琳，"他又说了一遍，"我不是你父亲。我不可能是。听好了，如果是阿尔茨海默病，你就没想过，也许是克莱尔记错了？也许都是她的幻想？"

"不是，"我说，"妈妈不会说谎的。"

2001^年7^月26^日, _{周四}

克莱尔

凯特琳九岁的那个夏天，她制作了这个雏菊花环。这是《简·爱》的封面，花环一直压在这本书里。这本书我经常读，读过很多遍。我找雏菊花环时，封面都掉了。我想，这两件东西就该放在一起。它们代表了我生命的美好时光。

那个夏天，我失业了——或者说，在找工作。我还在寻找第一份合适的教学工作。我们当时没什么钱，住在租来的维多利亚式小排屋里，只有两间卧室。那是一座漂亮的小房子，但却很阴冷。也就是说，晚上坐在火炉前很舒服。即使在炎热的夏日，屋里也阴凉昏暗，完全像在另一个世界。所以，我尽量带凯特琳出去。我有一个破旧的野餐篮，以前是妈妈的。妈妈想扔掉的时候，我拦了下来，因为我小时候喜欢玩篮子。那是一个漂亮的编织篮，红色的条纹里衬。以前，篮子里有一套白瓷盘和金属餐具。可它归我的时候，所有的盘子和大多数餐具都不见了。不过我依然很喜欢。我用它装好了三明治和瓶装饮料。我们往公园走时，头顶是热辣辣的太阳，我感觉人生完美。一个完美的母亲、一个完美的女儿和我不太完美的野餐篮。

　　我们带了几本书到公园。我很庆幸，凯特琳跟我一样爱看书。她偶尔会跑开，追追鸭子或别的猎物。她一般都是一个人，有时候也跟学校的朋友一起。不过，大多数时间，她喜欢坐在我身边，我们一起读书。她有一本《哈利·波特与魔法石》。我则一遍遍读我的《简·爱》。

　　一个闲散的下午，她躺在雪松树下，放下她的书，翻过身来，趴着问我："《简·爱》是讲什么的，妈妈？"

　　"讲的是一个姑娘、一个孤儿，她是怎么照顾自己的。她像你这么大时，被送到一所非常可怕的学校。她长大后，到一个恐怖的老宅子当家庭教师，里面充满了不可告人的秘密。"

　　"有魔法吗？"她问我。

　　"没有魔法，"我说，"不过我觉得很神奇。我一直都这么觉得。"

　　"你能读给我听吗？"她一边问我，一边平躺好，抬头看树枝。我很肯定，我读不完一章，她就会听烦了，再转回去看《哈利·波特》，或者她会看到公园另一边的朋友，跑过去找人家玩。但她没有。她眯开眼，盯着拖到地上的黑树枝，一直听我读。她好像看到，书中的故事就在这之间上演。

　　每天，我们都会来到七月的烈日中，我给她读书，这样过了将近一周。她听我读的时候，有时会站起来。有一次，她做了这个雏菊花环，在头上戴了几小时，就像皇冠一样。那是我记忆中最快乐的日子。我小时候喜欢的时刻，她也开始喜欢了。一切的黑暗、罗切斯特的混乱和简的浪漫，都与那个夏天的阳光和快乐交织在一起。一天结束时，我从草地上捡起雏菊花环，压进了书的后面。

一个周四的午后，我们读完了那本书，凯特琳爬起来，拍掉短裤上的草屑和松针说："太酷了，妈妈，谢谢。"

接下来的时间，我看她和几个朋友在湖边玩耍。那时，我意识到自己做了什么。我创造了这个人。我创造的这个小小人儿——她不怕在众人面前唱歌；哪怕没有接到正式邀请，她也愿意参加朋友的游戏；她放下充满魔法和趣事的书，听我读一个小老师的故事，还极具想象力地沉浸其中。我感觉非常骄傲。凯特琳的自信，让我有信心继续下去，做我该做的事——过我该过的日子。我不知道她有没有意识到。也许，我创造了凯特琳，但凯特琳也创造了我。

Chapter *16*

克莱尔

是时候，该认输了。

"我在想，"格雷戈挨着我，坐在沙发上，"也许，我们应该约见一下你的咨询师？"

"我的咨询师。"我小心谨慎地说出这几个字。我忘了，我还有个咨询师，这很有趣。到目前为止，我忘记那么多事，却一刻也没忘记，我生病了。即使我忘了现在是什么时候，即使我的思想在别处漫游，疾病一直不肯离去，就像荧光灯一样，成了嗡嗡的背景音。不过，如果在他提起前，我不记得戴安娜——

我那好心、博学、气人的咨询师——那也许意味着什么。也许意味着，我在毫不知情地游走，一步步走进黑暗。

"我还没准备好。"我大声说。

"我不是说马上去。"格雷戈说。他的手在我手边徘徊了一会儿，又缩回去了。"我只是说，我可以打电话预约一下。说实话，克莱尔，我以为，我能处理得更好。我以为，只要我勇敢，忍耐，坚强，这样坚持下去就好了。我没意识到，它会对我们有这样的影响。我想念你。我不知道怎么应对变化。"

有好一会儿，我一句话也没说。我想弄清楚，为什么有些记忆留下了，有些记忆却没有——戴安娜完全从我脑子里消失了。可是，和莱恩在图书馆的二十分钟，我记得每一个细节。我的脑袋让我记住这个，却为什么不让我记得对格雷戈的深爱？我看了看他。他是个大好人。我很幸运结识了他——他为我带来了埃丝特——可是，明明我最应该感受到，可大脑为什么不让我那么做？

"我很抱歉，"我说。他抬起头，仔细看了看我，好像要确认到底是不是我。"我不想伤害你。我最不想伤害你。你是个好人，是个伟大的父亲。你对我真的很好。如果我是你，我早就收拾行李走了。"

"我不能那么做，"格雷戈说，"我不能离开你，克莱尔。"

"谢谢你。"我说着，对他微笑了。疾病赶走了一部分我，掐死了那部分我。可是，我还是我。我还知道，什么是对的，应该做什么。趁我还没离开，我想当最好的妻子，即使那意味着，我要再次学习礼貌。

"好的，"我说，"好的。预约一下，我们一起去。很难说，可能会有好处。"

"谢谢你。"他小心地保持冷静，控制好情绪，"谢谢你。对了，我得去上班了。你今天打算做什么？"

"噢，我的狱卒开始实施全面禁闭，所以，我大概会跟埃丝特玩玩儿，再写写记事本。我希望，凯特琳会打电话联系我，告诉我她怎么样了。我敢说，等她准备好了，一定会联系我的。"

"我觉得也是，"格雷戈说，"那好，今天晚上再见。"

"我肯定在家。"我说。

他离开后过了一会儿，或者几个小时，埃丝特给我拿来一本书。

"念给我听。"她说。我打开书，她爬到我腿上。可是，我还是不认识那些字，这回连图片也毫无意义了。我闭上眼，打算编个故事。可是，埃丝特似乎都能把书背下来了。她不会叫我编故事的。她也不会给我讲故事。她对我只有生气和失望。

"我想让你读故事，妈咪，就像以前那样！你怎么了？"

"这本书。"我说着，使劲扔到一边，书砰的一声撞在墙上。埃丝特哇哇大哭。我想抱住她，可她推开我，一边往楼上跑，一边伤心地小声哭。埃丝特几乎没那么哭过。她小声啜泣，双肩抖得厉害，时不时吸一口长气，沉默好久。埃丝特这么开朗的孩子，我把她弄哭了。

"到底怎么了？"妈妈走进屋里。她一直在里屋打扫，她昨天打扫，前天也打扫。我开始意识到，她这样可以照看我，又不用一直陪着我。她躲起来，擦洗的东西已经一尘不染了。这样，她就不用看着我衰弱。

"我不会给埃丝特读故事，"我说，"她生我的气，我也生自己的气。我把书扔了。"

妈妈表情忧伤。她拿着抹布，坐在了沙发边上。

"我这场病生得很不对，是不是？"我问她，"如果我得了癌症，可能要好得多。至少，我还能给埃丝特读书，还能爱我丈夫，还能一个人外出。"

"你不必那么优秀，"她微笑着说，"我出众的女儿想战胜阿尔茨海默病，这才像我女儿。"

"对了，我要怪你，"我说，"你一直告诉我，成功的关键是快乐。我很早以前就发现，事实恰恰相反。现在……"

我停下了。因为，我感觉，我脑子里冒出的想法，其他人不会喜欢。

"现在怎么了？"妈妈让我接着说。

"现在，我怀疑快乐到底是什么，"我说，"我想知道，如果我脑子里的血小板、小血栓能改变情感，那情感又是什么。情感是真实的吗？"

"我想是真实的，"妈妈说，"我对你的爱，超过对任何人的爱，甚至是你父亲，我非常爱他。格雷戈爱你，那是真实的。我承认，他的爱比我想象中真实。埃丝特和凯特琳爱你。许多人爱你。他们对你的所有感情都是真实的。我想，能长久的，是爱。让我们记住彼此的，是爱。等我们都离开了，留下的还是爱。我想，这些感情比我们的肉体更真实。一切都会变质，只有感情不会。这都是相互联系的。"她捏了捏前臂。

我没想到她的话会让我感动：她给了我希望，不是说在治疗上，而是给我的大脑带来平静——我那可怜、忙碌、从不停歇、即将死亡的大脑。

"你再去看看埃丝特，"妈妈说，"除了读书，你们还可以做别的。把她的颜料拿出来，或者在花园里玩？"

我点点头，吃力地爬上楼，看到埃丝特坐在她卧室地上，望着窗外。外面在刮大风，天气很冷，但至少还没下雨。

"我很抱歉，我把页码扔了。"我说。

"那是书。"埃丝特说。

"我很抱歉，我把它扔了，"我又说了一遍，"我生气了。我忘了那些字怎么念。"

"我有时会忘记我的名字第一个字是哪个，"埃丝特说，"我知道是'埃'，可我想叫'詹'，听着更好听。我想叫詹妮弗。"

"詹妮弗是个很漂亮的名字，"我说着，试探地挨着她，坐在地板上，"不过，你的要更漂亮。"

"别担心，妈咪，"埃丝特说，"我们可以一起学念书。

一起学。”

“那你想做什么呢？”

“巧克力喷泉和棉花糖。”埃丝特说着，露出灿烂的微笑。

“画画？”

“去公园。”

“去花园？”

“好，”埃丝特退让了，“那去花园吧。我们去花园干什么？”

我想了想在方形的小花园里能做什么，说出了唯一想到的主意：

“我们去挖个大洞吧。”

我们没挖多久，埃丝特就烦了。她放下铲子，走向大门口。她拨弄了几下门闩。我意识到，这可怜的孩子也跟我一样被囚禁了。

“我们能去商店买小圆糖吗？”她期待地问我。

“我们先去问姥姥，也许她有糖果？”我说。我看见妈妈在厨房擦洗东西。虽然，我知道，那是监视我们的借口。

“不要，我想走着去商店，还能看看树。”埃丝特说得那么伤心，我都想去看看她口中的那棵树了。

“我要问姥姥，”我说，“看她跟不跟我们一起去。”

“姥姥让我吃苹果，”埃丝特闷闷不乐地说，“我想要一本有东东的杂志。”

埃丝特是指一些儿童画册或杂志，封面粘着一些免费礼物。在她的世界里，能够在一件东西的封面上得到另一件免费的东西，这种快乐是无与伦比的。她不在乎得到的是什么，而且通常来说那东西第二天就会被玩儿坏。不过对她来说，得到礼物的激动心情已经足够了。我和格雷戈曾经开玩笑说，要把杂志上的赠品送她做圣诞礼物。这时我吓了一跳，突然记起一个瞬间……我站在报刊店里，埃丝特期待地想买一堆杂志，大概有六份……她抱着我，亲了亲我的脸颊。我记得那感觉。我很开心，很开心现在想起来。

"商店在路尽头，对吗？"我一边对埃丝特说，一边怀疑我记忆里的商店是不是现在的，还是我小时候的。大约七岁时，妈妈经常让我去买几瓶牛奶。

"对。"埃丝特自信地说。不过，我很肯定，即使我问迪斯尼乐园的方向，她也会那么回答。

"我们要去那里，"记忆中的感觉让我有了底气，我感觉到，我这一刻没有疾病，应该采取点行动，"我们要走到街尽头。不过，如果商店不在那里，我们就扭头回来，好吗？因为，我们不能再让姥姥担心了。这不公平。"

"好呀！"埃丝特兴奋地上蹿下跳，"我们一路上丢饼干吧！"

"饼干？"我说。

"就像《韩塞尔与葛雷特》里一样，"她说，"这样，我们就能找到回来的路了。"

"我们不需要饼干，"我告诉她，"我现在感觉不错。"

我看不到埃丝特了，心里生起一阵阵惶恐。距离我上次看到她，过去了多少分钟？多少小时？我走出商店，看看四周。这不是我家那条路的尽头。至少，不是我上次记忆中的那条路。我很肯定，我是跟埃丝特一起出来的，可现在却看不到她了。车辆开得很快。天快黑了。我又回到了商店。

"我进来时，是带着一个小女孩吗？"我问柜台后的男人。他没理我。

"我进来时，是带着一个小女孩吗？"我又问了一遍。他耸耸肩，继续看报纸。"埃丝特！"我大声喊她的名字，"埃丝特！"

但她不在店里。噢，上帝啊。噢，上帝啊。我们从后门离开家，向右转，正要走到街尽头。发生什么了？埃丝特去哪儿了？噢，上帝啊。噢，上帝啊。我拿起可以说话的东西，看了看它。可我不知道怎么用。我不知道，怎么用它跟人联系。我跌跌撞撞地走到街上，看到一个女人迎面走来。因为冷的缘故，她低着头。我一把抓住了她，她吓了一跳，跑开了。

"拜托你，帮帮我，"我说，"我的小女儿丢了，我不知道怎么用这个！"我大声喊出来。我害怕又疑惑。她摇摇头，继续往前走。

"谁来帮帮我！"阳光暗淡下去，车灯亮起来了，我站在街道中间，扯着嗓子大声喊，"谁来帮帮我。我的小女儿丢了。我的小女儿埃丝特丢了。她在哪儿？"

"别担心。"店主在门口叫我，"进来吧，女士，进来吧。我替你打电话找人。"

"我的小女儿，"我抓住他，"我就不应该带她出来。我现在没能力一个人照顾她了。我甚至不认字了。我把她弄丢了。我把她弄丢了。她现在孤零零的一个人。"

男人接过我的手机。"跟我说一个名字。"他说。

"妈妈，"我一边哭着说出这个词，一边环顾四周，看她在不在，"埃丝特，埃丝特。"

"你好？"男人说，"我想，你女儿在我这儿。她非常沮丧。她说，她把小女儿弄丢了？没错，没错。好的。请稍等。女士？"我抓住柜台，"没事了，你小女儿很安全。她和祖母在家里。给你，拿着，跟她通话吧。"

"妈妈？"我把它贴在耳朵上，"我做什么了？我把埃丝特丢了！我知道，我不该带她出来，可我带她出来了，现在她不见了，妈妈。她不见了。"

"她没丢，"我听见了妈妈的声音，"埃丝特跟我在一起，亲爱的。跟咱隔三道门的哈里森夫人看见，埃丝特在她花园里跟猫说话。她在这儿，很安全。埃丝特说，你们要去商店。可她停下来跟猫说话时，你没停下。哈里森夫人去商店看了看，可你不在那儿。你知道自己在哪儿吗？"

"不知道，"我说，"不知道。"

"让我再跟那个男的讲两句。"

我浑身麻木，吓得还在发抖，把那东西递还给了店主。

"我告诉你妈妈地址了，"他说，"不要担心了。她会来接你。你要来杯茶吗？"

我点点头。我看见，有一本罩着玻璃纸的杂志，后面粘着亮黄色和粉色的玩具，就拿起了杂志。但是，我拍拍外衣口袋，发现没钱买。

"给你女儿的？"他问我。我一声不吭地点点头。

"没关系，你可以拿走。"他说，"我送给你。现在，你就坐在凳子上，我给你端杯茶。你很快就能回家了，不用害怕了。"

"没关系。"妈妈扶我进了装满热水的浴盆，抓住我的手，让我坐下来，"没关系。"

我让她开着门，这样，我就能听见楼下的埃丝特唱歌，还有她与格雷戈的对话了。

"不是没关系，"我说，"不再是没关系了。我不是妈咪了。我不知道怎么给她念故事，怎么给她安全感。我不知道我在哪儿，妈妈，也不知道我是怎么到那儿的。我不再值得托付了，连自己的小女儿也管不了了。"

"都怪我，"妈妈说，"我就去了趟厕所，回来时就……"

"我不是小孩子了，"我说，"你都六十岁了。不应该再让你担心我是不是在水池里淹死了。你不该承受这些，妈妈。我要回去看医生。我们需要一个更好的方案，一个医疗方案。"

"往前趴。"

我抱住膝盖，妈妈用海绵给我的后背浇热水，轻轻地擦拭。

"往后躺。"

我静静地躺下，让她为我洗澡——手臂、胸前、肚子、双腿。

"我们能处理。"她过了一会儿说。浴池里的蒸汽，弄得她脸上湿漉漉的。

"我不想让你处理，"我对她说，"我不想让你管。这是你的生活，你有权过得开心。你跟朋友一起唱歌，剪《每日邮报》。你以前很开心，妈妈。你受过苦，现在该享受生活了。我不想你在这儿，整天想我接下来会做什么坏事、傻事和可怕的事。我不想连累你。不想让你像对待婴儿一样给我洗澡。"

妈妈低下头，蹲在浴池边上。"你不明白吗？"她头也不抬地说，"让我回家，还跟以前一样，就让我砍掉胳膊一样难。你是我的宝贝、我的女儿、我的小姑娘。不管你长多大，你都属于我，都是我珍贵的孩子。我不会离开你，克莱尔。只要我还会喘气，就不会离开。"

"妈妈。"我伸出手，摸了摸她的脸颊。她用双手盖住了脸。我向浴盆边靠过去，双手抱住了她。

"你是最好的妈妈，"我说，"是世上最优秀的妈妈。"

"我不是，"她说，"你才是。我要尽量帮你当个好妈妈。我们还没做到，克莱尔。我们还没到最后。还可以做很多事——也许可以试试精神疗法。你的咨询师——除了在记事本上写东西，你一直没把她当回事。我们回去找那个拉贾帕斯克医生，再让他开点药。我不会老把你关在家里。我们会给你安排事做，做安全的事情。都怪我，我为了保护你，才把你包裹起来。我不想让你再经历这样可怕的事。我想……我想，也许我以为，可以把你当睡美人一样放在家里，那样就不会有任何变化了。"

"我再也不想出去了。"我是说真的。几周以来，我一直想逃到外面，去做真实的自我。我一直以为，等到该放弃，该待在屋里时，我就掉下了断崖，或者在迷雾中走失。我以为，该认输时，我不会知道。但我却知道，就是现在。"我哪儿也不想去了。我再也不想感到恐慌了。我再也不想让埃丝特面临任何危险了。我很抱歉，妈妈。拜托你，直接把我关起来，把钥匙扔掉。"

门外有人咳嗽，是格雷戈。"凯特琳给我打电话了。她想跟你说话，克莱尔？"

妈妈透过门缝，拿过那东西——格雷戈嘴里说的电话，我接过来。"凯特琳，"我说，"你在哪儿？"因为，我怕一时记不起来，把她也忘记了。

"我在曼彻斯特，妈妈。"她的声音似乎很小，慢慢消失了。我看看周围，想找到她。然后，我想起来，她不在这儿。"我今天跟保罗见面了。"

保罗，保罗，我的保罗，她父亲保罗。她去曼彻斯特见她父亲。"怎么样？"我问她。

"不怎么样。"我努力想从她声音中听出什么。她听起来出奇地镇静，声音似乎轻盈平静。那到底是她真实的样子，还是我想听到的样子？"保罗说，他不是我父亲。他说……"她深吸了一口气，"他说，也许都是你的幻想，因为你得了痴呆症。我是说，我知道不是那样的。我只要看他一眼，就知道我跟他同一个基因——他也不瞎，一定也看出来了。但是，他不想面对，我真的不怪他。我可以回家了吗？"

我站起来，水滴沿着身体不断地流下来。暖气片还在散发热气，妈妈抓起一块很大的软毛巾，裹住我的身体。

"保罗·萨姆纳说，你不是他女儿？"我问。这跟我预想中完全不一样。凯特琳脸上写得一清二楚，我没想到他会否认。

"他说，他不是我父亲。也许是你弄混了，也许是因为你病了？他非常肯定，妈妈。看他那么肯定，我都不那么确定了。现在，我不知道该做什么。我甚至不知道，我是否在乎。我可以直接回家吗？我不想离你那么远，格雷戈跟我说今天的事了，听着太吓人了。我想在家陪着你们。"

"不行。"我说着踏出浴盆，来到走廊里，看到格雷戈站在那里，表情中带着不确定和谨慎。他看了看我，移开了视线。"不行，你待在那儿。我要去跟混蛋保罗·萨姆纳聊聊。"

"可是妈妈，你确定吗？想想今天发生的事？"

"我要过去。"我说着，看到了格雷戈的目光，他点了点头。

"克莱尔，"妈妈靠在浴室门口，"就在刚才，你说不想再出家门了，现在又要去曼彻斯特了，你确定吗？"

"我不能丢下这事不管，"我坚决地说，"这不是为了我，是为了凯特琳。我要处理一下。我必须去。你跟我一起去，我们带上埃丝特。我们来一场姑娘们的公路之旅。你要保证，不会发生坏事……"

"格雷戈也来吗？"凯特琳听见谈话，期待地问。她想让他以一个家人的身份过去，这很感人。但是，他现在是她的家人，不是我的家人。

"格雷戈要去上班。"我说。

他双臂抱得严严实实，又在楼梯上站了一会儿。然后，他走进埃丝特的房间，关上了门。

"我们马上就来，"我说着，看了看妈妈，她只是点点头，"凯特琳，你还好吗？你很伤心吧？"

电话那头顿了一下。

"其实，说来真怪，我一点也不伤心，"凯特琳的声音听起来很困惑，"我觉得，我甚至有点高兴。"

过了一会儿，妈妈帮我把头发擦干，梳好。等家里的人都睡着时，我起来上厕所。我听到什么动静，便停在了埃丝特屋外。我担心，她也许做了噩梦，梦见一个女人忘记了她的存在，把她丢在了街上。我站在那里听。慢慢地，我意识到，那不是埃丝特，而是格雷戈——他在哭。我伸手去摸门把手，可手停在了空中。然后，我扭头回去睡觉了。

我不知道该跟他说什么。

1981^年7^月24^日，_{周五}

露丝

这是一张来自圣艾夫斯的明信片。克莱尔父亲死后，我第一次单独和她度假。我也是在这里弄丢了她。

没有他我不想度假。尽管之前我们也只有过一次家庭度假，但我还是觉得不应该继续去。想想过去，我觉得，我跟克莱尔不该像以前那样生活。我以为，我们应该永远哀悼他。但是，那不公平。克莱尔爱他，可她不像我那么了解他——他从来没让她了解过自己。对她来说，他的死亡让人伤心，但却可以理解。对我来说，我失去了一生的爱：我在世界上最尊重、最爱慕的人。我不想生活回归常态。

可是，克莱尔需要放松。我妈妈这么说的，只有这一次，我听了她的话。现在想起我们度过的那个假期，很有意思。在八十年代，只有富人才会坐飞机到国外。不过那时我也还没学会开车——那之后我才拿到驾照。所以，我们在维多利亚车站搭上一辆长途汽车，来了一场跟团游。克莱尔、我还有许多老人和退休人员都很奇怪，我们俩为什么会参加——事实是，我真的不知道。我只知道，我要带克莱尔度假，其他的我想都不愿想。

　　她一定过得很不容易。我甚至不确定，在我收拾行李那天前，有没有告诉她我们要去度假。我们坐了六个小时的车，几乎一句话没说。她坐在过道上看《简·爱》。我盯着窗外想他，想他在没人的时候，是多么可爱，多么温柔。想他那么爱我，我也那么爱他。想我失去了他——那个一亲我，就让我膝盖颤抖的男人；他也失去了我，临终前以为我是他母亲。可是，我们没有失去爱，一点也没有。它还在那儿，还在我们之间。我们的爱还在那儿。

　　我们住的酒店很不舒服，具体记不太清了，只记得屋里很脏。对我来说，这些其实都不重要。不过，克莱尔很失望，她以为窗外能望见大海，却没想到只能看见对面砖墙上的空调外挂机。

　　我们在那儿待了一周，天或晴或雨，我有些记不起来了。我只知道，那时，圣艾夫斯还没有满大街的时装店和咖啡厅。即便天气晴朗，也不暖和。我们大多数时间都是在沙滩上度过的。我戴着太阳镜，坐在沙滩椅上。克莱尔在水里扑腾，无精打采地踢打浪花。我忘记给她擦防晒霜，她晒伤了。我很落魄，很难过，很孤单。我不想在那里，也不想回家。我只想回到三四年前，他还没查出痴呆症的时候。我再也无法品尝快乐的滋味了。

　　一天晚上，我们去了市区。因为克莱尔吃烦了酒店的饭菜，不停地缠着我带她出去吃饭。市区有个卖炸鱼和炸土豆条的店，我们可以去那里吃。走在市区的街上，熙熙攘攘，到处都是怀揣同样想法的人。然后，我突然看到一个背影，我很肯定那是他，我就是肯定。我觉得，他跟我们来到了这里。除了他，谁还会在夏天的晚上，穿着灰色西装外套，谁的头发可以红得闪闪发光？

我跟着他，紧紧盯着那抹红，猫着身子穿过街道，挤过人群。最后，我几乎跑了起来，拼命想追上他，直到我转过弯，撞到那位穿着灰色西装的红发男子。我抓住他的肩膀，一把抱住他，放松地哭起来。男子推开了我，让我醒醒。我正视他的脸——一张对我来说毫无意义的脸。他不是幽灵，也不是奇迹：是我的脑子在耍我。我连发色都看错了。他不是红发，他是金发。

那时候，我才意识到，克莱尔没跟我在一起。过了一会儿，恐惧的利箭开始刺穿弥漫的悲伤。我的心终于被触动了，开始狂跳不止，我又活过来了。那是极其可怕的十分钟。我喊着她的名字，一路跑回去，人们看着我——这个在街上大喊大叫的疯女人，我对此置之不理，因为我感受到血管里的血液在奔流，身上充满了生机：我的心脏每跳一次，血管里的期待、恐惧和焦虑就在蔓延。就像在这之前，我一直一无所知一样。

我找到她的时候，她正盯着一家商店橱窗看，似乎并没有发现我不见了。我抱住她，用力地、紧紧地抱住——她吓坏了，最后开始反抗。

这一夜有两样东西失而复得——克莱尔和我自己。

Chapter *17*

克莱尔

我回来了，我是纯粹的我。

　　我不知道为什么醒了。不过，一个人躺在床上时，我感觉自己忘了什么很重要的事——这很讽刺，因为，我最近显然忘了许多重要的事。但是，这件事好像更急迫，更让人担心。我坐起来，用手指捋了捋乱蓬蓬的头发，深吸一口气，开始仔细思考。

　　埃丝特酣睡在我身旁，一头金色鬈发盖住了她的脸。她攥紧拳头，侧躺在枕头上，均匀地呼吸。我很感激，我忘掉的不是埃丝特——最近几周，埃丝特成为我最好的朋友和监护人。她一直想当天使。现在，虽然没有翅膀，她却真的是一个天使了。我对她笑了笑，失去的记忆还在心里纠缠。我记得，凯特琳一个人在曼彻斯特，我今天要去找她。妈妈会带我和埃丝特去。妈妈开着她那辆日产米克拉载着我们。我们不去见我男朋友保罗。不，等等，保罗已经不是我男朋友。很久以前他就不是了。我忘记的、丢掉的是不是这个？保罗。那个没穿底裤，写诗赞美我头发里有阳光的保罗。不再是了。不对，不是这个。

我起床后，看了会儿映在玻璃上的女人，想让我跟她的影像和解。最近，我开始忘记自己的年龄。不管现在的我究竟是多大岁数，我的感觉却只有十七岁，充满了希望和活力。我疯狂地期待未来，想知道未来会是什么样：梦想着，也幻想着未来。我不确定，这么乐观到底是因为疾病，还是我本来就这样。我隐约觉得，现在不该再抱有希望，也不该再在乎什么了。没希望却抱有希望，是不合规矩的。

我夜里到底丢掉了什么？我忘掉了什么？

天还很早，屋里一片安静，天空刚透出紫色的微光。我拉开窗帘往外看。他在那里，我立马想起那是谁了。我的记忆一刻也没有犹豫。那是莱恩。

我屏住了呼吸。他在我花园里干什么？他双手放在口袋里，只是站在结冰的草地上，盯着地面看。我的心怦怦直跳。我再次沉溺于期待：他在那里，这证明我的生活还有惊喜。图书馆事件后，我从没想过还能再见到他。可现在，他就站在那里等我。

我来不及梳洗打扮，就光脚匆忙下了楼，小心地不吵醒别人，尤其是在埃丝特房间睡觉的丈夫。我爬过楼梯门，睡衣外面直接套上外套，从厨房光滑的地砖上跑过去。我甚至觉得，自己可能会像彼得·潘一样飞起来。可突然我想起来：门关得死死的，我打不开。我在那儿站了一会儿，透过厨房门的玻璃方格，看着他笼罩在曙光中的背影，伸出了手。神奇的是，我的手指轻松地拧动了门把手，触摸到冰冷的空气，门就那么开了。这是在做梦吗？我周围的世界在变化，它听从我的命令，让我去见他。我很怀疑，这可能是一场梦，或一个幻想。"长名字"医生说过，等一切快结束时，就会有幻想。我在花园里看到他，是不是就濒临结束了？我光着脚，草地冷冰冰的，发出咯吱咯吱的声音。寒冷很快穿透了我的外套和睡衣。我开始发抖，呼出的热气凝成一团团雾。我相信，这是真的。我真的是站在早晨的花园里，看着莱恩的背影。他真的是在等我。总之，这听起来就像我这种人会做的事情，不是吗？

我轻轻走过草坪。太阳卖力地想爬出来，天空被染成一片朦胧的粉色。

"你来了。"我小声说。他吓了一跳，转过身，看到是我，他露出了笑容，好像见到我很高兴。我想，他也很惊讶。"你在这儿做什么？"我问他，"要是有人看到你怎么办？"

"你脚上什么都没穿，"他说，"会被冻死的。"

"不会的。"我也笑了,笑出声来。其实,我挺喜欢寒冷,很想感受一下。"你在这儿干什么?你为什么不往我窗户上扔石子?我可能见不到你!"

"我睡不着,"他说,"我没打算吵醒你,只想在你附近。这样听起来我就像个疯子。"

"一点也没有。"我朝他走过去,他将我的双手放在两侧,把我抱起来两三英寸,让我的脚站在他靴子上。我抱住他的脖子,我们面对面站着,相互取暖。"在黎明或日落时,罗密欧悄悄来到朱丽叶身边——不是黎明,就是日落——但是,远处总有阳光普照,"我告诉他,"而且,我不在乎你是不是疯了。那样反倒说明我们很配。但是,我不希望你是我臆造出来的人。如果你不是真实的,我会伤心的。"

"我是真实的,"他对我的头发喃喃道,"你也是真实的。上帝啊,我想你,克莱尔。"他的双手伸进我的外套。我感觉到,他的手指在我的背部和臀部游走,我薄薄的棉质睡衣什么也藏不住。这是一种很新鲜的感觉——我们之间的火热——一种不该有的奇妙感觉。我们两个不能有这样的感觉。可是,被他这样摸着,我真的觉得不错。那感觉美好,让人向往。我更加贴近他的身体,把脸埋在他怀里,在他的触摸中失去了自我。现在,我不再是个病人了:我是个女人,一个性感的、可爱的女人。我又回来了。就在这一会儿,我是纯粹的我。只有他能带给我这样的礼物。

"克莱尔，我要跟你说点事。"他小声说。

"我也要跟你说点事。"我说。现在，趁着快乐还没变成伤害，该说实话了。

"我先来。"他说。

"拜托了，别告诉我你不是真实的。"我警告他。

"克莱尔，我爱你，"他对着我的头发说，"我很爱你。"我退过去，看着他的脸。我几乎不认识这个男人。可是，关于他的一切似乎那么真实。

"你不能爱我，"我轻轻地告诉他，"你绝对不能。我不属于这里。或者，我很快就不属于了。我病了，我会消失的。而且，我结过婚了，还有两个女儿。我不知道，认得她们的时间还有多久。我不能离开他们，你明白吗？不只是两个女儿，还有格雷戈。我要竭尽所能地陪着他。因为，他们也爱我。他们先爱的我。"

我一边说着，泪水一边沁满他的双眼。他眨了眨，泪水滚落下来。我用手掌擦掉了他的眼泪。

"我不想把你从家人身边抢走，"他告诉我，"我不想那么做。我只是告诉你我的感觉，就这么简单。我希望，你能明白，你不在的时候，我会伤心。我会像失去亲人一样，感到失落和孤独。我只想让你知道。就这么简单。"

"噢，亲爱的。"我轻轻地亲了亲他，突然被一股激情所控制，那是我几个月来都没感受到的。我总被不确定和失落影响。

可现在，身体占了上风，我想抱住他。我想为他沉迷。新的一天开始了，我脸上感觉到第一缕阳光的温暖。我知道，在世界醒来之前，我还能享受最后几分钟。然后，我就必须跟他的怀抱说再见了。

"我知道，"我停下来，双手捧住他的脸，"我知道，这对我意义很大。我也爱你。我不知道为什么。我很抱歉，我们现在才遇到，在错误的时间相遇。"

"这没错，"他说，"这就是正确的时间。"

我们相互抱着，双臂纠缠在一起，直到紫色的天空变成纯蓝色，光秃秃的树枝的影子落在浓雾散去的草坪上。

"我要进屋了，"我说着，抬头看了看房子，"他们很快就起来了，如果没看到我，他们会以为我又逃跑了。"我顿了一下，不想跳下他的靴子离开他。因为，这也许是我最后一次感受到活力，就像一个真正的人一样。"我不知道你从哪儿来，为什么来。不过，我很高兴，我们看到了对方，即使只是现在。"我用指尖碰了碰他的嘴唇。"如果你是一场梦，也是最美的梦。再见，我的爱。"

我回到潮湿的草地上，向后退了几步。我不愿把视线从他身上挪开，害怕他像轻雾一样，被白天的热气蒸散。

"我可能不能再见你了，"我说，"即使再见到你，也可能认不出你了。我得的病是阿尔茨海默病。它正在一点点地把我吞噬，把我爱的一切都带走了，甚至你。"

他朝我伸出一只手。"再回来呆一小会儿。"

我摇摇头。"我知道你爱我。我能感觉到,你是认真的。可是,你不能,不能爱我,因为我会伤害你,我什么也阻止不了。你……你还爱着你妻子。你不是那种说不爱就不爱的男人。我知道,你不是那种人。所以,你才那么不可思议。所以,去找她,把她夺回来,忘了我。因为……我也会忘了你的。"

"克莱尔,拜托了。我还没准备好告别。"他的手还悬在空中,看起来那么强壮,充满安全感。我想抓住他的手,可我知道,我不能。

"我也没准备好。"我如鲠在喉,慢慢转过身,准备走开。

"你会再见到我的,"他向我保证,"你会记得我是谁,哪怕不是一直记得。你会感觉到的。"我转过身去,回到厨房里,冻僵的脸颊和脚趾突然碰到了屋里的暖气。我回头关门时,他已经走了。

"你在干什么?"妈妈走进厨房,身上紧紧地裹着一件晨衣。她看见我,疲惫变成了恐惧。"你怎么穿着外套?你要去哪里吗?"

我摇摇头,向她伸过双手。"我刚才在花园里,"我说,"过来看看。"她走过来时,我在雾中的最后一串脚印刚刚融化。"看呀,"我说,"太阳升起来了。这次没下雨,今天是个好天气。"

Chapter *18*

凯特琳

我要留下来，再给他一次当父亲的机会。

　　我猛地惊醒，坐起来，一片茫然，不知道自己在哪儿。我望着周围的一切，渐渐地恢复记忆，我还在曼彻斯特。朦胧的晨光透过厚厚的网眼窗帘漏进来。我不是一个人。

　　我轻轻地，慢慢地扭过头，看到了扎克。他还趴在我身边睡觉，浅黄色的头发乱乱的，他一定很不喜欢。他睡觉的时候，嘴唇会微微张开。我小心地下了床，把自己关进了浴室。

　　保罗·萨姆纳让我走开时，我的反应跟预想中不一样。我本以为，我会因为被拒绝而哭泣——受伤、失望、疑惑，过去几个月的感受，我都会再经历一遍——但是我没有。相反，我冒出一堆奇怪的感觉，有坚强，有开心，还有点放松。我走出他的办公室，又走出教师大楼。扎克跟在后面，问我发生什么了。直到出了大楼，我才告诉他。

"他不相信我，"我说，"他觉得，这是我妈妈得了痴呆症后编的故事。"

"见鬼。"扎克看起来很为我抱不平。

"噢，好了，没关系的，"我开心地告诉他，"我尽了力了。多亏了你帮忙，谢谢了。我猜，我现在要做的，大概就是……回家。"

"不，不要走。"扎克摸着我的胳膊说。我意识到，这是他第一次碰我。一切来得那么突然，像是一股电流，"咝"的一声穿透了我全身。

"那么……"我轻轻地挪开，他的手指离开了我的胳膊，"我想，我必须回家。我是说，我找不到留下的理由。"

"你觉得保罗·萨姆纳是你父亲吗？"扎克问我。

"是的，"我说，"是的，因为妈妈不会说谎。还有，你见过他吗？我跟他长得很像。其实，我跟他长得出奇的像。可是，那不重要。他不想知道，我看明白了。所以……没有爸爸，我也已经长这么大了。我还有妈妈，她需要我，我要回家。"

"你要再给他一个机会，"扎克说着，往右边跨了几步，挡住不让我走，"不离开就是这个理由。"

"他不想要机会，"我说，"谁能怪他呢？"

"可他需要，"扎克说，"也许他还不知道，自己需要机会。但当有一天，他醒过来，发现自己做了什么的时候，他会需要的。所以，你要留下来，再给他一次当父亲的机会。"

"你是耶稣吗？"我问他，"如果你不是耶稣，我都想不出来为什么你那么在意。"

"不是！"他哈哈大笑，"耶稣不会穿着这件衬衫。"

"那是因为耶稣是有品位的。"我说。

"给家里打电话，跟你妈妈说说。我敢说，她不会让你放弃的。"

"你喝酒吗？"我问他。

"喝一点。"他说。

"噢，我喝不了，不如我们去酒吧，我看着你喝醉吧？"

扎克摇摇头，哈哈笑了。"我们去吃午饭吧。我知道个不错的地方。然后，你可以打个电话给你妈妈，好吗？"

"你可以当我爸爸了。"我说。

扎克身上有些地方，让我难以理解：他风趣，善良，友好。这当然好，可是一个人怎么可以对一个陌生人这么风趣，善良，友好，却没有任何明显的理由？我不知道，是不是因为扎克，我才没有在被保罗拒绝后，蜷缩在角落里。又或者，这些都是因为我自己，我想，主要是因为我自己。当我决定爱我的孩子时，就注定了我不会被挫折打败。如果妈妈教过我什么，那就是当妈的必须像个勇士：她们也许会被打倒，但一定会振作起来。不过，知道当时有扎克在门外等我，确实帮了我大忙。

知道有人在背后支持你，就像有了后盾一样，充满勇气，不畏艰难。妈妈和格雷戈之间一定就是这样。这种感觉很不错，让我觉得好多了。我倒比往常预想中的自己更强大，更成熟了。

我们度过了一个美好的下午。似乎不像我和塞巴在一起时，这次没有计划，没有不安，没有心理战术。扎克很擅长"扮演"男人这个角色，他似乎不用向周围的人证明自己。午饭过后，我有点困。于是，我们去看了场电影，是扎克想看的电影——一个荒唐的抢劫片，里面有很多飞车追逐的场面。我大概睡了二十分钟，醒来时我的头靠在他肩膀上，电影已经放到片尾了。他吻了吻我的额头，说他要去上班了。我不想他走，不过，就凭我们短暂的友谊，不让他上班，似乎不太合适。

他送我回酒店。那是一段奇怪的路程，明明毫无意义，却又意味深长。我是个孕妇，还有个生病的母亲。我想到的，远不止在服装和音乐上品味差的漂亮金发男孩。如果只是发生了些变化，如果我只是和塞巴斯蒂安分手了，如果妈妈一直是原来的样子，也许，昨天下午，扎克带我穿过曼彻斯特忙碌的街道时，我会喜欢他看我的感觉。我还记得他看我的样子，等我们四目相对时，他的视线又挪开了。我记得，在酒店大厅，他把自己的号码输入我手机里，让我有事给他打电话。然后，他用手机拨出自己的号码，这样，他也存下我的号码了。他跟我一起等电梯，在我进电梯前，亲了我的脸颊，向我告别。下辈子，我大概会为这一切兴奋，因为新的可能性才刚刚开始。但是，这辈子却不可以。说到底，如果不是妈妈和保罗·萨姆纳，我永远不会来到这座城市，在这个时间，见到在大学酒吧上班的扎克。所以，我要一直提醒自己，这是不合适的。这并不是在我人生中这个节骨眼上该发生的要紧事。这一系列的事都是巧合，我必须放开——最迟今天，或者明天。

我想守着电视入睡，努力不去想当妈妈、姥姥和埃丝特到达这里，会发生什么。突然，我的手机响了，吓了我一跳。我第一反应是，一定是发生了什么坏事。就在这时，我看到了扎克的名字。当时已经过了半夜。

"你好。"

"是我。"他说。

"我知道。"我说。

"只是想看看你好不好。"他说。

"说实话，我一晚上都在想你。没什么别的想法，"他匆忙补充道，"只是想你遇到的一切。"

我不得不承认，我失望了，我倒是希望他有别的想法。我把手平放在肚子上，已经能够感觉到孩子的轮廓了，我笑了笑。也许，有一天，我也会像妈妈一样幸运，遇到一个对的人，一直在背后支持我。但不是现在。现在，我只要关注自己的家人。我要在背后支持他们。

"我非常好，"我告诉他，"其实有些奇怪。因为，我糊里糊涂地过了那么多年，现在，似乎一切都豁然开朗了。我要再给保罗·萨姆纳一个机会。对了，我不确定说'再给一个机会'合不合适。也许可以说，再尝试一次。明天，我妈妈、姥姥和小妹妹都会过来收拾他。所以，也许更像是一场复仇。"

"要我来吗？"他突然说，"现在？"

"我的房间？"我说，"好像不太合适。"

"不是，我不是想……就是去看看你，出来逛逛，聊聊天？我想跟你逛逛，聊聊天。"

"我不想开玩笑，"我说，"你没有伙伴吗？"

"有啊，"他哈哈大笑，"我有一大堆伙伴。还有一个新朋友，过了明天可能就再也见不到了。所以，我能过来吗？就是出去逛逛。看个电影什么的？这次你来选。不看飞车了，我保证。"

我突然意识到，有他陪着我会很开心，当然也会有点伤心。我同意了。

电影看到一半，我转过身，问了他一个突发奇想的问题。我第一次问他，关于他的母亲。"跟我说说你母亲，"我说，"说说她是什么样的人。"

他扭头看了看我，然后摇摇头。"她是个很伟大的女人，为人风趣、坚强、善良。我爸爸非常爱她，我们都爱她。她还很迷人，你知道吗？去酒吧、上班和每周日去教堂前，她都会收拾头发，精心化妆。"

"难怪你是个宗教狂热分子！"我说着，捅了捅他的肋骨。

"不是这样的，"他咧嘴一笑，"妈妈很看重信仰，对我有点影响。我是说，我更愿意相信，有个什么神存在，而不是一无所有，你不觉得吗？"

"不觉得，"我直接说了句，"我不想有个什么神一时性起，决定我妈妈或你妈妈的病。我宁愿那是随机的、残酷的意外，否则就很难让人理解。"

"没错，"他点点头，"她去世时，我也是那么想的。我们都是那么想的。在她去世前，我们都不知道，是她把我们如此紧密地连在一起。爸爸很生气，我也很生气。有一段时间，我也失去了他。我们分开过大约四年。我听说过他曾经被妈妈以前上班的酒吧赶了出来，在拘留室呆了一夜。他也听说过我在脏乱差的小屋之间搬来搬去，每天带着疲惫和困惑生活。"

"你那时找到耶稣了吗？"我有点戏谑地问他。

"然后，我又给了爸爸一次机会，他也给了我一次机会。因为，我们都发现，现在还来得及。如果妈妈看到没了她，我们变成这样，她会很失望的。那样，她生前所做的一切努力都白费了。于是，我和爸爸又成为朋友了。这件事急不得，我们花了很长时间才重新开始，但是，我们需要彼此。我们相互整理了情绪。他是我的家人，我爱他。"

"所以，你就觉得，我要再给保罗一个机会？"我问他。

"我是这么认为的，"扎克说，"我觉得，哪怕还有一线希望，你都不该轻易放弃一段关系。"

"可是，我已经有个家了，"我说，"他们一大早就会朝这边赶来。我不想闯进别人的生活，即使他是我的生父。"

"你，"扎克像个明星一样看着我的眼睛，静静地说，"你不是非要闯入别人的生活。有点脑子的人都会发现，你是个……不错的人。"

"那我一定是见了很多没脑子的人。"我这么说，是想转移话题。但对初识的两个人而言，这话似乎太重了。

"那，"扎克一边说，一边倚在床头板上，双臂交叉起来，"完全有可能。"

过了一小会儿，我都快睡着时，他的声音唤醒了我。"你打算给孩子起什么名字？"他问我。自从告诉他我怀孕了，这是他第一次直接问我与此相关的问题。

"我不知道，"我懒洋洋地说，"也许叫穆恩·尤妮特，或者撒谢尔。如果是女孩，就叫爱普尔。"

"孩子父亲呢，他怎么看？"他问得非常谨慎。我突然想起来，我还没提过他。在扎克看来，他现在应该在家等我。

"他还不知道，"我说，"我们分开了。他以为，我已经把孩子做了。但是，我会告诉他。我必须告诉他。看看我，历史正在重演。我必须保证，我的小孩不用再像我这样。"

"很好，"他简单地说，"你应该告诉他。"

我不知道，我们是什么时候睡着的，或者，谁先睡着的，大概是我。我只记得，我们上一刻还在讨论《闪灵》的意思，下一刻，我就醒来，发现跟他背靠着背。我们完全没有拥抱，而是蜷着身子，远离彼此⋯⋯可是，我却觉得有人紧紧抱着我。

我真希望，我不是穿着衣服睡着的。不过，我想，这比不穿衣服好多了。

现在，我在考虑要不要冲个澡。不过，在他隔壁光着身子，似乎也很别扭。所以，我只是刷牙、卸妆和洗头。我弯着腰，趴在浴池上方。这样，热肥皂水就不会流到胳膊肘上，弄湿我的衬衫。我用毛巾包好头发，朝镜子里看了看，看起来太傻，又把毛巾摘了，尽量擦干头发，直到擦成湿漉漉的鬈发。我看起来没那么可笑了。我回到卧室时，他还在侧躺着睡觉。他看起来⋯⋯出奇的漂亮。我不得不提醒自己，这些帅哥朋友很多，不会喜欢发型很蠢、母亲病重的孕妇。噢，可是单是想想他们可能喜欢你，都很美好。

我坐在床边，碰了碰他的胳膊。他显然累坏了——睡得很沉。我轻轻晃他，他终于睁开了双眼，盯着我看。他露出了微笑，笑得那么甜美，那么幸福，还有些懒洋洋。我都想亲他了。可是我没有。

"天亮了，"我说，"刚过八点。"

"我待了一夜！"他坐起来，伸展了四肢，"我要回家换衣服了，还要上班。"

我们坐在那里，又对视了一会儿。

"我不希望你不跟我告别，就离开曼彻斯特。"他说。

"好的，我不会的，"我向他保证，"我也不想不辞而别。"

我看他下了床，拿好东西，用手指把头发稍微捋顺了点，朝门口走去。我也站了起来。

"我要抱抱你。"他提前告诉我。我点头同意了。我们抱在一起，我双手搂住他的脖子，他双手揽住我的腰。我们面对面站着，我把头埋在他脖子前。

"当心点，你和孩子都是。"他说着，出了门。

我意识到，除了妈妈，他是第一个正常看待我孩子的人。这让我很开心。

"罗茜！"一看见我，妈妈就尖叫一声，伸开双手朝我跑过来，"罗茜·麦克摩西！我们要来一场狂欢！"

她亲了亲我的脸颊，抱着我左右摇晃。

"我们先避开老家伙们，然后向城市进军，好吗？知道附近有什么好酒吧吗？"妈妈期待地看了看我。

"呃……"经过长途跋涉，埃丝特看起来懒散疑惑。她用拳头揉揉眼睛，又眨眨眼睛，一看清是我，就从姥姥怀里跳下来。"凯特琳！"她喊出我的名字，就像妈妈喊"罗茜"的名字一样狂热。"哇！"

我抱起她亲了亲。

"这是我的小妹妹，"妈妈告诉我，"她大多数时候不会烦人。"

"妈咪在玩伪装游戏。"埃丝特聪明地告诉我。

"你好，亲爱的。"姥姥亲了亲我的脸颊。妈妈朝我翻白眼，摆动眉毛，那神情就像她在说一个我俩都能听懂的笑话，这弄得我哈哈大笑——我妈妈正在跟我调侃当妈的。"克莱尔，"姥姥说，"我们在曼彻斯特。我们来见凯特琳，跟她一起找保罗·萨姆纳说理？"

"噢，他，"妈妈的嘴咧得……我想，跟我今天早上一样，"我想他喜欢我。"她朝我眨了眨眼，"他在这儿吗？噢，我的上帝啊，我该穿什么呢？"

"克莱尔，"姥姥抓住妈妈的手，看着她眼睛接着说，"这是凯特琳，你女儿。她二十岁了，记得吗？她怀孩子了，就跟你这么大时一样。"

"我二十岁时不会怀孕。"妈妈吃惊地说，"谁会蠢到二十岁就怀孕？"

"听好了，亲爱的，"姥姥说，"凯特琳快让你当姥姥了。"

妈妈看了看我。"噢，"她说，"你根本就不是罗茜，对吗？"

"不是，妈妈。"我张开双臂对她说。

"噢，你好，亲爱的。"她亲了亲我的脸颊，又抱住我。不过，这次的拥抱不一样，更像一个母亲的拥抱。"我很想你。好了，我们好好计划一下，让你父亲明白。"

1991年7月3日，周三

克莱尔

亲爱的保罗：

很抱歉，我走了。我又自作主张了，没给你留纸条，告诉你我去哪儿，为什么离开。我那样跑掉，看着一定像有什么大秘密。但是，不是因为你，你没做错任何事。

我猜，你以为我回妈妈家了。你每天晚上都打电话，她说我不在，因为我求她那么说的。但她认为我错了。她觉得，我应该跟你聊聊。我想，你很快就不会再打来了。我想，你最恼火的，也许不是我离开，而是我一声不吭地走了。你也许认为自己不是这么想的。但是，如果你好好想想，当初为什么要跟我讲话，你会发现我说的没错，不是吗？

那有错吗？关于恋爱，我们聊过很多了，不是吗？关于在一起，可是……发生了一些事，那意味着，我们要认真对待说过的一切。我们要说到做到。我们还没长大，怎么可能真的说到做到？我还是不吃花椰菜，你要整夜听收音机才睡得着。我仔细思考过，觉得还是带走忧虑，两人暂时分开好些，事情会豁然开朗的。

我一直跟妈妈说：现在是九十年代，一个女人不必再受到与她在一起的男人的限制，也不需要被自己曾经的选择所困住。女人可以跟随自己的想法，以自己的方式来做事。再也没那么多条条框框了：我们想做什么都可以。妈妈看了看我。我知道，她以前相信这些，可现在不信了。

我一直想告诉你……这似乎很奇怪，很滑稽。这样写出来——大声说出来，为了了解真相。可真的就是这样。我写这个时，是带着微笑的。

保罗，我怀孕了。我做了扫描，现在十八周了。我明白，从逻辑上讲，我不应该要这个孩子——我应该"处理"好，回到大学，重新开始，假装根本没发生过。但是，我做不到。从我知道怀了孩子的那一刻起，我对他的爱就超过了任何事物。我能感觉到他的存在，也正是对他的爱，让我明白，我不是真的爱你。我是说，我是爱你，但这种爱还没深到可以好好跟你在一起。

我知道，如果看到这些，你会来找我，尝试跟我和好，因为，你想成为那样的人，这也是我一直爱你的一点。但是，不会有好结果，保罗。所以，我很抱歉。我不打算把这封信寄给你。

我很抱歉。

克莱尔

Chapter *19*

凯特琳

爸爸的家里其乐融融，而我们站在外面看。

自打我们从酒店出发，留下姥姥和埃丝特——她们俩正计划去剧院呢，我已经反复思考过多次。很难说，我们做这件事情的意义。我是说，我当然知道这么做的实际原因，甚至情感上的原因。可是，即便如此，要去颠覆我、保罗和他一家的生活，似乎也很难讲得通。我们对彼此一无所知，我们是陌生人。扎克说，我要给保罗一个认识我的机会。妈妈认为，让保罗出现在我的生活中，能弥补失去她后留下的空缺。我明白她为什么那么想。但事实是，什么也代替不了我母亲。什么也不能。这样一个男人尤其不能：他最近才拒绝了我。关于他，我甚至连一点模糊的概念都没有。

可是，无论保罗喜不喜欢，我和妈妈都要去他家说出真相。

这不在我计划之中。但是，当我再次看到妈妈，发现自从上次见过她之后很短的时间里，她又退化了一些，我就知道，我不能带她去学校找他，因为那里人流拥挤，容易让她困惑。我要竭尽所能地保护她，不让她受外界的伤害。

看着她在现实世界和自己的世界间游走，我意识到，她正逐渐摆脱地心引力，慢慢地、慢慢地飘走。她和现实之间的纽带犹如薄纱，越纺越细。很快，她就会离开。不过，想到对她来说，她要去的世界也不会比这里虚幻很多，让我安慰了些。

在妈妈、姥姥和埃丝特登记住宿时，我打电话给扎克，问他怎么找到保罗的住处。不到半个小时，他就给我回了电话，他一个熟人的熟人在保罗手下学习。机缘巧合，我父亲每年夏天都在家里给学生烤肉。所以，这女孩很清楚他家住哪儿。这么容易就找到我父亲家，真是神奇。从小到大，跟我相差几个世界的男人，现在走几分钟的路程就找到了。去那儿的一路上，我都一直在想……周而复始。

出现在他妻儿都在的家里似乎不合适。我为他和他的家人担心。不过，姥姥说，不必想得太多，未必会出现什么场景。我们想要的，只是能够安静地谈一谈。他看到妈妈，就会同意找个地方见面，也许可以在酒店里好好谈谈。

就是这个意思：就像一场引荐。所以，我打消了所有顾虑，吸了一口气，瞄了妈妈一眼，想知道她是否正常。我们一起上了车。但是，随着距离保罗家越来越近，我们渐渐沉默了。她现在又开始精神恍惚了，有点像她第一次见格雷戈时，我发现她静静地站着，盯着窗外想象他。

我们在保罗家外停下车。那是一个漂亮的维多利亚式独栋，大概有三层楼，有一条石子车道和一个花园。门两侧摆着盆装锥形小树，绿油油的草坪跟水蜡树篱笆一样，修剪得整整齐齐。前屋的灯照亮了外面的世界。正当我们登上三个石阶，朝前门走去时，我碰巧看见地下厨房里，保罗的小孩在吃饭。

"我们不用这么做。"我拦住妈妈，她捋顺了头发，手里握着记事本。今天早上，她第一次将那封信给我看——现在那信正牢牢地粘贴在记事本中。她的手写体是那么地熟悉——杂乱无章、龙飞凤舞、前后倾斜，就像她从没弄清过自己是谁。不过，这封信的用心多于用途——就像提前练习过一样——读信时，我发现那一定是真的。她压在记事本里的信可能是推敲多次的版本。我终于明白了，她要对我和他说什么。

妈妈一直知道，保罗不是她一生所爱。她知道，不能单纯为了我勉强两个人。二十一年前，发现怀了第一个正式男友的孩子后，妈妈觉得，她对我的期待，大于对他的期待：她选择了我。自那以后，她并不是每次的决定都很完美。但是，她也从没有为那一次的决定而后悔。尽管当时，妈妈决定不告诉他怀我的事，但妈妈选择了我。而现在，我也要选择我的孩子，选择让我们共同面对未来。

妈妈把记事本抱在胸前，就像抱着一个盾牌。即使在当时，一切都没问题，她的身体依旧健康的时候，做这件事都很难，更何况现在，她的生活与头脑这么混乱。可是，她还是选择了我，把我放在首位。

门开了，不过不是保罗本人，是他妻子。她长得小巧清新，金色的头发扎在脑后，身上穿着外套，脖子上围着围巾，好像要出门的样子。

一看到我们，她突然停下了，疑惑地扬起了眉毛。"你们好，"她和气地说，"有什么事吗？"

"我们来找保罗，"妈妈朝她咧嘴笑了，"你是谁？"

"呃，妈妈。"我站在两个女人中间说。

"我是爱丽丝，"爱丽丝依旧面带微笑，但稍微收敛了些，露出一丝担忧，"我是保罗的妻子。你是学生吗？"

"是的，"妈妈说，"你是说，你是保罗的妈妈？他还没结婚。他最好还没结婚，"妈妈哈哈大笑，"保罗！"

"妈妈，"我扭头看爱丽丝，"我很抱歉。这是我妈妈，她叫克莱尔·阿姆斯特朗。她认识您丈夫——他们大学时在一起过。"

"噢。"爱丽丝看起来并没有放松，反倒更警惕了。我意识到，她会以为，妈妈正面临中年危机，要追回失去的初恋。

"他在家吗？"妈妈问，"这是在办派对吗？"

"妈妈，"我接着转过脸面对爱丽丝说，"她不太舒服。她……真的要跟保罗谈谈。"

爱丽丝还挡着我们。我看得出来，她精致漂亮的脸上带着矛盾。她有一双蓝色的眼睛，小小的鼻子，漂亮的嘴巴，一头可爱的金发，浓密又柔顺。她身穿一条有品位的短裙，散发着低调的时尚。她跟我母亲恰好相反。她不太确定我们的来意。

"我的孩子在吃饭，"她说，"也许，你们可以留个号码，我会叫保罗打给你们……"妈妈把头发往后一晃，大摇大摆地穿过爱丽丝，进了走廊。我赶紧跟上。"喂，保罗，"妈妈大声喊，"喂，宝贝，你在哪儿？"

"很抱歉！"爱丽丝提高了嗓音，"你们不能直接闯进我家。我请你们现在离开。"

"我很抱歉，"我又说了一遍，伸出双手抚慰妈妈，"我们走吧，妈妈……"我抓住她的胳膊，可她一动不动。

"走？"她看起来不知所措，"别犯傻了。我们刚来到这儿。酒在哪儿？你们有 DJ 吗？开派对少不了，对吧？"她几乎是在喊叫，"打开音乐！"

"噢，上帝。"保罗从地下室出来，看到母亲时，脸都白了。然后，他看了看爱丽丝脸上的表情。"怎么了？"

"你来告诉我啊，"爱丽丝对他说，"她们就这样出现了。

这个女人显然认识你。""我是认识他，"妈妈挂着嘲讽的笑容，"从头到脚都认识，嘿，保罗？"

"妈妈。"我让她安静。面对这么折磨人的恐怖局面，想好好离开已经是不可能的了。趁还没闹出更大的乱子，我们必须离开。"妈妈，克莱尔，够了。我们来错地方了。"

"不，我们没来错，我们不走。我们是来见保罗的。"妈妈说着，甩开了我，直接跑过去，双手抱住保罗，重重地亲在他嘴唇上。他推开她，看到妻子瞬间瞪大了恐惧的双眼。

"爱丽丝，我非常抱歉，"保罗说着，挣脱了妈妈的怀抱，"这女人有病。"

"这女人？"我问他，"她不是个陌生人，你很清楚。"我转身对着妈妈，叫了她的名字，"克莱尔！我是你女儿凯特琳，记得吗？我们今天来见保罗，跟他聊聊……"我看了爱丽丝一眼，"聊聊过去。你们大学时在一起过，记得吗？"

"噢，"克莱尔眨眨眼，"噢，可是……"

"我知道这么做很不明智。"我说着，转向爱丽丝。在愤怒与失望之间，她把表情控制得很好。"我非常抱歉。我们不想这么闯进来。你一定觉得，我们坏透了。请听我解释。这是克莱尔·阿姆斯特朗，她是我妈妈。她得了早发性阿尔茨海默病。病情恶化很快，所以，她有时会糊涂，脑子里胡思乱想，记忆来来去去。我们从来都弄不清楚。但是，我们肯定不是想闯进你家，制造麻烦，对不对，妈妈？"

　　妈妈看了看怀里的记事本。我看到，她的表情好像会想起什么。"噢，见鬼，"她静静地说，"对不起，保罗。对不起……呃……萨姆纳夫人。"

　　爱丽丝呆立了一会儿，想弄清楚走廊里的混乱局面。"我不想吓到孩子。"她说。

　　"当然不会，"妈妈说，"当然不能。我很抱歉。我到这儿来只是为了凯特琳，为了我的孩子。"她转身面对保罗，保罗正盯着她，就像她是不知道从哪儿冒出来的一样。

　　"没关系，"爱丽丝最后说，她看了看我，脸上的微笑虽然拘谨，却不是假的，"没关系，进来吧。一起喝杯茶。我很肯定，保罗想聊聊你们过去的时光。你显然有重要的事要说。"爱丽丝对妈妈笑了笑。

　　"可你是不是要去哪里……"我说。

　　"不是什么重要事，就是去体育馆，明天去也行。来吧，保罗。克莱尔在不熟悉的环境一定觉得非常迷惑。她一路赶来找你，你就来厨房里，坐下来跟她聊聊，好吗？你别那么紧张。我知道你之前谈过女朋友。说真的，我之前也交过男朋友。我不会因为以前的恋情跟你离婚。"

　　我看着爱丽丝帮妈妈脱了外套，带她进了厨房。我和保罗疑惑地看了看对方，都很谨慎。我不好意思地耸耸肩，跟她们下了楼。

　　"我姥姥得过阿尔茨海默病。"爱丽丝一边告诉我们，一边给我们倒茶。我们和她两个女儿一起围坐在大桌前。两个女孩一直盯着我们看，好像我们是从外太空来的一样。我猜，我们确实有点像。"我记得，当时她就像个时间旅行者。她要说什么，都不是发自内心的——其他人都无法理解？"

"我一直想去时间旅行，"妈妈说着，朝女孩们笑了笑，"我想跟安妮·博林[1]交朋友，或者跟克娄巴特拉七世[2]出去玩。我叫克莱尔，你们叫什么名字？"女孩们回应了她的微笑，就像她的学生一样。她们放松了，爱丽丝也放松了。

"我叫瓦妮莎，她叫索菲。"大女孩跟我一样是黑发，朝金发的妹妹点了点头。

"很高兴见到你们俩。打扰你们吃饭了，谢谢你们不介意。"

"没关系，"索菲说，"爸爸做的饭，不太好吃。"

"你们来干什么？"瓦妮莎问她，"你们是爸爸的朋友吗？"

"我以前是。"妈妈一边说，一边看了保罗一眼。他保守地交叉双臂，放在胸前，靠在灶台旁边，不想和我们坐下来。妈妈没去管他，看了看爱丽丝。"不过，现在，我只想把女儿安顿好，趁我……噢，趁我还没突然跑去见克娄巴特拉。"

"当然了，"爱丽丝说着，在两个女儿间坐下来，"说得很对。"

---

1. 安妮·博林（1501—1536），亨利八世的第二任妻子，1533年至1536年间的英国女王。
2. 克娄巴特拉七世（公元前69—前30），埃及托勒密王朝最后一位女王。

　　我朝两个女孩笑了笑，忍住不盯着她们看，好找出我们的共同点。可是，也许我的想法很多余：爱丽丝使劲看着我，然后看了看瓦妮莎，又看了看妈妈。

　　"那么，你们来聊的过去，是跟你女儿有关吗？"她在跟妈妈说话，完全像对待正常人一样。即使经历了这一切，即使我们突然出现，破门而入。而且，还不止如此。我看得出来，不用说出那个大秘密：保罗不肯相信的事实，爱丽丝已经看出来了。

　　"是的，"妈妈说，也许，妈妈也看出了爱丽丝的想法，又补充道，"不过，也许不要当着你女儿的面。"

　　保罗打算赞成，但是爱丽丝阻止了他。"不用，没关系。我们是一家人。我们都是一起面对。我想，我们也因此相互支持。我希望如此。"爱丽丝点点头，等着妈妈继续说。

　　我深吸了一口气，妈妈拉住了我的手。

　　"是这样的，我跟保罗约会时，怀上了凯特琳，"妈妈直言不讳，"我想保住孩子，但我不想跟保罗在一起。不，不能那么说。我曾经非常爱他。但我知道，我们那时还不是认真的。所以，我给他写了这封信，但一直没寄出去。我从没跟他说过凯特琳的事，这一点我做错了。"

　　"我明白了。"爱丽丝非常谨慎地说，安心地朝两个小女儿笑了笑。两个孩子震惊得瞪大了双眼。她们目不转睛地看着我，我没有躲避，决定接受她们的检查。

"凯特琳来是想告诉保罗……哦，我想，就是表明她的存在，是我让她来的。我想纠正错误。她有一天去见过他。不过，他的反应跟我们预料的不一样。凯特琳都打算回家了，我说服她不要回家。我跟她一起来告诉他……这是真的。我能证明。"

"噢，保罗，"爱丽丝说着，满眼泪水地看了看我，"看看她，就跟你的影子一样。你怎么会怀疑，她不是你的孩子？"

她会这么说，是我最想不到的——她有这样的反应，也是我最想不到的——可是，她就是这样，只是看着我，就那么看着。这样被人看着，这样被人认识，突然的放松几乎让我瘫倒在地上。就是这种感觉——认识真正的自我，就是这种感觉——给我这种感觉的不是保罗，而是爱丽丝。

"这件事太突然了，"保罗说，"我在想你和两个女儿。是我没处理好。"他看了看我，"如果我伤害了你，我很遗憾。我很抱歉，我把事情搞得一团糟……"

妈妈打开记事本，推到保罗面前。爱丽丝走过去，站在他背后读信。

我朝黑头发的瓦妮莎笑了笑。她也朝我笑了笑，又推了推妹妹，妹妹也露出同样的微笑。"这太疯狂了，太他妈的疯狂了，不是吗？"这句脏话让她们咯咯直笑，"哎哟，对不起。"

看完信，保罗又盯着记事本看了好长时间。然后，他看了看妈妈。他们互相注视，这是重逢的一刻：这一刻既是问好，也是道别。妈妈轻轻地点了点头。保罗看了看我。

　　我们对视时，最奇怪的事情发生了：我看出了他面部肌肉的变化。他的双眼——曾经目空一切，充满敌意——第一次看见了我。我第一次正视父亲的面容。世界发生了些许变化。我意识到，以后将不再一样。

　　"我一无所知，"他说，"这么多年……"

　　"不，不怪你，都是我的错，"妈妈说，"我以为，我一个人就行，我真的可以。但是，凯特琳却没法一个人。她原本不用一个人面对的。我太自私了。"

　　"我们没有别的目的，"我对爱丽丝说，因为，她比父亲好说话，"妈妈只是想让我们相认。我们不是为了钱。如果你们不愿意，我们甚至可以不联系。"

　　"你们想要什么？"爱丽丝问我。

　　"我想跟你们做朋友。"我说着，突然意识到这是真心话。

　　"那么说，那女孩是我们的姐姐了？"瓦妮莎说，"因为爸爸以前跟这位女士约会过？"

　　"总结得不错，"爱丽丝露出微笑，看了看保罗，"有很多东西要消化，对不对，亲爱的？"

　　"太棒了，"索菲说，"突然有个大姐姐，好棒啊！爸爸，是不是很棒？"

　　保罗点了点头。有一会儿，他用双手捂住眼睛。"我不明白，你怎么能那样离开，"他最后告诉妈妈，"我找了你几星期，想问你原因。你伤害了我，我很受伤——完全出乎意料。在爱丽丝出现前，没有别人对我这么重要过。如果我知道凯特琳……"

"我知道，"妈妈说，"我知道。在相守的美好时光里，我骗了你们两个。现在我们在这里，像陌生人一样，围坐着一张餐桌。但是，希望我们不会永远是陌生人。哦，至少你们两个不会是陌生人。希望你们再加深了解，成为朋友。"

"你要留在曼彻斯特吗？"保罗问我。

"我不知道，"我犹豫了，"我不确定。我是说，妈妈需要我回家，所以……"

"我不需要，"妈妈说，"我要你过得开心，时不时回家看看，不用在家陪着。"

"那好了，"爱丽丝说，"我们想了解你，凯特琳。我们很愿意，想起来是件好事。多神奇啊。"她哈哈一笑，拍拍双手，"我敢说，我们需要时间，需要多多适应。你不用待在这里——我们可以去看你。也许那样更容易些。我们轮流过去。我们都有点吓到了，不过，我知道会没事的。"

"我喜欢你，"妈妈一边说，一边朝爱丽丝微笑，"没错，我非常喜欢你。"

爱丽丝站起来，来到妈妈身边，伸开了双手。过了一会儿，妈妈站起来，抱了抱她。保罗看她们的表情很有意思。我、瓦妮莎和索菲咯咯笑起来，而保罗——我们的父亲——却满脸通红。

2005^年5^月10^日， _{周四}

凯特琳

这是妈妈的唱片《蓝色狂想曲》的封面副本，唱片以前是我姥爷的。

我十二岁时，学校里的所有女孩都不跟我说话了。我现在都不知道为什么。但是，每个学校都会有个不合群的人，不过这次是我罢了。当某一天我发现自己被排斥时，感到非常痛苦，非常失落。我不明白做错了什么。那时，妈妈在另一所学校当老师。所以，我比她回家早。她看到我坐在楼梯上，伤心地啜泣。

"怎么了？"她问我。

我记得，她一进门，就扔下所有东西，双手抱住我。妈妈抱我时，我总能闻到她红发中散发的椰香。在我很小的时候，她就开始用那种洗发露，从来没换过。我告诉她，不知道为什么，学校里的女孩都孤立我。妈妈说，她们是嫉妒我的美丽、聪明和风趣，嫉妒我被所有男孩注视。我知道，这不是真的。但是，我喜欢妈妈的解释。如果妈妈能那样想，我就感觉好点。那时候，各种事情都在发生——我体内的荷尔蒙像鞭炮一样迸发出来。我能感觉到，一天天地，我完全改变了。不只是我的样子，还有我的自我感觉。

妈妈说，我真正要做的，就是跳个形意舞[1]。

我记得，我刚才还在哭，马上就哈哈大笑了。因为，妈妈为了逗我笑，经常会说些蠢话。

"不，我是认真的。"她说着，蹬掉鞋子，拉开铅笔裙拉链，扔在地上，脱得只剩紧身衣。

"妈妈！"我尖叫道，"你要干什么？"

"准备跳形意舞，"她一边跟我说，一边走进客厅，"你快来呀。"

在客厅里，她拉上窗帘，屋里的灯光变成了粉色。角落里，放着姥爷的老式唱片机，还有一些密纹立体声唱片。她偶尔会拿出来看看。不过，我从没听她播放过。

"放这个，"她小心地选了一张，"就要这个。乔治·格什温[2]的《蓝色狂想曲》。"

"你疯了。"我说话时，她打开唱盖，小心地把唱针放在唱片上。老男人的音乐怎么能让我振作起来。我听见，巨大的扬声器发出几声噼啪声。那个唱片机放了那么久，我都怀疑它是否还能用。

音乐声传了出来。一支单簧管发出高亢、震颤的一声，直冲云霄，几乎让我震惊得跳起来。我站在那里一动不动，听到钢琴柔和的旋律、单簧管重复的主调和后来加入的悠扬管弦乐。

"跳舞！"妈妈一边踮起脚尖，绕着我摇摆，晃动双臂，一

---

1. 形意舞，现代舞的一种，舞者以动作来表达一种情绪或阐述一个故事。
2. 乔治·格什温（1898—1937），美国著名作曲家，《蓝色狂想曲》是其1924 年为保尔·怀特曼的爵士音乐会创作的，获得巨大成功。

边让我加入，"跟着音乐跳舞，假装我们在纽约市，到处都是人，街上车辆忙碌，蒸汽从排气管排出来，掀起了我们的裙子。我们就是电影明星。"

我看着妈妈围着前门跳来跳去。我被音乐牢牢地吸引着。我从没听过这样的音乐。我一直以为，小提琴之类奏出的古典音乐肯定很无聊。但是这……这让人兴奋。我闭上眼睛，看到了摩天轮、旧式黄色出租车和戴着帽子和手套、奔走在街道上的女士。

"跳舞！"妈妈抓住我的手，拽着我跳起来，"跳舞！"

我十二岁了，有了自我意识。可是，我还是难以理解身体的新变化。不过，我越是眩晕地看她在客厅里转圈，我的笑声越大，音乐就越占上风。这么多年，我第一次不再担心自己的样子，我想都没想就加入了母亲。我们经过唱片机，唱针偏离了一些。妈妈把音乐开到了最大声。

突然，屋里回响起强烈的音乐，每个角落都是旋律声和嘈杂声，我好像来到了另一个世界。我们在走廊里跑来跑去，上下楼梯；我们蹦蹦跳跳，在屋内屋外转圈扭动。我们跳上床，妈妈甚至打开了浴室的淋浴，把脑袋放在水下，又尖叫着跑开。我也一样，淋浴的水冰冷地浇在我背上和肩膀上。我们前行踩脚，我们蹦跳奔跑。然后，音乐渐强，我觉得好像要飞起来了。妈妈扯开客厅窗帘，打开窗户，打开厨房门，我们跑到了花园里。她抓住我的双手，转了一圈又一圈，笑声把世界融化成色彩斑斓的漩涡。最后，我们累倒在草坪上，笑个不停。我们躺在春日的阳光下，手拉着手，小草扎着我的脖子。妈妈还穿着紧身衣。一切都那么美好，那么快乐。

"世界上有很多人想打垮你，凯特琳，"妈妈说着，扭头看了看我，"有很多事让你伤心和愤怒。可是，那只是身外人，身外事。而你，你是个舞者。舞者是不会被打败的。"

这件事很傻，没什么真正的意义。可是，我有时还会想起来。那疯狂的半小时，我听着《蓝色狂想曲》，和穿着紧身衣的妈妈在房前屋后跳舞。那时，妈妈只是有些古怪，还没有生病。我想，不管怎么样，它比任何事都更快地让我恢复。

Chapter 20

克莱尔

我会一直爱你，哪怕我不记得。

埃丝特喜欢待在酒店里。她以前当然住过酒店，不过，也许当时年龄太小，她不记得了。或者，那没对她产生任何影响。可现在，住在有很多卧室的大房子里，想吃什么就有人端来，吃饭时有咖啡，有属于自己的浴室，这让她很开心。她忙着坐在浴缸里洗泡泡浴，听妈妈唱歌。当然了，她这么晚不睡觉很可笑。不过，她非常喜欢穿着漂亮衣服，坐在餐厅宽敞的淑女椅上，让所有的服务员都为她担忧。我很高兴，我让她那么做了。

我很高兴，即使她脸上沾了滑溜溜的意大利面酱，烛光中她的脸还是光彩照人。

我想，今天是个好日子，漫长又奇特。天还没亮，我就醒来，去了花园。现在就像是一场梦，像在另一个世界，我成了另一个人。我不太确定是不是真的发生过。可是，能想起来，我就很开心。也许，来到断崖边时就是这样：也许，一点也不吓人，就像今天早上的花园相会一样。现实不一定就重要，对吗？只要感觉是真的，就是重要的。

离开时，我甚至都没跟格雷戈告别。他不在家。我给埃丝特收拾行李时，他已经上班了。我觉得很奇怪，好像我将一去不复还。不管怎样，我们开车离家后，我就不会回来了。至少，不会是以原来的样子回来。

现在，我坐在床边，知道、感觉到、看到一切。一切都那么清晰。我知道床边的电话是干什么的——我知道它叫什么，知道它怎么用。我知道怎么锁门，知道我在哪个酒店，知道我在哪一层，知道我为什么在这儿。我知道，我们要去见保罗，过了一会儿，我又忘了——只有一些模糊的记忆，比如花园里与莱恩的会面。现在，我能感受到当下，感觉自己真实纯粹，精力充沛。我不知道这会持续多久。不知道哪根神经搭对了，我又回来了。所以，我起了床，收拾好包，轻轻地出了屋门。我要去酒吧里喝杯杜松子酒。说起来，这可能是我的最后一战，应该喝一杯。

　　凯特琳坐在酒吧里，穿着我买给她的漂亮花裙，黑亮的头发披散在背后。我停下脚步，看了看她。她是那么漂亮，就像一只褪去黑茧的蝴蝶，打算重获新生。她的肚子渐渐鼓了起来，穿着一双罕见的新高跟鞋，显得双腿修长白皙。那是我的一双红色高跟鞋。她漫不经心地喝着一杯橙汁，尽量表现得不像是在等人。我看了看她，心都提到了嗓子眼。她身上的希望和强大吓到了我。就像她很小的时候第一天上学，我跟她挥手告别。她走进另一个世界，有一天，她会发现，不是所有人都喜欢她。我不想离开我的凯特琳，也不想离开我的埃丝特。我想一直待在这里，告诉她们，我爱她们，无论发生什么事，她们都能度过。我指的是残酷和不公平，不是说我害怕的疾病，也不是我要面对的那个奇幻、黑暗的世界。有一点很肯定，我正在让我爱的人失望，却束手无策。

　　"喂。"我小心地靠近凯特琳。

　　"妈妈！"她看到我很惊讶，"你怎么出来了？"

　　我哈哈一笑，她脸红了。

　　"你知道我什么意思。"

　　"你是说，我怎么越狱了？"我挨着她坐下来，"我走出房门，出了409房间，下电梯喝杯杜松子酒。我发现了你，你看起来非常漂亮。"

　　"别扭的裙子。"凯特琳表情尴尬。

　　"你是在等人，对吧？"我说着，歪头看了看她。我这一刻的感受很难描述：骄傲、怜爱、疼惜、悲伤、喜悦，一齐迸发了。在这一刻，看到我女儿——一个坚强的姑娘，克服那么多困难，穿着我的红鞋，坐在这里——我感到五味杂陈。"你等的那个人，是可能让你快乐的人吗？"我补充道——能想起刚才的对话，真是奇迹中的奇迹。

"这太傻了。"凯特琳说。她看了看我，好像在掂量能不能跟我说。

"没关系，"我说，"我现在暂时恢复理智。迷雾散去了，我能看到几英里外的东西。对了，给你姥姥发个短信，说我跟你在一起，好吗？我保证过，不让她生气了。"

"噢，妈妈。"凯特琳含泪眨了眨眼，泪水留在了她长长的睫毛上。她给姥姥发了条短信。过了一会儿，她的手机响了。

"姥姥说，玩得开心点。"凯特琳告诉我。

"跟我说说那个男孩。"我催她快说，胳肢了她一下，不让她难过。

"我跟他认识不久，"她说，"他在学生会酒吧上班，是拍照片的。我是说，我两天前才认识他，妈妈。他看起来很蠢，就像突然瘦下来的盖瑞·巴洛[1]。愚蠢的发型——还有穿衣品位，妈妈！他平白无故地打领带，戴帽子，穿着一双可笑的鞋子。

1.盖瑞·巴洛，英国歌手、钢琴师、作词作曲家和制作人。

他就像很喜欢自己的样子。太傻了。"

"那么，他是有点虚荣了？"我不确定地问。

"不是，完全不是。"凯特琳说。她显然很惊讶，认真地抬头看了看我。"妈妈，他人很好。我是说，我一直以为，好人索然无味。不过，他好像打算拯救世界，在乎所有人。在别人大难临头时，他也愿意帮忙。我是说，谁会那样做啊？你不觉得很奇怪吗？是不是不该跟这种人纠缠在一起？"

"一个关心世界，在乎别人的好人？"我重复了一遍，"没错，你说得对，你应该离他远点。找个爱打架的瘾君子约会。"

"可是妈妈，"凯特琳说着，探过身子，"我怀了另一个男人的孩子！什么样的男人，即使是好人，想要一个怀了别人孩子的女孩啊？我是说，谁愿意给自己找麻烦啊？甚至，谁愿意跟孕妇约会啊？我是说，可以只是简单的约会，不确定恋爱关系吗？还有，你知道……"她降低了音量，"做爱怎么办。我是说，我们还没有任何肉体接触。我们其实都没接过吻。也许，也许这只是我臆想的，也许他只是把我当朋友。他来帮我，只是因为他人好，还有……我穿着这条裙子在干什么？"

我伸出手，放在她额头上。她小时候不舒服了，我就会这样，她总是会停止哭泣，抬头看我的手指，转移了注意力。凯特琳现在的表现跟小时候完全一样，也许在想我摸她额头干什么。不过，有效果了——她转移了视线。

"不是双方都方便时才会相爱，"我说着，挪开了手，"你不能那么想。我和格雷戈，我们在其他任何时间都不可能相遇——早一点都不行。我们没那么多相处时间了，这真的很悲哀。但是，我们拥有的这些年——我们在一起的时间——这就是恩赐。"

"你记得格雷戈？"凯特琳轻声问我。

"我当然记得，"我说，"我怎么会忘记我的爱人呢？"

"噢，妈妈。"她把手伸进包里，拿出手机，"妈妈，打给他。现在打给他，说你爱他。拜托了。"

我皱起眉，接过电话，不假思索地拨了他的号码。电话那头响了很久，转入了语音信箱。从我第一次叫他干活起，他一直都用这个号码，从来没改过。我感觉，好像回到了以前。一个清爽的春日，我正在给他打电话。我们都不知道，第一次通话会对我们有多重要。我听到他那时的声音——认识他前的声音，留下了一条语音。"格雷戈，是我。我是克莱尔。我跟凯特琳在曼彻斯特。我们去见了保罗，我想还算顺利。一切顺利。听着，我感觉不错。我感觉正常了。我就想告诉你——趁着一切正常，我想告诉你，格雷戈，你是我一生的爱人。我对你的爱，超过我的想象。我爱你，我会一直爱你，哪怕我不记得了。我向你保证。再见，亲爱的。"

我挂断了电话。看到凯特琳的表情时，我有一种感觉，我打电话时错过了什么。

"他过得不容易吧？"我问她。

"很不容易，"她说，"但是，他对你的爱没有停止过，妈妈，一刻也没有。"

我叫来服务员，点了饮料。

"凯特琳，"我一边慢慢地说，一边啜了一口，觉得浑身一阵兴奋，"听我说，亲爱的，趁我现在还能说出理智的话。好吗？"

凯特琳点了点头。

"你要为了自己的幸福决定。你要为了我决定。如果这个男孩，这个好人能叫你幸福，就给他机会。不要质疑。不要因为觉得不合适，就推到一边。抓住幸福，凯特琳。为了我，为了孩子，也为了你自己。完全不要担心可能发生的事。跟着感觉走，我向你保证，周围的世界可能崩塌，大脑和身体可能背叛你，但你的心灵，你的精神……不会改变，这决定了你的样子。等埃丝特长大后，也跟她说。告诉她：我们最后能留下来的，就是给予的爱和获得的爱。"

"就像你婚礼上的诗歌一样。"凯特琳说。

"噢，没错。"我说。我心里有什么东西震颤了一下，静静地落下，就像我婚礼上的诗歌一样。

凯特琳双手揽住我的脖子，从高脚椅上下来，像小时候那样抱住我。她紧紧抱住我，稳住我，拴住我，努力让我留下来。我一心希望，我能永远留下来陪她。她抱紧了我。我们都知道，接下来的几周、几个月，甚至几年内，无论发生什么，对我们两个人来说，这一刻……都是一场告别。

"喂。"我们分开了，我看见了那男孩。跟凯特琳说的一样，他一头金发，棱角分明，穿戴堪称完美，露出我见过的最善良的微笑。他没看我，他看着凯特琳，双眼炯炯有神。"你来了，"他说，"我不知道你会不会来，就过来看看……你正好在。嗯……太好了。"

"呃，"凯特琳白皙的皮肤变红了，下意识地抚了抚裙子，"这是我妈妈。"她说着，僵硬地朝我摆摆手。

"噢！嗨，你好，夫人，呃，凯特琳。"他一边说，一边朝我伸手。他跟我握了握手——透着坚定和果断。他露出最和善的微笑。虽然他一定知道我得了痴呆症，但却敢直视我，似乎一点不怕我。

"你好，小伙子。"我说完，他看起来不知所措。

"妈妈，这是扎克，"凯特琳说，"他的名字听起来就像歌星。"

扎克哈哈一笑，耸了耸肩。

"这么说，你是想碰碰运气，看看能不能碰上我女儿。而我女儿也正好坐在酒吧里，穿着唯一一条裙子，觉得搞不好你会来？"我动用了天赐的母亲特权，让他们两个都很尴尬。

"妈妈！"凯特琳惊叫了一声，"噢，我的上帝！"

"哈，没错。"扎克目不转睛地看着凯特琳，可怜地承认道。我突然想教育教育他，跟他说她有多么珍贵，不准伤害她，诱骗她，或让她失望——因为，他要敢这么做，我哪怕没死，也会像幽灵一样缠着他。可是，我看了看他，他一直在看她。我被另一种感觉占据了，这样的"说教"根本没必要。两个年轻人热切地看着我。我意识到，我松了一口气，突然很肯定，凯特琳有没有扎克都没事。不过，在可见的未来中，这男孩能让她"幸福"。

"我想，我该给你们腾地方了，"我说着，站了起来，"我该回 419 房间了。"

"不要。"凯特琳也站起来，抓住我的手。她声音里有一丝不安。"不，妈妈，不要走。我还不想让你走。"

我伸出手，摸了摸她的脸颊。"明天见。"我告诉她。

她把脸靠在我手掌上，点了一下头。

"晚安，亲爱的，"我说，"晚安，扎克。你是个帅气的年轻人。凯特琳说的没错，真的很可笑。"

扎克很没面子地闭上双眼。我走开时，听见他大笑起来。

我正在等电梯，突然听到了他的声音。

"喂，克莱尔。"

我慢慢地转过身，看到他站在那里冲我笑。他的目光像在咖啡厅里，在图书馆，和早上在花园里一样。他的目光让我想对世界歌唱，唱出我的幸福和好运。

"是你啊。"我说。

Chapter 21

凯特琳

妈妈不见了。

昨天晚上，我和扎克在酒吧里聊了很久。我告诉他，我又见到了我父亲。我告诉他，我不知道是该留下来，深入了解保罗，还是和妈妈回家。我告诉他，他进门前，妈妈跟我说了什么；我觉得一切都结束了，我们好像在告别。

"我不知道做什么。"我说。

"你是真的不知道做什么？"扎克问我，"还是你不知道，你做得对不对？"

他的话让我吃了一惊。因为，当我看着他时，我知道自己想做什么。

"你想做什么？"他问我。

"我不确定该不该说，"我说，"我不确定……"

"学会肯定，凯特琳。"他哈哈笑了，"看看你做过的一切，你忍受的一切，还有你做过的所有决定——改变一生的决定。如果世界上有一个人是确定的，那就是你。"

"我想离你近点，"我还没想好，就说出了这句话，"我想了解你。我似乎很疯狂，我和我家人发生了那么多事，但是，我觉得……我觉得，我要弄清一些事。我说的不只是了解保罗。我是指，我们两个？"我停了下来，但扎克没有反应。他只是坐在那里，看着他的饮料。那是一杯威士忌加可乐，他甚至没喝啤酒。威士忌加可乐，女孩才喝这个。

"噢，好了，我很抱歉，"我赶紧继续说，"我真是个傻瓜。很显然，我是个傻瓜，你是个好人，大好人。不知道为什么，我身边没什么好男孩。他们不到三十岁，一直都是混蛋，这好像是个定律。我想，在你之前，我还没碰见一个好男孩。呃，没碰见一个我也喜欢的人。因为，通常情况下，如果女孩说一个男孩是好人，就意味着完蛋了，对吧？可为什么呢？为什么我们喜欢坏人，却不喜欢好人，当好人有什么错……"

"凯特琳，"扎克握住我的手腕，不让我说下去，"我很抱歉。"

"没关系。"我真觉得，我是世界第一号蠢人，等着再次被打倒。不过，同时，我也觉得自己完美，勇敢，快乐。"你对我太好了。"

"我没有。"他说。

"不对，你真的很好，"我说，"除非……你是喜欢孕妇的变态，想引我上钩？"

"不是，我是说，没错，我对你不错。没错，我是对你好。但不是因为我比其他男人好……"

"你就是好。"我傻乎乎地大声说。不过，我享受喜欢别人的感觉，不用假装什么都不在乎。

"好了，好了，也许我人很好。完全没错，我想，我只是想当好人，这也是我想帮你的部分原因。但是，更重要的是，我真的非常喜欢你。"

我把橙汁全喷了出来，弄得我的印花裙子上都是。然后，我大声笑出来，再然后，又喷出来。"真的？"我问他。

"是的，不过，我不知道为什么能让你惊喜。"他说。

"因为我怀孕了，内心迷茫，中途退学，拥有一个复杂悲惨的人生，还会变得更加复杂悲惨。我不是男孩一见钟情的那种女孩，更别说是好男孩了。"

"对我来说，似乎不能根据个人环境，来决定是否喜欢一个人，"扎克说，"有时候，你喜欢一个人，是因为他们真实的样子，跟他们的个人环境无关。"

那时，我突然说了一句："你会成为一位完美的盔甲骑士……

倒不是因为我需要一位。"

这时，他亲了我，我也马上亲了他。很快，我们意识到，我们不该在公共场合那样亲吻。我们手拉手走进电梯。我按下自己的楼层，我们在门厅又接吻了。我意识到，我不在乎谁看我们，我只想和他接吻。除了与妈妈跳舞那次，我以前从没体会过那种自然的感觉。

电梯来得太快了。

"那么，晚安了。"扎克说。

"我是个舞者。"我说。

"太好了。"他朝我咧嘴笑了笑。

"我不想你走，"我说，"上楼待一小会儿。"

"我不太确定。"他说。

"不确定上不上楼？"我问他。

"我不确定，如果上了楼，是不是只待一小会儿。你又不是没在外借宿过。"

"那就待一夜。"

我们在电梯里继续接吻。他靠在墙上，我贴在他身上，双手透过他的衬衫，抚摸他的身体。我因为勇敢而感到快乐。等到了我那层楼，我们结束了亲吻。他看我的样子，就像我是个很特别的人。我打开房门，让他进来。他走到离我很远的窗口。

"凯特琳，"他说，"再好好想想。你是不是准备好了——对你而言，这是不是最佳时机。因为，你知道吧，我乐意等待，放慢速度，按照你的节奏认识你。我们之间不用着急。我们是经受得住时间考验的。"

我想，我以前从没这么清晰，这么坚定，这么肯定过。"我不想推迟快乐，"我说，"你呢？"

"上帝啊，不要。"他说。

我们凝视着对方，享受着属于彼此的亲密沉默。

太阳升起来了。他双手抱着我。我能感觉，他的胡楂儿扎在我脖根上，两人的身体暖暖地靠在一起。然后，突然传来一阵急促、低沉的敲门声。我坐起来，裹上毯子，打开了门。

"凯特琳，你妈妈跟你在一起吗？"姥姥往门内瞥了一眼，看到一只脚。

"呃，没有，"我说，"哎呀，那她是出去了吗？"

"我想，她根本没回来过。"姥姥太着急了，顾不上问那是谁的脚。我来到走廊里，看到埃丝特穿着睡衣，追着女服务员的手推车要饼干。

"那不可能，"我说，"不会的。我昨晚发短信给你，说她跟我在一起。她完全跟原来的妈妈一样——什么也没忘记，没有任何遗漏。她真的很棒。她给格雷戈打了电话，给他留了语音。然后，她说要回去，免得你担心。她知道房间号码，记得清清楚楚。我是说，她昨晚回来了，对吧？"

"我不知道，"姥姥难过地说，"我跟埃丝特睡了。今天早上，我醒来时，她没在屋里。她的床没人睡过。我太傻了。我应该等着她的。我不知道，为什么我没等。如果她上楼后，又走开了呢？她谁都不认识，什么都不知道。她会迷路，会受伤……"

"没事的，"我不知道为什么这么说，但我知道肯定是这样，"不会有事的。等一会儿，我去穿衣服。也许她在吃早饭。"

我马上进屋，赶紧穿衣服，一阵恶心感，让我觉得屋子都倾斜了。

"怎么了？"扎克坐起来。

"姥姥觉得，妈妈整晚都没回屋，"我说着，蹬上打底裤和昨晚那条裙子，"我就知道，我不该放她走。我应该把她送上楼。"

"会没事的，"扎克说着，跳下床，穿上了衣服，"我们会找到她的。"我等了一会儿，看着他穿好衣服，毫不犹豫地来帮忙。过了一会儿，他扣好衬衫扣子，蹬上鞋子。我们出了门，姥姥正在打电话。

"我一直在打给格雷戈，"她一边说，一边谨慎地看扎克，"可他刚回电话。"

我简单做了介绍后，扎克开始管事。"好了，首先要去问问前台，"他说，"你妈妈非常漂亮……我是说，她的长相和头发很显眼。我敢肯定，他们一定注意到了。"

我们四个乘电梯下楼。埃丝特在姥姥怀里，瞪大双眼，盯着扎克看，大概是因为他像个迪斯尼王子。

电梯门一开，我就跑到前台。我一只手放在肚子上，一边慢跑。姥姥紧跟在我背后，埃丝特比她早几步。但是，我还没问，扎克就叫了我的名字。他在盯着餐厅看，叫我过去。

"你妈妈在里面，"他镇定地说，"还有个男人。"

我喘了口气，吓得不轻。噢，我的上帝啊。她昨晚离开我以后，回到房间以前，有人看见了她，占了她便宜。我听说过这样的事。但是，她昨晚似乎那么开心，那么正常，就跟她原来一样。我不想看，我不想知道，可我不得不看。

我走进房间，一眼就看见了妈妈：她散开的头发，就像燃烧的信号灯。她探过去，身子悬在咖啡上方，打算吻一个人。我觉得恶心。如果格雷戈看到这一幕，如果格雷戈发现了，一定会难受死的。我硬着头皮，向桌边走去。然后，我看见了他。

"凯特琳！"妈妈看到我很开心，"这是我的恋人，"她告诉我，"我的英雄，我的图书馆恋人，我的花园舞者，他能了解一切，还能看见我。这就是他，凯特琳。这是我的梦中情人。他来找我了——他总是过来找我。我不知道他怎么找到的，可他就是找来了。我希望你喜欢他。我想让你喜欢他。"

我看了看桌对面的男人，他正握着我妈妈的手。我松了口气，幸福地哭了。"你好，格雷戈。"我说。

"你好，凯特琳，"他说，"我只是跟阿姆斯特朗夫人用个早餐。"

"我觉得，我不想再当阿姆斯特朗夫人了，"妈妈说，"我想当莱恩夫人——格雷戈·莱恩夫人。"

他俩十指相扣，好像再也不会分开了。

大约一个月前

格雷戈

在咖啡厅的第一个夜晚，我给了克莱尔一张餐巾纸擦干脸。这是餐巾纸的一角。我把它当成第一个夜晚，因为事实如此。那是克莱尔再次看见我的第一个夜晚，她看我的眼神，仿佛回到了过去。即便她以为我是另一个人，以为我是个陌生人。

我不是想去骗她。在事情发生前，我不知道会发生什么。露丝打电话说，克莱尔去医院后就跑了。不知道为什么，我知道她会去那儿。

一开始看她没认出我，我先是觉得受伤，后来想通了。我是谁并不重要，重要的是她看见我了——她像以前那样跟我说话。哪怕只是偶尔瞄一眼过去的样子，也足以让我继续前行，给我希望。我也相信，跟克莱尔说话的还是我，而且从某种程度上说，她也知道。我相信，只要两个人相爱，我们相爱的方式没改变，我们的爱维持下去，其他的一切都不重要。也许，对克莱尔来说，当我们在咖啡厅相遇时，关于我的一切都改变了。但是我们的爱……依然没有改变。

我也没打算隐藏那次会面。但是，它是那么特别，那么珍贵。

我不想吓跑克莱尔。

　　没人真正注意到，我们都在家时，都在她家时，克莱尔对我变得越来越疏远和冷漠——只有我看到了。在家里，我成了一个陌生人，一个入侵者。克莱尔试图对我友好。她付出了最大努力，可是，她无法隐藏我在家时的戒备感觉。

　　不过，出了家门，对她来说，我就完全成了另一个人——我是变了，但还是她爱的那个人。

　　克莱尔说过，她花了一辈子爱上我，真的是这样。可第二次，却只花了几秒钟。

　　第二次，找完凯特琳，我带她回来时，我真的希望再次发生。我很期待。当它发生时……感觉很神奇。那时，我意识到，如果我保持这种联系——我们可以相爱的幻影——那么，也许她会再次把我当成她丈夫。也许她会认出我。这样很自私，很不合适，尤其是和她在图书馆的那次约会。不应该瞒着露丝，可是，我又能怎么做呢？只要有机会，我就要跟她在一起。我只能希望，她终会想起我们的婚姻。

　　然后，她在花园发现了我。我当时睡不着。发生的一切让我那么伤心，那么困惑。我走到外面是因为，我想让疼痛在寒冷中麻木。然后，她突然出现了。我觉得，虽然只有几分钟，但我从没觉得跟她那么亲近过。

　　她永远地跟我告别了，离开"我"的同时，也选择了我和我们的婚姻。她告诉我，她要跟家人在一起，我应该去找我妻子。我也确实打算那么做。

然后，最神奇美妙的事情发生了。当我到达曼彻斯特时，妻子在等我。也许，我们再也不能相处那么久了。也许，幻影再也不会出现了。

但现在，我知道，我可以希望，我可以继续希望，可以一直希望，她还会回来找我最后一次。

2007年6月19日，周二

克莱尔

这是一个报价清单——写在一张带抬头的信纸上——格雷戈第一次来家里看阁楼时，给了我这张清单。凯特琳上学去了，我刚挂掉妈妈的电话。妈妈从《每日邮报》上为我剪下一段文章，是关于巧克力致癌的，她总是坚持讨论这些参考资料。

我还没准备好他的到来，也没计划好：我不知道，我就要遇到一生的挚爱了。

我的紧身牛仔裤上有个洞，腰带边鼓出一堆肉，我穿着凯特琳的旧T恤，前面印着骷髅，领口有裂缝。我想，这些我都不用担心。这房子住了几年，阁楼堆了很多杂物，我清理时弄得浑身大汗，这也不用担心。这里充满了记忆，有些只是我看重的瞬间，对别人一钱不值。我想，我甚至讨厌他的到来。当时，我把箱子推到角落，心里记下要扔的东西，好把阁楼腾出点空间。

门铃响的时候，我还在梯子上。过了一会儿，我才爬下来。所以，我下梯子时，门铃已经响了多次。我很生气，脸上红通通的。当我打开门，第一次见到格雷戈时，我浑身土气，都是汗味。

"阿姆斯特朗……夫人？"他在两个词之间稍微顿了一下，

好像他觉得这俩词不搭配一样。

"是女士，"我通常都会这么说，"我觉得，没必要强调婚姻状况。"

"说得对。"他似乎根本不在乎。我让他进了屋，屋里被阳光晒得热乎乎的，尘土和地毯屑飞扬。

"哦，在楼上。"我告诉他。

"阁楼一般都在楼上。"他打趣地说了句，我瞪了他一眼。我的建筑工不用很风趣。

我先爬上了梯子，他跟在后面。我难受地感觉到，这人的鼻子离我的屁股只有几英寸。我很想知道，这些天来，我的屁股看起来怎么样。我很久没空关心这个了。

我们站了一会儿，一个光秃秃的电灯泡照着我们。他从耳朵后拿下一根铅笔，记下几个数字。他腰带上挂了一盒卷尺，就像一个西部片中的枪手。

"活儿很简单，"他说，"我来替你画图和计算，再找个建筑工程师签字。你不想要楼梯，只要个更好的梯子和几个顶窗，很快就能干完。还要再隔出个卧室，对吗？"

"不是。"我说着，双手背在身后。我看了看四周，想象我脑海中的房间模样：阳光满溢，条状的地板油漆焕然一新，周围的墙壁刷成了白色。"我想写本书。现在所有的屋子都有用，我没法集中注意力创作。所以，我想要个书房。"我朝他笑了笑，"我想，你大概会觉得我疯了。"

"完全不会，"他说，"这是你的房子，写书的想法似乎更好。"

他露出了微笑，不过不是对我，而是对我们周围的空间。我看得出来，他也在构想完工的样子，这让他很高兴。那时，我才第一次注意到，他的肩膀那么宽阔，双臂的肌肉那么强壮，衬衫下的腹肌轮廓那么明显。那时，我也突然发现，我头顶上绑了个发结，穿着女儿枇烂的T恤，还有一条不合身的牛仔裤。噢，还有，我肯定比他大，虽然我不确定大几岁。我意识到这一切，同时，我也讨厌自己这么在意。

"好了，我们下楼，我写个报价给你——只是个基本报价，好给你一个大概印象——然后，你决定要不要让我做。我会给你列个报价清单，还有一份合同。这样，你就能知道该花什么钱。好吗？"

"好。"我突然只会简单地答复了。

他先下了梯子，我紧随其后。我穿着愚蠢的人字拖，下到一半没踩稳，一下子从梯子上跌下来，正好落在他怀里。那一瞬间，我们没有过多的停留，没有多余的接触。他直接熟练地把我放在了地上。

"我的两只脚总是站不稳。"我说着，莫名其妙地脸红了。

"哎呀，我们不可能什么都在行，"他说，"除了报价单，我都写不了更长的东西。"

我不太确定，我具体是什么时间决定爱上他的。但是，我想，也许就是那一刻，从他想方设法地为我解围开始。我跟他下了楼，等我们到了底层台阶时，我表现得很官方。我太糊涂了。糊涂，就是这个词。因为，我那时就知道，我的爱是毫无希望的，不会开花结果，我从来都没那么幸运过。我们走进厨房，他趴在灶台上写起来。我一直盯着他的下半身看，暗自嘲笑自己真是个白痴。等我去学校见了茉莉亚，不知道她会怎么笑我。如果让凯特琳看见，我正靠在冰箱上，像个疯女人一样，朝这个真男人抛媚眼，她一定会非常没面子，想到这让我感到乐不可支。

格雷戈回头看了看我，看见我在微笑，又扭过头去。

"有什么好笑的事？"他问我。

"噢，我……噢，没事。"我不由自主地傻笑，像个少女撞见了迷恋已久的对象，"别管我，我就是个傻瓜，真的很傻，没什么原因。"

他笑得那么和蔼，那么稳重，充满了幽默感。"我不觉得，"他说，"你给我的第一印象很好，你肯定不傻。"

"噢，真的？"我狡猾地问他，我知道，我在吃力不讨好地调情，但我不在乎，"那我是什么人？"

"你是个要写书的女士。"

当时我就知道，我和格雷戈好得太不真实，所以不可能长久。我是对的，也是错的。我们不能长久，不是因为我们不想，无论什么把我们分开，爱情都会永远留存在我和格雷戈之间。它还会留存在埃丝特、凯特琳之间。哪怕在永远结束的那一刻，它也会永远留存。因为，在我心里，我和格雷戈会一直紧握双手，就像《阿兰德尔墓》里的夫妻一样。

最后，我真的写了一本书。我们一起写的。我们写下自己的生活故事。我就在这里，在每一页上。我会一直留存在上面。

后记

1971 年 8 月 27 日，周六

克莱尔出生

　　这是我们拍的第一张照片，克莱尔。我穿着睡衣坐在病床上，那是我妈妈专门为我织的。这些天来，准爸爸们并不能在医院等孩子出生：他们每天过来待一小时，就被撵走了。我很高兴——因为可以和你单独在一起，我的新生儿，我新生的小小人儿，我带到世上的小生命。我不想跟任何人分享你。

在刚开始的几天，你头发黑亮，没有遗传一点你父亲的红发。你的脸皱在一起，双眼紧闭，不愿看这个明亮、陌生的世界。接生员说，午睡时间，我需要把你放在育婴室，跟其他孩子在一起。她说，我得睡会儿。在固定的时间，她们会过来抱走孩子，放到推车上，列队推过走廊。可我不想让你走，克莱尔。她要求带走你，但我说，你是我的孩子，我想抱着你。我格外不听话，任凭床头柜上的奶瓶晾凉了，自己用母乳喂你。在那之后，她们不管我们了。

过了差不多一整天，你才真正地睁开双眼，看了看我。即使那时候，那双眼睛也蓝汪汪的。婴儿的眼睛不应该那么蓝，可你的眼睛就那样蓝，甚至闪闪发亮。我想，一定是因为，我怀里的小家伙充满活力，充满希望，充满期待。

在我见你父亲之前，我以为，爱情与和平会改变整个世界。但是，看到你的双眼，我知道，我要做的，就是让你自由成长，把我的爱给你。我知道，要让世界变得更加美好，这是我唯一能做的。

"你将变得才华横溢，"我告诉你，"你将

变得聪明有趣，勇敢坚强。你将成为女权主义者、和平卫士和舞蹈家。将来有一天，你也会成为一位母亲。你会坠入爱河，做我意料之外的冒险活动。你——小克莱尔·阿姆斯特朗，你将成为最出色的女人，你将拥有最精彩的人生：一个谁都难以忘怀的人生。"

你第一次睁开双眼看我时，我跟你说的就是这几句话，克莱尔。我清楚地记得这几句话，好像我现在就在那间屋里，这一刻正把你抱在怀里。克莱尔，我漂亮、勇敢、聪明的女儿，我是对的。